GOODBYE, ESPAÑA

Caja
Castilla
La Mancha

mr

Esta obra resultó ganadora del Premio de Novela Histórica Alfonso X el Sabio 2009, convocado por Caja Castilla La Mancha y mr ediciones, Grupo Planeta, y fallado por un jurado compuesto por Soledad Puértolas como presidenta, Almudena de Arteaga, Fermín Bocos, Carmen Fernández de Blas como secretaria y Martín Molina.

Mercedes Salisachs

GOODBYE, ESPAÑA

mr · ediciones

Primera edición: junio de 2009

Paseo de Recoletos, 4. 28001 Madrid
www.mrediciones.com
ISBN: 978-84-270-3551-5
Depósito legal: Na. 1.488-2009
Fotocomposición: EFCA, S.A.
Impresión: Rotativas de Estella, S. L.

Impreso en España-Printed in Spain

A la memoria de una mujer admirable,
doña Victoria Eugenia de Battenberg y Sajonia-Coburgo,
princesa de Irlanda, princesa de Gran Bretaña y reina de España.
Confío, Señora, que sabréis perdonar la osadía de
haberme introducido en vuestra piel para escribir esta novela

M. S.

«Olvidar es más difícil que perdonar.»

R. Genty

DÍA PRIMERO

Miércoles, 7 de febrero de 1968

Grace me recomienda que me abrigue. Febrero es un mes traicionero. Pero en la Costa Azul siempre amanece alboreando soles y mares encalmados. En España el clima es imprevisible. Incluso algo tan poco importante como lo atmosférico es desordenado. Allí todo se rige por lo inesperado: lo que parece ambiguo cobra importancia, y lo que siempre fue importante puede ser absorbido por el desagüe del olvido. Incluso el transcurrir del tiempo es precario.

Treinta y siete años son muchos años para que mi regreso al país donde fui reina no constituya un hecho sin relieve.

–En realidad, únicamente soy algo parecido a una pieza de ajedrez que aspira a ser la madrina de un niño acaso destinado a convertirse en rey.

Grace sonríe:

–A veces hay que ayudar al destino –me dice–. Si no lo hacemos cabe el peligro de que se desmadre.

Grace además de inteligente goza de un gran sentido del humor. Todavía recuerda, al modo de un resbalón algo grotesco, los desaires de todas las realezas europeas cuando fueron invitadas a su boda con el príncipe Rainiero:

–Sólo tú y el rey Faruk os dignasteis asistir a la ceremonia de nuestro matrimonio –señala bromeando–. Las alturas no admitían que un príncipe de sangre real se rebajara a casarse con una plebeya que para colmo de males era actriz.

De hecho fue aquella circunstancia lo que propició una amistad entrañable entre los Grimaldi y yo. Incluso me convirtieron en la madrina del príncipe Alberto.

Nuestra comunicación se refuerza año tras año cuando, al arrimo del invierno, busco en la Costa Azul el sol que se ensombreció para mí al salir de España.

Mi actual retorno al país que perdí hace ya treinta y siete años supone una incógnita. Los años errantes durante mi ausencia pueden haber acumulado infinidad de resortes imprevisibles: tal vez mi viaje sea una gozosa novedad, o quizá se limite a ser un vacío desalentador, o acaso un vergonzoso rechazo. Resulta difícil desentrañar los futuros que se gestaron en pasados huraños.

Franco acepta mi presencia en Madrid sin su apoyo oficial. Sus condiciones han sido tajantes: mi viaje a España no tendrá relieves políticos. Es decir: no es la reina Victoria Eugenia la que vuelve a su país de adopción, sino la bisabuela y futura madrina de mi bisnieto y la mujer del rey destronado, perdido ya en el jeroglífico que un dictador ha impuesto plagado de interrogantes sin respuestas.

De hecho nada es realmente concreto en el viaje que se ha planteado.

–Cuando el General lanza una opinión, resulta muy difícil saber si se trata de un simple juicio o de una orden camuflada de consulta –le digo a Grace–. Todo cuanto Franco programa relacionado con la realeza resulta vago. Pero hay que arriesgarse.

La presencia de Grace en las cámaras particulares que se me adjudican cuando me instalo en el palacio del príncipe Pierre de Montecarlo es siempre un soplo de aire fresco que aligera y ventila mis momentos adversos.

Son las diez de la mañana. Grace ha venido para despedirse de mí:

–Me hubiera gustado acompañarte hasta el aeropuerto de Niza –se excusa–. Pero la comida oficial que se celebra hoy en el palacio no me permite moverme de Mónaco.

Nuestro adiós se ciñe a un abrazo amistoso:

–Que haya suerte –me dice.

Quisiera contestarle pero la emoción me lo impide. Sólo carraspeo y estampo un beso en su mejilla. De hecho la suerte está ya echada. Es irreversible. La suerte y lo que llamamos azar no es un factor espontáneo: siempre va condicionado a un cúmulo de circunstancias que, andando el tiempo, mueven a su aire la balanza del presente. Todo depende de los aciertos o torpezas que van trazando nuestro camino hacia el futuro.

Pero el viaje que se programó para el futuro es ya un presente. Un «ahora» inquieto que sólo consigo sosegar un poco al contemplar el mar calmo y sonriente que baña la ciudad de Montecarlo.

–Dicen que en España hace frío –comenta Grace nuevamente.

–No te preocupes: iré bien abrigada.

Además, el frío invernal no me asusta. El único frío que consigue inquietarme es el que pueda causar mi llegada: la posibilidad de afrontar un regreso desvaído, un sopor ovillado en silencios.

También me preocupa que el «sí» volandero y partidista de Franco vaya ligado a la indiferencia de los españoles.

Afortunadamente, el séquito que me acompaña en el viaje, aunque algo escaso, es entrañable. Para distraer mis temores se hartan de mencionar los grandes cambios que ha experimentado el país que un día ya muy lejano adopté como mío. En la época de mi boda, en Madrid los tranvías circulaban con vapor, los automóviles sólo eran propiedad de algunos privilegiados, la calefacción era una utopía y el alumbrado callejero se nutría de farolas que cubrían chorros de gas encendidos. Pese a ser la capital de España, sólo existía un hotel donde poder alojarse con cierta dignidad. Lo recuerdo muy bien. Se hallaba situado en la Puerta del Sol y se denominaba hotel París.

Mientras me explican la transformación que ha experimentado la ciudad castellana, mi mente se adentra en un revoltijo de recuerdos que se atropellan unos a otros. Vivir es eso: entrar continuamente en un tiempo que se evapora enseguida. Un lapso de pruebas que sólo pueden constantemente certificarnos la levedad del «siempre». Nada permanece donde imaginamos envuelto en estabilidad.

De repente surge lo inesperado, lo que pese al progreso se ve arrollado por la decadencia. Todo se transforma: los mosaicos anímicos se desprenden, las armonías se ensombrecen, los horizontes se estrechan y las garantías se rebelan.

Ni siquiera las amistades más sólidas alcanzan la firmeza de lo indestructible. Continúan intactas hasta que la inclemencia de los años se empeña en devorarlas. Luego es como si jamás hubieran existido. Todo se queda en recuerdos difuminados.

No cabe duda, el progreso es ciego y voluble. En cuanto uno se descuida, se convierte en pasado. Además, cuando se encabrita es capaz de arrollar lo bueno y lo malo.

Recuerdo ahora mi amistad con Bee. Nunca quise tanto a una amiga de la infancia como la quise a ella. Éramos primas: su padre y mi madre eran hermanos. No obstante, su rango era superior al mío. Yo sólo era «alteza» y ella era «alteza real». La diferencia consistía en que el matrimonio de mis padres era morganático y en cambio el de los padres de Bee no desmerecía del rango que ostentaba la severa y estricta mirada de nuestra abuela la reina Victoria.

En ocasiones, cuando éramos niñas, Bee solía bromear sobre aquella diferencia. «Tú difícilmente podrás llegar a ser reina», decía. «Los herederos y los reyes exigen igualdades soberanas».

Bee era muy lista. Dibujaba muy bien y, andando el tiempo, cuando ella ya estaba casada con Ali de Orleans, realizó un boceto coloreado algo sarcástico que me situaba en lo alto de un trono, mientras ella me hacía la reverencia. ¿Se acordaba entonces de lo que me decía siendo niñas? El dibujo coloreado parecía una caricatura. Una especie de broma que acaso trascendiera la decepción que se llevó al comprobar que Alfonso, lejos de fijarse en ella, me eligió a mí como esposa.

Cuando años después vi aquella acuarela, tuve la impresión de que ya entonces un muro insalvable se interponía entre nosotras. Fue algo así como un apagón de luz que apenas duró un segundo. Entonces mi fe en Bee todavía podía más que cualquier brote de duda. Para mí siempre había sido una especie de hermana. Aunque algo mayor que yo, la constante comunicación que nos unió en la infancia fue solidificándose de día en día. Sin embargo, aquella acuarela me estaba diciendo algo que me dolía demasiado. Tanto como me dolían los desplantes y manejos que utilizaba en la infancia, sin que por ellos mermara nuestra amistad. Había nacido mandona y no podía superar su afán de imponer y dominar.

Siendo todavía muy pequeñas pasábamos temporadas juntas en Osborne Cottage, situado en la isla de Wight, junto a nuestra abuela, la reina Victoria, y la armonía entre ambas, pese a las exigentes imposiciones de Bee, fue siempre perfecta.

Sólo se desnivelaba un poco cuando, sin venir a cuento, la indudable compenetración que nos unía se envaraba repentinamente. Eran instantes fugaces pero que, sin proponérmelo, dejaban en mí ciertos recelos que no llegaba a comprender.

Por ejemplo, en todos los juegos Bee debía llevar la voz cantante: no toleraba ser la segundona. Siempre debía ser la primera. Si jugábamos a cocinar, ella era la cocinera y yo la pinche. Si montábamos en ponis, el suyo debía ser el mejor. Si nos disfrazábamos, el traje más ostentoso se lo adjudicaba ella. En ocasiones yo me rebelaba. No comprendía sus constantes exigencias. Entonces Bee me desafiaba. Casi siempre obviaba yo sus desafíos. Sin embargo, en alguna ocasión la agredí. Lo hacía suavemente, empujando su hombro o dando un manotazo a su frente. Entonces ella me sacudía con violencia. Al defenderme caíamos las dos al suelo. Allí los ataques se multiplicaban. Comenzaban las embestidas, los asaltos.

Pero enseguida rompíamos a reír. Y nuestros asaltos se solventaban con carcajadas. Sólo en una ocasión me propuse vengarme de aquel modo de ser tan dominante.

Cierto día, al tiempo que Bee comentaba con otras niñas los puntos cruciales de nuestros juegos, decidí desaparecer.

No sé exactamente lo que me indujo a esfumarme mientras Bee departía con alguien que ya no recuerdo. ¿Pretendía asustarla? ¿Buscaba eclipsar su constante protagonismo llamando una atención que siempre me usurpaba? No lo sé. El hecho es que, harta ya de su forma de tratarme, planeé darle un susto. En aquellos momentos nos hallábamos en el camino que conducía a la vivienda. A los lados se alzaban bosques espesos que jamás atravesábamos acaso por el temor de enfrentarnos con algún bicho amenazante, o a sentirnos dominados por trasgos y seres que protagonizaban siempre los cuentos e historias que nos leían las *nannies*. Además, en la isla de Wight proliferaban serpientes crueles que se escondían para atacar y matar a los que, como el perrito de la abuela, se atrevían a invadir sus dominios.

Pero aquella vez no me detuve a pensar en los probables peligros que podían acecharme.

Aprovechando el descuido de mi prima, me alcé la faldilla, trepé por el montículo de la izquierda y me introduje en el bosque. Sin miedo. Sin pensar en que aquellos parajes podían ser peligrosos. Lo único que se imponía en aquellos momentos era esconderme, saber que cuando Bee se volviera hacia mí, yo iba a ser para ella únicamente un vacío. Que la costumbre de achicarme y pegarme a su rastro se había acabado. Que por una vez en la vida yo estaba llevando la iniciativa.

La espesura del bosque no me asustaba. Al contrario: la consideraba un aliado en mi empeño de camuflarme. Emancipada de las imposiciones de mi prima, zigzagueaba por entre los árboles y matorrales sin freno, sin miedos, sin barruntar peligros. Mi único empeño era llegar a la vivienda atajando por la diagonal de un paraje desconocido que me permitía acortar la distancia que el camino normal exigía. Quería que al llegar a la casa antes que ella se notara desorientada e incapacitada para imaginar cómo había conseguido yo desaparecer sin que nadie hubiera podido percatarse de mi maniobra.

Atravesar el bosque ni siquiera cabía en sus retorcidas sospechas. Los bosques de los lugares donde se alzaba la vivienda de la abuela en la isla de Wight eran lugares prohibidos para las niñas.

Todo allí era sombrío, amasado en humedades y envuelto en efluvios que siempre se habían considerado dañinos. Pero yo avanzaba con paso rápido, sin sentirme arrollada por temores, ni amenazada por peligros difusos que desde que tenía uso de razón los mayores nos iban planteando.

Mi meta era llegar a la vivienda antes que Bee y darle a entender que, si ella pretendía superarme con imposiciones, yo poseía poderes ocultos muy superiores a los suyos.

Nadie me vio llegar. Salté a la explanada desde el bosque circundante y, camuflada tras la espesura de las buganvillas, conseguí entrar en la casa sin que nadie me viera.

Escondida tras un sillón del vestíbulo, escuché los comentarios alarmados de las *nannies* y el resto de las niñas que iban llegando a la explanada.

–¿Habéis visto a la princesa Ena? De pronto ha desaparecido. La hemos buscado a lo largo del camino pero no hemos dado con ella.

Recuerdo ahora la voz temblorosa de Bee repitiendo asustada:

–Se ha esfumado. Estaba con nosotras y repentinamente hemos dejado de verla.

El revuelo fue grande. Los sirvientes indios de la abuela se desvivían por improvisar estrategias propias de una búsqueda sin supuestos lógicos ni pistas explicables. Imaginarme perdida en la espesura del bosque era una utopía. Nadie concebía que yo hubiera corrido un riesgo tan grande.

La alarma crecía. Mi madre comenzaba a angustiarse y mi padre argumentaba que seguramente mi desaparición era un simple juego: «Ena suele gastar bromas para divertirse».

Aguardé a que todos despejaran la explanada para salir de mi peligroso escondrijo y dirigirme a mi cuarto. Una vez allí bajé lentamente por la escalera y entré en el vestíbulo. La primera en verme fue Bee.

–¡Por fin! –exclamó, como si estuviera contemplando al superviviente de un naufragio–. ¿Dónde te habías metido? ¿Cómo has llegado hasta aquí sin que te hayamos visto? –Yo la miraba en silencio. A decir verdad me divertía observarla tan alterada–. ¿Dónde estabas? –seguía preguntando–. ¿Cómo pudiste esfumarte de un modo tan repentino?

Me encogí de hombros y le dije que no lo sabía.

Bee me miraba entre enfurecida y admirada. Por primera vez desplazada de su constante afán de protagonismo. Por primera vez dispuesta a admirarme sin saber exactamente cuál era la razón de su admiración.

–¿De modo que no lo sabes? –preguntó.

Y yo para desconcertarla aún más me atreví a decirle:

–A lo mejor estoy dotada de poderes que tú no tienes.

Volvió a mirarme con aire dubitativo.

–¿Lo dices en serio?

Me di cuenta de que mi respuesta la había impactado.

Aunque algo mayor que yo, Bee seguía siendo una niña pequeña. Y la palabra «poderes» la impresionaba.

No obstante, el susto que mi desaparición causó se disipó pronto. «Cosas de niños», decían. Ni siquiera dio lugar a una regañina por parte de la abuela y de mis padres.

Pero Bee siempre recordó la palabra «poderes» como un peligro para ella.

Nunca le dije la verdad. Jamás le expliqué que había cruzado el bosque prohibido sorteando peligros que sólo existían en la imaginación del hacedor de historias para niños temerosos. Me limité a darle a entender que no lo sabía, que fui trasladada a la vivienda sin enterarme y que todo se debía a un vigor interno que ella no poseía. A Bee aquella explicación no debió de gustarle. Siempre pretendía ser la primera en todo.

No sé por qué motivo recuerdo ahora aquel episodio de nuestra infancia. Acaso porque mientras iniciamos el vuelo rumbo a España experimento algo parecido a lo que percibí cuando, andando el tiempo, descubrí que Bee, mi entrañable Bee, era algo así como un expediente lleno de incógnitas nunca aclaradas y carentes de razón pero que apremiaban y causaban malestares inexplicables.

También ahora los apremios que me atosigan me angustian. No es fácil volver a un país donde fui reina, sin ostentar más título que el de una simple madrina de un niño que va a llamarse Felipe.

No obstante, las destrucciones que debimos soportar parecen achicarse cuando los acontecimientos cobran relieves inesperados y las congojas pasadas se van diluyendo en probabilidades venideras.

El aeropuerto de Niza es un estallido de luz. Es como si el sol que baña el recinto guiñando brillos sobre los metales y dando realce a los aviones estuviera empujándome a caminar decidida: «Adelante, Ena. No te achiques. Pese a todo lo ocurrido, tú sigues siendo la reina».

Entre las personas que me acompañan están el duque de Alba consorte, el doctor Nicod, Marino Gómez-Santos, mi dama de compañía señora viuda de Rich y mis doncellas personales Pilar y Petra.

Tras descansar unos instantes en el salón de honor, nos encaminamos hacia la pista donde el avión de Iberia nos espera. Antes de subir por la escalinata, una azafata me entrega un ramo de flores.

No cabe la marcha atrás. España está ya en ese avión que me trasladará a la tierra perdida. Aquella tierra que cuando yo era niña mi padre tanto admiraba: «Un día te llevaré a España, Ena. Te gustará», me dijo en cierta ocasión tras regresar de Sevilla, mientras me entregaba un abanico como recuerdo de aquel país todavía extranjero para mí.

Me gustó. Claro que me gustó. Fue mi patria adoptiva. La nación donde me hice mujer, donde nacieron mis hijos, donde conocí la verdad de muchas mentiras y las mentiras de algunas verdades.

También el dolor y la forma de camuflarlo para que mi tío Eduardo (el entonces rey de Inglaterra) no me echara en cara su advertencia cuando yo empezaba a estar enamorada de Alfonso: «Piénsalo bien, Ena. No sea que te arrepientas y vuelvas a tu tierra gimoteando».

Nunca gimoteé. Nunca traté de volcar mis dolores sobre los que se hubieran alegrado al observar mi desmoronamiento. Siempre oculté mis fracasos, mis desilusiones, mis desfalcos internos. «Los reyes deben saber encubrir el dolor que a veces acarrea el hecho de serlo». Fue mi madrina, Eugenia de Montijo, la que, siendo yo muy joven, me puso en guardia sobre la necesidad de mantenerse firme en los socavones de la vida. «Hay que caminar como si nuestras andaduras siempre se deslizaran sobre pistas esmeradamente alisadas.» Tenía razón. En ocasiones era muy difícil acertar. Nada se acopla a nuestra perspectiva sin la probabilidad de que lo inesperado la hiera de muerte.

* * *

Mis recuerdos se truncan cuando el capitán nos anuncia que vamos a emprender el vuelo.

Instalados ya en nuestros asientos, el runruneo del motor vence los suaves murmullos de los que me rodean. El arranque hacia el vacío siempre impone silencios. Es como trazar una ruta desafiando la inexorable y valiosa ley de la gravedad. Y eso requiere severidades y reflexiones.

Antes de subir al avión, mientras aguardábamos en la sala de espera, todo eran comentarios y dialécticas expuestas acaso por el afán de distraer los posibles sopores y desengaños que pueden producirse en nuestro futuro aterrizaje.

Salieron a relucir mil temas que no se correspondían con el viaje que estamos emprendiendo. Especialmente lo relacionado con el proyecto que debe tener lugar durante el año que estamos viviendo: la llegada del hombre a la Luna.

Pero al iniciarse el vuelo, los comentarios recién expuestos se desdibujan y se olvidan. Lo único que cuenta es la inexplicable realidad que supone avanzar por una ruta que carece de soportes, de indicaciones, de lados y direcciones señaladas.

Lo esencial es mantenerse estable en un pavimento inexistente y esperar que el tiempo no contradiga la hora prevista para la llegada.

Mientras tanto, las evocaciones de cosas perdidas se amontonan de nuevo en mi mente. Son como ráfagas que exigen atenciones inexplicables. Unos porqués sin relaciones razonables pero que se filtran en el cerebro como una cadena invisible que va unificando momentos y circunstancias sin comunicaciones específicas ni propias de una logística buscada y razonada.

De improviso mis recuerdos cobran fuerza: la infancia, la juventud, la madurez. Infinidad de situaciones ajenas unas de las otras se mezclan como un solo hecho: mis correrías por los castillos de Balmoral, de Windsor, de Buckingham, de todos los lugares donde la abuela Victoria se instalaba, porque siendo mi madre la menor de sus hijos, soltera o casada debía permanecer a su lado. Ésa fue la condición cuando mis padres contrajeron matrimonio.

Fue en Balmoral donde aprendí a montar. Primero cabalgaba sobre un poni. Pese a sufrir un accidente cuando cumplí seis años, mi afición por los cuadrúpedos no disminuyó. Luego fueron los caballos. Siempre me fascinaron. Tanto como los perros. En ocasiones tenía la impresión de que entre ellos y yo se producía una especie de compenetración que a medida que pasaban los años, lejos de debilitarse, se acrecentaba. Fue un entendimiento que entrañablemente me unía a sus reacciones al tiempo que las suyas se amoldaban a las mías.

Tal vez por eso, cuando, instalada ya en España, veía a los pobres jamelgos (en aquella época despojados de cualquier defensa) enfrentados contra las salvajes embestidas de los toros, inducidos por aguerridos picadores, se me encogía el alma. Especialmente si las astas se clavaban en los intestinos de los animales.

Nunca pude acostumbrarme a lo que los españoles denominan «fiesta nacional». Pero tampoco quería defraudar a quienes sentían pasión por las corridas. Si en alguna de ellas se esperaba mi presencia, asistía puntualmente sin mostrarme disconforme, pero siempre acompañada de unos prismáticos que utilizaba mirando a través de ellos por el lado contrario. Era mi forma de mostrarme impasible e incluso interesada, sin ver lo que en el ruedo ocurría.

Aquel sistema fue algo parecido a una amable claudicación. Fue también el inicio de una defensa. Algo que durante muchos años tuve que ejercitar, para difuminar corridas de toros sin más toro que la envidia, el engaño y el dolor.

Cuántas veces a lo largo de mi vida fue preciso utilizar prismáticos invisibles para mirar sin ver. Y tapar mis oídos con ceras inexistentes para fingir sorderas. Y morderme la lengua para no hablar.

Sólo una vez perdí el norte de mis disciplinadas composturas. Y, a decir verdad, el precio de mis desahogos fue muy alto.

Ocurrió un par de años antes de que se proclamara la república. Los ánimos iban cargados y mi vida particular soportaba ya un volumen desmesurado de oprobios y bajezas siempre adobadas con falsas sonrisas y amabilidades por parte del marqués de Viana y de sus incondicionales esbirros.

El autocontrol es siempre conveniente, pero cuando los agravios y oprobios se acumulan engrosando sufrimientos y creando día tras día y año tras año pequeños atentados anímicos, el estallido pronto o tardío se vuelve inevitable. Especialmente cuando el ambiente que soportamos, lejos de ser apacible, amenaza cambios drásticos y dolorosos.

Estoy viendo ahora a Pepe Viana mirándome sonriente, amable, dispuesto como siempre a disfrazar su diabólica mansedumbre por el rey, utilizando campechanías rastreras y amabilidades babosas para halagarme. Era su táctica. Aunque lo esencial para él consistía en satisfacer los lados oscuros de Alfonso y surtirle a mis espaldas de todo cuanto podía engrosar su ego, no dejaba de tratarme con la sumisión rastrera de un súbdito leal, mientras que, para conservar una amistad que le engrandecía, le proporcionaba películas pornográficas, mujeres de baja estirpe, relaciones adúlteras y sobre todo insinuaciones falsas y mezquinas contra mí, para, de ese modo, afianzar una amistad hecha siempre de adulaciones rentables. Especialmente cuando Bee entró a formar parte de las preferencias de mi marido.

De hecho, visto desde el momento actual, Viana era un simple lacayo de Alfonso. Pero él se consideraba una especie de segundo rey en la sombra. Algo como un consejero destinado a manejar en silencio las penumbras inconfesables del monarca.

Sin embargo, cuando yo le conocí caí también en las redes que su simpatía tendía. Me bastaba que formara parte del séquito amistoso de Alfonso para que automáticamente el apego que los unía fuera asimilado por mí sin temores ni repliegues.

Viana era simpático, alegre, vital. Tardé mucho en comprender que las simpatías excesivas son siempre prenuncios de posibles hecatombes. Nadie se esfuerza en ser simpático sin esperar algo a cambio. Y lo que Viana esperaba de mí era que yo lo aceptara sin el menor esfuerzo, como un amigo fiel e indispensable del hombre que pronto iba a ser mi esposo.

Recuerdo que mi tío Eduardo me puso en guardia: «No te fíes de ese incondicional compañero del rey», me dijo. «Es demasiado simpático».

Aquella frase fue la que, andando el tiempo, lentamente me iría situando en la verdad de aquel hombre.

En realidad, todo lo desmesurado suele acarrear peligros. No obstante, en los albores de aquel encuentro yo era excesivamente joven para dejarme llevar por las verdades ocultas que el transcurrir de la vida va dejando al descubierto.

Madurar es eso: comprender que muchos sentimientos son sólo sensaciones; que lo elemental de la vida no consiste en presagiar primaveras, sino en prepararse para los inviernos, que las apariencias suelen ser precarias y que lo precario puede dar un giro de ciento ochenta grados cuando menos se espera.

El mío aconteció cuando la España herida y bamboleante prenunciaba cambios demasiado evidentes para ser obviados. El ritmo de nuestro entorno político perdía el compás, la sociedad cerraba los ojos ante nuevas perspectivas cuando, para colmo de males, los manejos de Viana traspasaron los límites de mi aguante.

A mis oídos llegaban noticias que me dolían demasiado. Comentarios hirientes que Alfonso, inducido por su gran amigo, iba esparciendo a mis espaldas. Especialmente, destaca la frase que le contestó mi marido al profesor Castillejo cuando le comunicó que también él estaba casado con una inglesa. «Caramba. Buena te ha caído», le contestó el rey.

Pronto me enteré de aquella respuesta. Las noticias que duelen suelen volar hacia nosotros con alas de murciélago.

Fue una época mala, muy mala. Existía una amenaza política, todo era precario. Pero todavía en la alta sociedad ser favorecido por la atención de un rey era parecido a conseguir un galardón.

Yo, como la mayoría de las mujeres engañadas, hacía la vista gorda. Al fin y al cabo se trataba de «engaños» esporádicos, medio elegantes y medio obligados por la frivolidad de un ambiente machista que todavía dominaba los quehaceres de los machos españoles.

El problema se inició cuando Alfonso, lejos de fijarse en una fémina de la nobleza, dio en enamorarse de Carmen Moragas, una actriz con talento y que según se decía era mi vivo retrato pero en moreno. No. Aquello no fue una aventura. Fue un montaje familiar. Una especie de planificación casi legal que nadie desconocía y todos aceptaban.

Me pregunto si lo que me sacó de quicio fueron los celos. Es posible, pero lo dudo. Lo que me dolió profundamente era saber que con ella mi marido había engendrado niños sanos. Incluso corría la voz de que el Santo Padre podía anular nuestro matrimonio para que Alfonso pudiese contraer otro con la famosa actriz, madre ya de dos hijos suyos. Todo muy bien apañado por el «simpático» e incondicional Pepe Viana.

Despojada por completo de lo que se entiende por flema inglesa, mandé recado al detestable marqués para que inmediatamente se presentara en mi cámara.

Llegó jadeante, sonriente, y como siempre echando fuera ráfagas de simpatía.

Se acabó. «Basta ya de comedias desaforadas», le dije.

Fue un recibimiento severo. Ni siquiera le permití que me besara la mano. Tampoco le oculté mi desprecio. Se lo demostré en forma de pregunta: «¿Has leído algo de Mirabeau?». Y antes de que me respondiera continué: «Lo siento, se me olvidaba tu falta de cultura. Tu ignorancia sólo es comparable a la gran sabiduría que despliegas para manipular los devaneos sucios de Su Majestad el Rey».

Hubo unos instantes de silencio. Pepe Viana me miraba como se contempla un cataclismo. Incapaz de reaccionar, trataba de entender cuál era la causa de mi conducta tan irascible.

Comprendí que mi actitud le asustaba. «Algo le pasa a la reina», sin duda pensaría. «Su forma de abordarme no es normal.» Al mirarme, todo en él se achicaba. Trataba de sonreír pero mi ceño desmontaba su sonrisa y la convertía en mueca.

Quiso hablar. Se lo impedí: «No he terminado, marqués. Mirabeau escribió una frase que se ciñe perfectamente a tu modo de ser. Dice así: "Si queréis triunfar en este mundo, matad vuestra conciencia". ¿Comprendes lo que pretendo explicarte? Eso es lo que tú has hecho con la tuya. La has matado para permanecer en las alturas y presumir de una amistad que ni es amistad ni es nada. Sólo es un globo que puede volar pero que al deshincharse emana efluvios pestilentes de aire podrido».

No recuerdo exactamente el resto del discurso que le lancé. Sé que terminé mi repulsa con una frase que nunca he olvidado: «No está en mí poder castigarte como mereces. Sólo Dios puede hacerlo. Tu castigo tendrá que esperar hasta que estés en el otro mundo».

Luego le abrí la puerta y le ordené que se fuera.

Durante unos instantes dio la impresión de que intentaba defenderse. Pero la voz se le iba en balbuceos que no acertaban a ser palabras. Su cuerpo, hasta entonces erguido, empezó a encogerse. Se llevó la mano a la frente y comenzó a bambolearse como si perdiese el equilibrio.

Imaginé que aquella actitud era otra de sus nauseabundas comedias. Manejos para llamar la atención y sacar ventaja de sus propósitos.

Asqueada, solicité la ayuda de los criados para que lo sacaran de mi cámara.

Se lo llevaron casi a rastras: la espalda vencida y su arrogancia hecha un guiñapo.

Pepe Viana murió aquella misma noche.

No pude alegrarme. Me sentí culpable.

Nunca imaginé que defender mis derechos contra un ser que durante años venía triturándolos fingiendo amabilidades y falsos aprecios podría originar un resultado tan grave. Mi única intención era poner los puntos sobre las íes, darle a entender que sus artimañas ya no eran para mí hechos desconocidos y que, en adelante, yo, la reina, dejaba de ser su amiga.

Eso era lo que yo había pretendido: acusar recibo de sus desafueros y darme por enterada de todo el daño que me había hecho. Nada más. Nunca pensé que podía herirlo de muerte al reprocharle mis propias heridas vitales.

De haber sabido que su corazón estaba enfermo, jamás hubiera adoptado con él una actitud tan drástica. Lo cierto es que aquella muerte fue sin duda alguna su mayor ataque a mi persona. A veces el destino se disfraza de ciertas actitudes que desvirtúan su condición de destino para convertirse en venganza. El hecho es que Viana continuó dañándome más allá de su vida.

En ocasiones los muertos pueden también vengarse de los vivos que se atrevieron a humillarlos por mucho que merecieran ser humillados.

A pesar de todo, lloré por él. Era como si su muerte me reprochase no haber sabido mantenerme a raya. Y dejar de ser reina, para ser únicamente una mujer dolorida y destrozada. No obstante, me escondí para llorar. Nadie supo que mi peor enemigo consiguió que mis ojos se llenaran de lágrimas al saberlo muerto. Fue un llanto parecido al de los sauces, cuando el relente nocturno les obliga a gotear. La oscuridad los protege de miradas insidiosas.

* * *

En ocasiones los motores del avión son como arrullos que invitan a cerrar los ojos y aislarnos de lo que nos rodea.

Recuerdo ahora que en aquella época volar era una especie de heroicidad que sólo el primo de Alfonso, Ali de Orleans, vaticinaba como un adelanto que andando el tiempo iba a servir para convertir el globo terráqueo en un mundo sin distancias.

No se equivocaba. Actualmente viajar en avión es vencer espacios, ganar horas y etapas rápidamente.

Pocos son los que ahora atraviesan el canal de la Mancha en barco. Volar suele ser una prioridad frecuente. Incluso se rumorea que pronto se construirá un túnel en el fondo del mar para que los coches puedan circular tranquilamente por tierra firme bajo el agua.

Madrid ya no tardará en ser la etapa de destino.

Solícita, la señora Rich me pregunta si deseo algo. Niego con la cabeza y le doy a entender que un cálido sueño me está invadiendo.

Pero lo que deseo realmente es que me dejen pensar, que no interrumpan esa retahíla deshilvanada que se empeña en destapar mi pasado y darle a todo lo que se impone en mis recuerdos ese latir pausado que en la juventud nunca alcancé.

Solamente en la vejez cabe analizar los hechos con la serenidad que requieren para que sean verídicos.

Repentinamente, vuelvo a los ambientes que marcaron mi infancia y mi adolescencia.

Pese al carácter rígido de la abuela Victoria, todo era grato en torno a nosotros, salvo los frecuentes brotes de decaimientos enfermizos que padecían mis hermanos pequeños, Leopoldo y Maurice.

En aquella época nadie conocía las graves consecuencias de la maldita enfermedad que muchos descendientes de la abuela Victoria padecían.

Los médicos andaban desorientados, lo achacaban al clima, a los alimentos, a debilidades producidas por causas desconocidas, pero nadie imaginaba que semejante enfermedad podía ser hereditaria hasta pocos años después de mi boda.

Cuando estaba ya casada, tuve noticias de que la reina Cristina de España había sido advertida de la probable tendencia de la familia de mi abuela a caer en postraciones físicas algo preocupantes, pero cuando trasladó a su hijo aquella advertencia Alfonso se limitó a sonreír y a tranquilizar a su madre: «Siempre hay agoreros dispuestos a destruir la felicidad».

Alfonso no podía concebir que aquella muchacha de ojos claros y cabello rubio que rebosaba salud y que tanto le había impactado pudiera estar enferma.

Se enteró de la verdad cuatro años después del nacimiento de nuestro primer hijo. La enfermedad se denominaba hemofilia y afectaba a los varones. Por eso yo, aunque como mujer podía transmitir esa enfermedad, no la padecía.

También el zarevich, nacido dos años antes de nuestra boda, por ser nieto de la reina Victoria tuvo la desgracia de ser contagiado de esa horrible dolencia que nadie sabía explicar en qué consistía.

Se supone que la palabra «hemofilia» significa «amor a la sangre»; sin embargo, el sentimiento que Alfonso y yo experimentamos y que tan sólido parecía fue vencido muy pronto por aquel maldito amor que tanto sangraba.

Muchas veces me he preguntado qué hubiera sido de nosotros sin la terrible amenaza de aquella enfermedad. En ocasiones las cosas que se empeñan en imponer actitudes drásticas y que se nos antojan inviolables acaban por esfumarse como un sueño desoñado y perdido en olvidos.

Ver y sentirnos impactados por lo que vemos no supone caer en aciertos. La vida me ha enseñado que la realidad no suele verse ni intuirse, ni nos alerta sobre la «nada» de las cosas que «son». La realidad casi nunca se ciñe a lo que imaginamos incombustible y visual. Tampoco es tajante. Suele llegar a nosotros a pequeñas dosis subrepticiamente, a escondidas y envuelta en silencios, y, lo que es peor, está dotada de herramientas capacitadas para horadar lo que consideramos fortalezas y causar derrumbes jamás esperados.

Nunca nos paramos a pensar que las rutas trazadas, guiadas por nuestros instintos y que lógicamente consideramos acertadas, puedan ser reversibles.

Me estoy viendo ahora en la plácida (aunque un tanto rígida) vida que la abuela Victoria nos imponía a mis padres, a mis tres hermanos y a mí.

No se me escapaba que, entre sus innumerables nietos, yo fui siempre para ella la preferida; no obstante, sus preferencias jamás llegaron a vencer la solemnidad y el empaque que la sombra de la abuela se empeñaba en proyectar en nuestra familia.

Todo era calculado para que la educación que nos daban se apoyara no sólo en el afecto que nos unía, sino también en las exigencias que requería nuestra manera de expresarnos. Las normas protocolarias podían más que nuestras espontaneidades.

Insistentemente, se revisaba con minuciosidad la forma de movernos, de hablar, de reaccionar. Nada escapaba a nuestras conductas cotidianas, por muy privadas que fueran.

Además, en la impuesta sobriedad de nuestro entorno se añadía constantemente la penumbra que, a modo de recuerdo, planeaba siempre por los castillos donde nos alojábamos, causada por la tristeza que arrastraba la abuela desde que el abuelo había muerto.

Nunca lo mencionaba sin que sus ojos se abrillantaran y el pañuelo recogiera las lágrimas de sus encogidos párpados, antes de que sus mejillas se humedecieran.

De vez en cuando, un suspiro nos daba a entender que la vida sin su marido era una losa demasiado pesada. Mi madre siempre decía que el matrimonio de sus padres había sido perfecto: «Se querían. Eran muy felices».

También el de mis padres lo era. Jamás presencié una discusión o un gesto ceñudo entre ellos. Antes al contrario, su compenetración se nutría de suavidades, atenciones, apoyos y cariño.

Tal vez por aquellos dos ejemplos, nunca disocié la felicidad de un enlace matrimonial. Siempre imaginé que la unión entre un hombre y una mujer que se querían era la soldadura más perfecta para garantizar un proseguir dichoso.

No obstante, su felicidad les duró poco. Yo tenía ocho años cuando mi padre murió.

Fue una muerte lejana, producida por fiebres malignas adquiridas en uno de sus viajes a Ghana.

De pronto, en nuestro entorno irrumpió la tristeza y el desencanto. Nada tenía sentido. Todo se volvía luto; hasta el aire que respirábamos era oscuro.

Lo que me rodeaba se volvía siempre acongojante y neblinoso. Nada prometía alegrías. Daba lo mismo que el día amaneciera radiante; enseguida alcanzaba categorías dolientes y sombrías.

Algo dentro de mí se rebelaba: no me resignaba a imaginar que la vida tuviera que ser siempre un reguero de desgracias.

Mi rebeldía se fue acrecentando cuando me hice mujer.

A veces me refugiaba en los libros. Me gustaba leer. En ellos descubría que, más allá de las desgracias, podía existir alguna brizna de felicidad; pequeñas alegrías que permitieran desvelar a su vez sentimientos desconocidos y apasionados que la vida me negaba.

Aunque las enseñanzas de la abuela y sobre todo su ejemplo de mujer recta excitaban la admiración que yo sentía por ella, no me dejaba llevar por el conformismo. Yo quería vivir lo que los libros que leía me hacían intuir; sueños y realidades que en el coto cerrado de la reina Victoria era imposible desarrollar. Sólo cabían en la imaginación.

Tal vez por eso, cuando yo era una adolescente (creo que aún no había cumplido los quince años), estuve a punto de enamorarme de mi primo segundo Boris, cuando nos conocimos en la isla de Wight. Algo me decía que yo le gustaba, pero mi corta edad le impedía demostrarme sus probables sentimientos hacia mi persona.

Al parecer, su intención era dármelos a conocer cuando yo entrara en sociedad. Entonces ni él ni yo podíamos sospechar que nuestros sentimientos, nunca expresados, pudieran ser destruidos y olvidados antes de nacer, debido a la llegada de un rey que, al cumplir yo diecisiete años, convirtió mi entrada en sociedad en una salida inevitable hacia una lejanía jamás sospechada.

Ignoro si lo que yo llegué a sentir por Boris fue realmente un amor verdadero o solamente un simulacro de ilusiones que la vida junto a la abuela había ido anulando poco a poco. Cuando nos vimos en Niza, hacía aproximadamente un año que la abuela Victoria había fallecido. Su muerte fue un luto más en las cavernas de los protocolos.

Era mucha mujer para no echarla de menos. Con ella se fueron infinidad de ritos, costumbres y sensaciones que en cierto modo abrían fosas inmensas en nuestro convivir cotidiano.

Pese al vacío de su triste deambular en una sillita de ruedas, debido al reúma que tanto la aquejaba, la reina Victoria ya no encajaba en nuestra nueva forma de vivir. Su ausencia permitió que pronto surgieran probabilidades inesperadas que ya no podían verse avasalladas ni influidas por el recuerdo de sus rigores.

¿Por qué negarlo? Varias fueron las fantasías que gracias a aquel primo mío nutrieron mis horas vacías pero también liberadas de muchas rigideces enterradas con la abuela.

Era agradable imaginarme querida por un hombre como él. En la primera juventud nunca se analiza lo que nos impacta. La ilusión se impone al modo de un relámpago que nos abstrae y nos deslumbra. No importa la brevedad de su impacto. Lo esencial consiste en comprender que algo desconocido ha llenado nuestras entelequias plenamente. Su fugacidad no es dañina. Al contrario: es precisamente esa fugacidad lo que nos permite creer que nuestra integridad es inmune al extravío. Y que, gracias a ella, difícilmente nos equivocamos en los asuntos esenciales.

Pese a todo, cuando regresé a Londres, lo que yo denomino «la cultura de la ignorancia», es decir, ese «saber que únicamente admite desconocimientos», logró que el primo Boris se borrara pronto de mi mente. El hecho fue que la corte inglesa, al recibir al rey de España, abrió muchas puertas a mis olvidos. Boris se iba desvaneciendo en cada festejo que se organizaba en honor de Alfonso, en los nuevos ojos que me miraban y sobre todo en cada descubrimiento que la vida adulta me ofrecía.

Creo que mi desvío de Boris comenzó cuando después de la muerte de la abuela, y aproximadamente dos años antes de conocer a Alfonso, mi tío Eduardo organizó una gran fiesta para celebrar mi entrada en sociedad en Buckingham Palace.

Recuerdo que, por ser yo la homenajeada, quiso que mi asiento estuviera junto al suyo y al de la reina. Todo en aquel acontecimiento adquiría una nueva dimensión para mí. En cierto modo, aquel honor era como una especie de ensayo general para un porvenir que entonces no podía sospechar.

Debo admitir que aquel festejo fue una suerte de acumulaciones mágicas que durante algún tiempo me obligaron a imaginar que la vida era algo radiante, amable y desprovista de vacíos. No podía suponer que lo que viví aquella noche era sólo un soporte que amenazaba ruina.

Incluso ahora lo estoy viendo ya como un pequeño relámpago sin tormenta. Es decir, sin la parafernalia grandilocuente de un acontecimiento glorioso.

Por si fuera poco, mi entrada en sociedad se prolongó ampliamente cuando mi madre organizó un baile en la isla de Wight para reafirmar lo que su hermano, el rey, había iniciado en Londres.

Pienso ahora en la inutilidad de aquellos boatos, tan lejanos de lo que supone ahondar en las realidades de la vida. Nunca se experimenta de verdad lo que las costumbres grandilocuentes se empeñan en demostrarnos como algo sólido y detenido en un tiempo sin evolución. Pero la vida evoluciona y en ocasiones causa graves hecatombes, siempre sorpresivas.

No. El tiempo no perdona. El tiempo jamás detiene felicidades o placeres. En cualquier caso los encarcela. Es decir, los transforma en esperanzas que nunca se cumplen en su continuo vagar hacia lo venidero.

Ser joven es eso: desconocer que nada permanece igual en las imposiciones que nos ofrece el mañana. Ignorar que los riesgos futuros siempre andan al acecho. Y que desconocer esa realidad o cerrar los ojos para no verla es caer en trampas inesperadas.

Todo cambia. Nada es exactamente lo que en algún momento dado consideramos eterno.

Recuerdo ahora las clases que recibía durante mi adolescencia.

Por ejemplo: cuando se abordaba nuestra religión anglicana, nunca se especificaba con exactitud que sus orígenes habían sido católicos. Y, por supuesto, el breve reinado de María Tudor casi siempre se mencionaba como un hecho fortuito que nada bueno y constructivo podía aportar a nuestro país.

La reina importante era, en la historia que nos contaban, Isabel I, hija de Enrique VIII y de Ana Bolena, su segunda esposa. Pese a haber violado la decisión del papa de no anular su matrimonio con Catalina de Aragón, Enrique decidió que, si el pontífice no disolvía su matrimonio con la española, él, siendo rey, tenía la facultad de divorciarse para casarse con la mujer que amaba.

Lo que yo no entendía era por qué motivo, entre nosotros, el divorcio era una institución tan mal vista y desaprobada, siendo esa ley la raíz directa de nuestra religión inglesa tradicional.

Tampoco me cabía en la cabeza que repentinamente todos los papistas fueran reos abominables, acreedores de castigos y torturas y merecedores de ser desposeídos de todos sus bienes cuando Enrique VIII rompió con el papa y se nombró a sí mismo jefe de la Iglesia en su propio país.

¿Por qué? Las respuestas siempre eran ambiguas, desrazonadas y poco convincentes.

Para los historiadores de entonces Tomás Moro fue un traidor, y María Tudor (la superviviente de los cinco hijos de la reina española Catalina), una reina ilegítima porque su madre se había casado con el rey después de enviudar de su hermano. Condición suficiente para anular la boda. La dispensa del papa no contaba para Enrique VIII, la desobediencia tampoco. Lo legal era considerar a Enrique jefe absoluto de la Iglesia recién amoldada a sus propias conveniencias y, como consecuencia, el verdadero reinado pertenecía a la hija de Su Majestad y Ana Bolena, la extraña soberana Isabel I.

Nada importaba que su madre (la causante de tanto estropicio) hubiera acabado su vida decapitada y odiada por su marido. El partidismo era ya una institución. Y los católicos sólo merecían desprecio y lejanía. Por si fuera poco, surgió el escándalo del sacerdote John Henry Newman, que no sólo se convirtió al catolicismo, sino que llegó a cardenal. Hombre santo y muy influyente durante el siglo XIX.

Fueron tal vez esos amagos de dudas lo que, al cambiar yo de religión, contribuyeron a consolidar mi cristianismo, y, lejos de considerar que con mi boda traicionaba una fe tradicional en mi familia, tuve la impresión de reafirmarme en el acierto de aceptar una verdad que ignoraba. Fin de suspicacias y de recelos. Todo fue ampliamente especificado en la realidad de la historia.

Aquello fomentó en gran parte las largas charlas que había sostenido con mi madrina de bautismo, Eugenia de Montijo. Ella era católica convencida y, ya antes de conocer a Alfonso, en nuestras disquisiciones siempre quedaba pendiente un interrogante que, acaso para no lastimar mis sentimientos, jamás intentó aclarar. Nunca se mostró sectaria y opuesta a las propuestas anglicanas. Su única demostración de lejanía con nuestra religión consistió en no asistir a mi bautizo a pesar de ser mi madrina.

Lo cierto es que conocer las nuevas normas religiosas no

avasalló mi fe. Al contrario, la reforzó. De ahí que cuando me propusieron casarme con un rey católico y me plantearon la condición sine qua non de convertirme al catolicismo no me sentí obligada, ya que aquella condición fue siempre para mí una verdadera «convicción».

Fue esa convicción la que me llevó a conocer la verdad sobre mis ascendientes Isabel I y María Estuardo de Escocia.

Ambas eran primas como Bee y yo. No obstante, la historia que tuve ocasión de conocer, cuando la recordaba, siempre me dejaba un regusto amargo.

Desde la distancia, ambas reinas se mostraban muy afectuosas, amables, deseosas de ayudarse mutuamente. Sus cartas rezumaban cariño, apoyo y un gran deseo de conocerse personalmente.

Nunca se vieron. Ni siquiera cuando María Estuardo tuvo que refugiarse en Inglaterra convencida de que su prima iba a ayudarla.

Pero la decapitó.

Lo hizo como si el hecho de matar a su «querida» prima fuera un acto legal, justiciero y doloroso para ella.

Por si fuera poco, Isabel lloró su muerte como si la sangre que las unía se encabritara en su propio cuerpo.

Tal vez en el fondo de sí misma, al verse al fin liberada de una mujer que podía hacerle sombra y reclamar posibles derechos, no supo frenar sus instintos, ni maliciar dobleces.

Quizá incluso llorara como yo lloré por Bee cuando murió. Y como todas las mujeres en las que (pese a haber sido traicionadas) ciertos repliegues que se niegan a desaparecer de la mente producen cosquilleos en los ojos prenunciando lagrimeos acaso reales, o tal vez ambiguos. Nunca se sabe la profunda veracidad que entrañan nuestras reacciones.

* * *

Los altavoces del avión Caravelle anuncian que acabamos de entrar en España y que estamos a punto de sobrevolar Barcelona.

Inmediatamente, el capitán sale de la cabina acompañado de varias azafatas. Se acerca a mí y con sonrisa algo compungida me comunica que en Madrid está lloviendo.

–Lo siento, Majestad, a veces el clima se niega a colaborar.

A lo mejor su frase es una forma de amortiguar las escasas esperanzas que mis treinta y siete años de ausencia escasamente podían alentar. Seguramente también él está temiendo que mi regreso a una España atrapada por una dictadura hecha de silencios constituya un lance proclive a la desilusión.

A pesar de todo, el jefe de relaciones públicas de la compañía aérea me tiende una copa de champán para brindar por España.

Me conmueve ese detalle. La acepto agradecida y brindo con los que me rodean.

La invitación nos anima a todos y la lluvia anunciada se olvida con las alegrías que produce el champán. Por unos instantes valoro mi retorno en esas copas que chocan contra la mía y en esas miradas amables que logran empañar mis ojos.

Por la ventanilla voy observando como el vacío que nos rodea se va ensombreciendo. Febrero es muy corto. Un mes poco generoso. Pero, aunque mi viaje ofrece posibles desalientos, desaires y tristezas, merece la pena afrontarlos. Llevaba demasiado tiempo amando a ese país para conformarme con morir sin volver a pisar su tierra y empaparme de su entorno.

Cierto, tuve muchas amistades que acabaron siendo mis enemigos, pero también tuve enemigos políticos que hoy son elementos cruciales entre mis amistades.

El champán ingerido me anima. Ya no me importa que mi llegada a España pase inadvertida, que la nobleza me ignore y que el recuerdo de una mujer que estuvo a punto de perderlo todo el mismo día que fue nombrada reina se haya esfumado en la brevedad de un «siempre» doloroso e implacable.

La cuestión es regresar, percibir alientos españoles, aunque sean escasos; recuperar sus cualidades y sus defectos, sus fobias y sus filias, respirar el aire de la sierra para desintoxicarme de extranjerismos.

Eso es lo que me motiva: saborear el fruto del árbol de la vida después de haber probado la manzana del mal.

No pido más. De hecho, el sufrimiento como el goce son elementos hermanos. La vida consiste en acumularlos para extraviarlos. Todo en nuestra existencia es siempre un tener para perder: muertes, ilusiones, alegrías, modas, peinados, desengaños, objetos que fueron entrañables, fotografías, postales...

Entonces se estilaba coleccionar postales. Pocos eran los que se resistían a la tarea de acumularlas y clasificarlas como objetos valiosos en los gustos sociales de aquella época.

Cuando pienso que toda mi existencia tuvo sus principios en un vulgar afán coleccionista, comprendo hasta qué punto las pequeñas cosas sin importancia pueden acabar siendo razones esenciales.

¿Cómo imaginar que mi destino podía depender de unos cartones más o menos coloreados? ¿Qué me impulsó a convertirme en una coleccionista más entre las muchas personas que se vanaglorian de acumular aquellos cartones que reproducían lugares, edificios, bosques o gente importante?

Todo ocurrió en el mismo marco donde mi tío el rey Eduardo había celebrado mi entrada en sociedad.

Se trataba de una cena de altos vuelos para agasajar al joven rey de España que iba a llegar a nuestro país con la indudable finalidad de encontrar esposa.

Se sabía que su madre, la reina regente, se decantaba por una princesa germana. Pero el rey consideraba importante estrechar lazos con Inglaterra.

Por entonces sonaba mucho el nombre de Patricia de Connaught. Era la princesa adecuada que todos juzgaban digna de reinar en un país que, aunque protagonista de varios acontecimientos desafortunados, iba alcanzando cotas que parecían seguras para recobrar su gran prestigio histórico y asentarse en Europa con la solidez de sus ancestros gloriosos.

Su llegada a Londres fue un acontecimiento importante. El embajador de España y el entonces ministro de Estado, Villarrutia, se esmeraron en que el viaje del monarca adquiriese un relieve grandilocuente, sobre todo por el desafortunado hecho que tuvo lugar en París cuando Alfonso, en su viaje a Inglaterra, tuvo que recalar en la capital francesa.

Al llegar a Francia todo fueron halagos para él; atenciones, esmeros, cortesías y deferencias que Alfonso, con su innata simpatía y su dominio del francés, supo agradecer con grandes alardes de cordialidad y satisfacción.

De hecho, aunque oficialmente aquel viaje a Londres desde París era una obligada cortesía a mi tío Eduardo VII por haber atracado su barco en España durante una excursión por el Mediterráneo y tenía un carácter meramente protocolario, oficiosamente todos barruntaban que se trataba de un montaje subrepticio para conocer a una princesa inglesa y convertirla en su mujer.

En aquella época, muchos hablaban de que la elegida podía ser mi prima Patricia, entre otros motivos (su padre, el duque de Connaught, la había llevado a Sevilla) porque se notaba muy atraída e interesada por el catolicismo.

Sin embargo, la que más anhelaba ser la elegida seguramente era Bee.

Aunque algo mayor que Alfonso, su estilizada figura y aquel modo jocoso que la caracterizaba le daban cierto aire de inocencia que la aniñaba. Luego estaba su seguridad. Y aquella constante necesidad de ser la primera en todo.

Pronto se supo que el rey de España, tras un recibimiento caluroso en Francia (no sólo por el presidente de la República, Loubet, sino por todo el pueblo francés, los estudiantes y las instituciones de mayor relieve), fue testigo del estallido de una bomba a su paso por la rue Rivoli, en plena noche, tras salir de la ópera, acompañado por el presidente de la República.

La reacción del viejo Loubet fue arrojarse al suelo: «Sir, nous sommes foutus», exclamó asustado.

Pero el rey, sin inmutarse y dando muestras de una admirable sangre fría, ayudó a levantar al anciano presidente como si de un percance inocuo se tratara, mientras le decía: «Son gajes del oficio, señor».

La frase no tardó en llegar a los oídos ingleses y, pese a

la juventud del rey, aquel alarde de docta gallardía lo convirtió en un monarca adulto con méritos suficientes para gobernar con criterio sólido el complicado país español.

Por supuesto, aquel «incidente» no le impidió a Alfonso continuar con los planes previstos en Francia y cumplirlos estrictamente como si nada hubiera ocurrido, mientras estuvo en París.

Eso le valió que, al llegar a Londres, el rey de España fuera recibido por mi gente como un verdadero héroe digno de los mayores halagos, atenciones y respetos.

Aunque Patricia Connaught parecía ser la candidata más probable, pronto se supo que ella (enamorada del marqués de Anglesey) no sólo se negaba a ser la reina de España, sino que incluso se mostró algo seca y poco receptiva ante las atenciones del rey.

Aquellos desaires repentinos de mi prima Patricia le hicieron exclamar a Alfonso: «¿De veras soy tan feo?».

Lo era. No puedo negarlo. Las pocas veces que lo vi antes de la gran cena que mi tío el rey le ofreció en Buckingham Palace me dejaron fría y poco dispuesta a esperar que el monarca español se interesara por mí.

A simple vista, aquel invitado de honor carecía de atractivo. Aunque alto, era muy delgado y su rostro, a mi modo de ver, parecía una calavera envuelta en piel.

Sus modales y composturas eran los de un hombre hecho y derecho; sólo tenía dieciocho años, pero a esa edad el físico masculino jamás consigue estar a la altura de una mente que, en él, era ya sin duda alguna preclara, muy trabajada y preparada para afrontar responsabilidades de gran altura.

No obstante, su fama de hombre inteligente y dueño de sí mismo destacaba más que su físico poco atractivo. Por eso, en cuanto se le conocía, su apariencia poco agraciada se esfumaba. Lo esencial trascendía desde su intelecto: sabía vencer, convencer, ser oportuno y sobre todo arrollador.

Tal vez por eso en el lujoso banquete que se había organizado aquella noche, salvo Patricia (que no quiso asistir), las probables candidatas utilizaron sus mejores resortes femeninos para conquistar a Alfonso. Y es que, pese a su apariencia, tenía un don especial que encandilaba a las mujeres.

Yo no contaba en aquel guiso de princesas candidatas. Aunque nieta de la reina Victoria y sobrina muy querida de mi tío el rey, carecía de los requisitos acostumbrados para ser la elegida. Mi padre no tenía una ascendencia tan rigurosamente importante como la de mi madre. Aunque muy digno y rebosante de amor, su matrimonio era morganático. Por eso (como me solía decir Bee) yo nunca podría aspirar a ser reina.

Me estoy viendo ahora sentada a la mesa de aquel fastuoso banquete, a gran distancia del lugar destinado al egregio invitado.

Era imposible mantener desde mi puesto una conversación con él. No me importaba. Desde que se anunció su visita a Londres, jamás se me ocurrió que la elegida pudiera ser yo.

Fue una velada larga, animada y sobrecargada de interrogantes. Las candidatas, nerviosas, trataban de conectar con el rey entre inquietas y esperanzadas, sin llegar a admitir que el agasajado podía mostrarse algo incómodo. Pero su mirada no se apartaba de la mía.

Comprendí que, desde la distancia que nos separaba, un hilo invisible estaba tirando de él hacia mí. Reconozco que su actitud me halagaba. Cuando se es tan joven, las sensaciones que nos satisfacen suelen confundirse con los sentimientos. Pero los míos no maduraron hasta pasado algún tiempo.

Pronto me di cuenta de que, pese a las ambiguas impresiones, siempre agradables, que aquel muchacho me producía, yo no estaba enamorada de él. A veces soñaba: me veía convertida en reina, pero se trataba de un reinado desteñido y carente de lo que yo más deseaba: sentirme enamorada de un hombre aunque se tratara de alguien muy lejano a mi ambiente. Tal vez por eso nuestros principios fueron algo fríos y como envueltos en nieblas.

Nos veíamos con frecuencia durante aquel viaje a Londres, pero el marco siempre era el mismo: bailes, excursiones a caballo, cacerías. Ambientes propicios al encuentro, pero muy alejados de intimidades verbales.

Admito que, aunque nuestras conversaciones aún eran algo insustanciales y un tanto forzadas, a medida que yo trataba a aquel hombre su físico poco agraciado se difuminaba en cuanto rompía a hablar. Era muy ingenioso, rápido en definir y certero en sus definiciones. Departir con él era como trasladarse a un mundo totalmente ajeno al mío: un mundo hecho de eclosiones que expresaban ideas ingeniosas para mí desconocidas. No era bromista, pero su sentido del humor causaba un continuo manar de lucideces jocosas. No voy a negarlo: Alfonso poseía el don de atrapar la atención en cuanto rompía a hablar. Su voz bien timbrada revestía de sutilezas todo cuanto exponía.

Ignoro si él se daba cuenta de la poderosa facultad que le caracterizaba. De lo que estoy segura es de que no intentaba ganar la atención y el interés de sus interlocutores por aquella indudable cualidad. Pero fuera cual fuese su intención, el hecho era que departir con él siempre constituía un hecho agradable. Nadie se aburría cuando briosamente se lanzaba a exponer sus puntos de vista. Generalmente acertaba. Y, si no acertaba, tampoco importaba demasiado porque su verbosidad bastaba para fascinar a cualquiera.

En efecto, hablar con Alfonso era divertido. Pero, en lo que a mí se refiere, aquella particularidad tampoco amplió mis sentimientos amorosos hacia él. Era un buen amigo. Alguien dotado de una excepcional capacidad para no aburrir, para manejar a la perfección sus dotes de hombre preparado mentalmente que sabía mostrarse cauto antes de adentrarse en terrenos resbaladizos.

De improviso, presto ya a abandonar Inglaterra, un día, mientras bailábamos, me preguntó si coleccionaba postales. Le dije que, efectivamente, yo era una aficionada a recopilarlas y clasificarlas por materias y categorías.

Mirándome fijamente, me dijo: «Te mandaré postales a condición de que tú me contestes». Se lo prometí.

Así empezó todo.

Alfonso no dominaba el inglés. Incluso se disculpó cuando tras la famosa cena de gala que mi tío había organizado en su honor comenzó a abordarme directamente en mi idioma: «No lo estudié a fondo porque ése era el lenguaje de nuestros enemigos cuando la guerra de Cuba», me confesó con aire compungido.

No hubo problemas. Yo hablaba y escribía correctamente el francés y ésa fue la lengua que utilizábamos tanto en nuestros encuentros como cuando, al abandonar él Inglaterra, empezó a enviarme las famosas postales prometidas.

Al despedirse Alfonso, parecía muy enamorado. Con voz cálida y penetrante me suplicó: «Espero que no me olvides».

Mi respuesta no fue demasiado halagüeña para él, pero, lejos de cerrar puertas, las dejaba entreabiertas con un soplo de esperanza: «Es difícil olvidar la visita de un rey», le dije.

Cuando se fue lo eché de menos. En varias ocasiones me pregunté a mí misma si aquella sensación era amor.

No lo era. Pero no tardó en brotar en cuanto comencé a recibir las famosas postales prometidas. Todas ellas rebosaban chispazos inesperados de sutilezas hasta entonces jamás experimentadas por mí.

Fueron aquellos textos los que lentamente motivaron mi interés por los sentimientos de aquel hombre.

Nada de lo que en ellas escribía se perdía en vaguedades o en laberintos sin salida. Sus expresiones escritas superaban con creces las frases habladas. De improviso comprendí que los días sin aquellas postales eran días sin sentido. Días desiertos. Días perdidos.

Lo de menos era ya que el hombre que sabía expresarse con tanta profundidad fuera un rey: lo esencial era que sus exposiciones literarias tuvieran alcances emocionales, y que analizara las realidades de la vida con un criterio maduro. Por eso, pese a la distancia que nos separaba, cada frase suya plasmada en el papel no sólo barría lejanías, sino que estaba ganando terreno y cercanía en mis propios sentimientos afectivos.

Poco a poco, la tendencia amistosa que yo plasmaba en mis tarjetas postales fue transformándose en misivas de un mayor alcance intimista. Incluso me atrevía a incluir en ellas frases escritas en español y en inglés, acaso para que la unión de esos dos idiomas pregonara de algún modo una especie de contraseña futurista.

Sin embargo tardé algún tiempo en transformar «Mi querido amigo» por «Queridísimo Alfonso».

De improviso en las cartas de Alfonso surgieron las confidencias, breves insinuaciones que yo trataba de corresponder con las mías.

Durante aquel continuo fluir de pequeños secretos personales, todavía participaba de ellos mi prima Bee, especialmente cuando ambas hicimos juntas un viaje por Europa.

Indudablemente, aunque no me lo confesaba, Bee todavía tenía esperanzas de ser elegida por el rey.

Sabía que Alfonso me prefería a mí, pero, como siempre, no se resignaba a ser la segundona.

Insistía. Se empeñaba en atraer la atención del monarca esgrimiendo sus dotes de simpatía y de ingenio sin el menor reparo, uniendo sus postales a las mías.

Sin embargo, tuvo que claudicar cuando las famosas postales se convirtieron en folios de papel que testimoniaban sintonías cada vez más impregnadas de una indiscutible ternura hacia mí.

Me pregunto ahora si Bee tenía ya entonces la intención de casarse con el primo del rey, Ali de Orleans. No podría jurarlo, pero cuando sus esfuerzos por conquistar la corona española fracasaron no tardó mucho en lanzar sus dardos hacia quien, por razones familiares, podía adherirse sin impedimentos al entorno del monarca español.

Cuántas veces en mis brotes de recuerdos vagos surge la duda de si el matrimonio de mi prima con el primo de Alfonso fue de verdad por amor, por interés o por vindicar de algún modo el fracaso que experimentó ella cuando se comprendió rechazada por quien claramente se proyectó hacia mí.

Nunca lo he sabido. Durante mucho tiempo creí que Bee era mi mejor amiga: mi hermana gemela, mi confidente más sólida. Muchos años tuvieron que pasar para que mi devoción por ella se desmoronara.

Resultaba inconcebible que aquella unidad tan consolidada y tan llena de comunicaciones confidenciales pudiera ser únicamente restos convencionales perdidos en la verdad de unos espacios vacíos de lealtad.

Durante lustros fui coleccionando material intimista y afectivo para volcarlo sobre ella. Todas las verdades más profundas de mi vida iban siendo suyas, convencida de que sólo Bee era merecedora de mis sinceridades.

Ni siquiera tuve en cuenta que la gente cambia, que la adolescencia se forja con verdades endebles y que el transcurrir diario, lejos de atar, desata, separa, inmuniza y destruye lo que en nuestras ignorancias, casi infantiles, consideramos eterno.

Entonces yo no podía adivinar que los desengaños fueran más poderosos que las amistades supuestamente sólidas, y que los valores que en la juventud juzgamos inviolables puedan extrapolar fijaciones consideradas inamovibles.

De hecho nada en este mundo puede ser inmune a la decadencia. Todo está expuesto a derivar, a caer, a trasladarse más allá de nuestras convicciones aparentemente indestructibles.

Pienso ahora que, en realidad, nada lo es. Todo es susceptible de variar, de transformarse en algo que «fue» y de convertirse en ruinas.

Sin embargo, cuando las cartas de Alfonso dejaron de ser postales para trocarse en instrumentos de amor sin marcha atrás, amor persistente y según él invulnerable, ni de lejos fui capaz de imaginar que la solidez de aquellos sentimientos podía destruirse.

En su favor tenía aquella indudable reticencia mía a sentirme desde el principio atraída sentimentalmente por él.

No obstante, lentamente fui comprendiendo que sin aquellas misivas algo muy entrañable dentro de mí corría el riesgo de enfermar, de naufragar en dolencias incurables.

Nada en el mundo podía ya tener una razón de ser sin aquella frase que encabezaba todas sus cartas: «Ena chérie».

También las mías eran a su vez declaraciones sin barreras: la amistad era ya otra cosa. Y mis cartas iban dándole a entender lo que durante nuestros encuentros personales no existía.

Pienso ahora que acaso nuestras expresiones plasmadas en el papel, lejos de perderse en vaguedades o en posibles equívocos, tienen más vigor convincente que las que se manifiestan con la voz.

De improviso, tras varios meses de comunicarnos por correo, entre nosotros se acabó la amistad. Comenzó otro sentimiento. ¿Era amor? Hoy día llaman amor al enamoramiento. Sea lo que fuere, la atracción que Alfonso logró proyectarme fue apoderándose de mí tan profundamente, que ni un solo instante dejé de dudar sobre mis propias percepciones.

Lo quería. Lo necesitaba. Ni siquiera me importaba que fuera rey. Estoy convencida de que, aunque hubiera sido un simple plebeyo, si era capaz de escribir aquellas maravillosas cartas me hubiera enamorado igualmente.

Se acabaron los «Chère Ena» de los principios y los «Au revoir, ma belle amie» de los finales. El paso del tiempo había modificado incluso nuestras despedidas: «Je t'embrasse, Ena mon amour». Y yo finalizaba mis respuestas con un: «Please don't forget me. Goodbye my love».

Un «love» sincero. Un «love» que ya no arrastraba dudas, que precisaba alivios con encuentros, con ilusiones realizadas y con esperanzas cumplidas.

Nuestros proyectos admitieron enseguida mi necesario cambio de religión.

Una reina española debía ser católica. El tema no fue debatido hasta los finales de nuestra correspondencia.

Le dije entonces que desde que era niña venía cuestionándome la solidez anglicana y que las razones que nos daban al instruirnos carecían de un material convincente.

Por lo pronto Enrique VIII, por motivos poco claros, había decidido adjudicarse el derecho de ser jefe de la Iglesia del país donde reinaba porque el papa no era digno de serlo. Y los católicos de aquella época que no admitían aquella nueva ley automáticamente se convertían en traidores y merecedores de toda clase de castigos.

Pero ¿en qué consistía la maldad del papa? Las explicaciones que me daban resultaban vagas y poco convincentes.

En vano intentaba ahondar en los libros que caían en mis manos. Todos ellos eran siempre revisados por la abuela Victoria y la verdad acababa escondida en los textos que me imponían leer.

Sólo en alguna ocasión mi madrina, Eugenia de Montijo, había dejado escapar registros luminosos en sus charlas conmigo cuando, durante mi adolescencia, nos visitaba en la isla de Wight.

La idiosincrasia de Eugenia de Montijo continuaba siendo española, y, aunque su amistad con mi abuela era muy sólida, también lo eran sus convicciones religiosas.

No obstante, nunca intentó devaluar nuestro anglicanismo. Se limitaba a perfilar los esplendores espirituales que habían sido plasmados artísticamente desde hacía muchos siglos, basados en fortalezas y vigores de unas creencias que, según aseguraba ella, constituían pilares sólidos desde la venida de Cristo a la tierra.

«Cuando viajes por Europa, procura enriquecer tu inclinación hacia la lectura con libros que en Inglaterra no suelen encontrarse», me dijo.

La obedecí.

Especialmente en Francia era fácil dar con volúmenes específicos que explicaban y describían vidas de santos, hechos sobrenaturales ocurridos a lo largo de los siglos y razonamientos clarividentes que en nuestra religión no figuraban.

En ocasiones Bee se enfrentaba conmigo por rastrear curiosidades que en nuestro país eran un material subversivo: «No irás a decirme que estás preparándote para reinar en España».

No. En aquel viaje que hicimos juntas, Alfonso era todavía un grato recuerdo, una agradable voz lejana. En suma, una promesa de intercambiar postales. Todavía no había llegado mi hora sentimental. El cambio se produjo de improviso, de una forma vaga. Sus cartas iban monopolizando su recuerdo y mis inclinaciones religiosas sólo fueron elementos muy propicios a debatir entre nosotros sin violencias ni discusiones.

Recuerdo que en las últimas cartas yo le decía que las lecturas y mi empeño en analizar la verdad habían ensanchado mis horizontes; que, poco a poco, las dudas que en mi adolescencia habían dejado un reguero de inseguridades iban desapareciendo, y que llevaba algún tiempo considerando abrazar la fe católica (como asimismo pensaba hacerlo mi prima Patricia Connaught), para acallar mis ocultas y persistentes suspicacias e incertidumbres.

No se me escapa la repercusión negativa que tuvo en la nobleza española aquella decisión mía al reforzar nuestro compromiso matrimonial. Dudaban de mi sinceridad. Incluso los más cercanos al rey le dieron a entender que mi empeño en abrazar la fe católica era una simple añagaza para cazarlo. También la madre de Alfonso vacilaba y ponía en entredicho la veracidad de mis intenciones.

Afortunadamente una vez más, Eugenia de Montijo movió la pieza necesaria para desvirtuar aquella duda: «Debes aclarar tus deseos de cambiar de religión con la madre del rey. Es una mujer muy recta, pero también muy receptiva. Seguramente vuestra convivencia podrá ser positiva si sabes convencerla. En suma: vencido ese obstáculo, ya nada ni nadie tendría derecho a dudar de tu sinceridad».

De la reina Cristina tenía yo pocas noticias como mujer. Conocía su fortaleza y aciertos como regente, pero no vacilé en tratar de conquistarla y procurar que mis intenciones fueran asimiladas por ella sin causar dudas perniciosas.

Lo primero que hice, ya en vísperas de la Navidad, fue mandar una carta a Alfonso hablando de su madre muy positivamente, y, al despedirme, le rogaba que besara sus manos de mi parte.

En realidad, desde que supe con certeza cuáles eran mis verdaderos sentimientos relacionados con Alfonso automáticamente tuve la necesidad de querer a su madre.

A mi entender, era muy difícil dejar de manifestar demostraciones afectivas por los seres que el hombre de nuestra vida ama y Alfonso sentía un amor grande por su madre.

Tal vez por eso me urgía convencerla, darle a entender mi necesidad de unirme a ella en aquel amor profundo que las dos experimentábamos por él.

Comprendí también que, sin pérdida de tiempo, debía aprender el idioma español. Al principio pensé que podía valerme por mí misma, pero me equivoqué. Nuestro idioma y el suyo eran antagónicos. Mi madre me proporcionó un profesor: Eduardo Peña. A pesar de todo, aquel idioma se me antojaba muy difícil.

Sin embargo, no claudiqué. Recuerdo que en una de mis postales le decía a Alfonso que, para mí, estudiar el español era un martirio. La gramática se me resistía; ni siquiera los signos de puntuación se aplicaban igual que en los textos escritos en inglés.

Pero no me di por vencida. Mi madrina había preparado nuestro encuentro en la vivienda que su íntima amiga la princesa de Hannover poseía en Biarritz, donde debía tener lugar nuestra entrevista definitiva en el próximo mes de enero, y yo quería sorprenderlo con mi incipiente español, pronunciando alguna frase para demostrarle que mi supuesto martirio había sido superado.

Desgraciadamente, por entonces los periódicos ingleses apuntaron de nuevo mi inclinación hacia el catolicismo como una especie de traición. La noticia no fue bien comentada entre los míos. Los antiguos prejuicios (aunque sin la virulencia de antaño) brotaron medio escondidos en las opiniones de la nobleza inglesa con mal disimulado desprecio.

No voy a negarlo. Aquella circunstancia tuvo repercusiones negativas. Pero fueron superadas. Al menos en lo que se refería a mi familia.

Recuerdo que en mis cartas le mencioné a Alfonso los escritos descalificativos que me atacaban por mi probable cambio de religión: «Esos comentarios me han hecho sufrir, pero no van a modificar mi forma de pensar». Y le añadía que había que actuar con prudencia para no crear mal ambiente.

Afortunadamente, mis tres hermanos apoyaron en todo momento aquel noviazgo, todavía escondido en los huecos del secreto, pese a empezar ya su camino hacia una irreversible realidad.

Nuestro primer encuentro tras aquella vaga y algo desconcertante despedida en Londres, cuando yo todavía desconocía las profundidades psicológicas y mentales de aquel muchacho, tuvo lugar en Biarritz, tal como mi madrina había planeado.

La villa donde mi madre y yo debíamos hospedarnos tenía un nombre atractivo: Mouriscot. Enero estaba ya en sus postrimerías y el frío húmedo del mar se plasmaba en los cristales de los ventanales, en los vahos de los que circulaban por las calles y en los jadeos de los que arrastraban resfriados mal cuidados.

Pero en aquellos momentos para mí todo era radiante: Alfonso no iba a tardar en llegar y los caprichos climáticos carecían de importancia.

Era imposible que en mis avatares de entonces las minucias de la vida fueran capaces de influir en las certezas que desde que se concertó aquel encuentro estaban ya impresas en nuestros proyectos.

Todo se volvía afán de ver de nuevo a aquel muchacho que, lentamente, había ido conquistando para mí un mundo de realidades felices, de esperanzas a punto de cumplirse y de convicciones que, desde mis sentimientos ya irreversibles y rotundos, pronto iban a dar un vuelco importante en mi vida.

Me cuesta ahora imaginar el cambio brusco que aquel lugar francés rayano con España ha experimentado.

Entonces en Biarritz ni siquiera la noche era oscura. Algo muy especial envolvía la pequeña ciudad en fulgores de realidades bellas y prometedoras. Todo allí era fascinante, tanto en sus edificios como en las playas, en las calles y en las tiendas.

Pese al roce de un febrero cada vez más cercano, el mar era de un azul intenso, y el cielo claro y el ambiente desvirtuaban las probables previsiones de tormentas.

Alfonso llegó de Madrid a San Sebastián en tren y desde allí condujo su coche en compañía del marqués de Villalobar y del conde de Grover hasta Biarritz.

Mi hermano mayor fue el primero en recibirlo cuando llegó a la villa Mouriscot. Como jefe de familia, era él quien debía atender al rey.

Al saludarlo se excusó, algo preocupado por la presencia del nutrido número de periodistas que rodeaba la entrada de la villa. En principio se trataba de un viaje de incógnito. Pero hubo rumores imposibles de acallar.

Alfonso, radiante, palmeó a su futuro cuñado con aquella sonrisa de medio lado que tanto fascinaba a los que lo trataban y, diligente, saludó a los periodistas y a los fotógrafos haciendo gala de su irresistible encanto como rey y como hombre.

Una vez dentro de la villa, mi madre y yo nos instalamos con él en el gran salón.

No hubo protocolos ni envaramientos innecesarios. Alfonso se limitó a pedirle a mi madre la mano de su hija haciendo hincapié en que la reina Cristina estaba totalmente de acuerdo con aquel enlace.

Enseguida me entregó la sortija: un rubí en forma de corazón rodeado de diamantes azules.

Públicamente, desde aquellos instantes, yo era ya la novia oficial del rey. El único requisito que faltaba era la autorización de las Cortes en España.

Tras el almuerzo, por primera vez desde que nos habíamos conocido, paseamos a solas por las alamedas de la villa Mouriscot.

No recuerdo lo que hablamos. Recuerdo únicamente su voz, su trato delicado y respetuoso, el halo de su cuerpo junto al mío y aquel decorado hecho de arbolados, plantas y flores. Todo en torno a nosotros rebosaba emoción. Nada era ya pasado o futuro. Sólo contaba un presente que, en aquellos momentos, se nos antojaba eterno.

Fiel a las costumbres algo sensibleras de entonces, Alfonso se empeñó en grabar nuestros nombres en la corteza de un álamo. Y yo, según una usanza escocesa, le propuse enterrar dos plantones de pino en un lugar de la finca.

Recuerdo también que la sortija recién colocada en mi dedo pesaba. Era una sensación extraña, como si la felicidad de aquel día se acumulara íntegramente en mi mano.

Debo reconocer que aquella alhaja me fascinaba. Siempre me gustaron las joyas. No era su valor lo que me atraía de ellas. Tampoco la vanidad contaba en mis apreciaciones. Lo que me fascinaba era la belleza de sus estructuras, la originalidad de su diseño y especialmente la respuesta emocional que se producía en mí al contemplar unas piezas montadas con tanto arte y esmero.

Fueron muchas las joyas que a lo largo de mi reinado acumulé en España. Las perdí casi todas durante el exilio. Sin embargo, pese a los desafueros que surgieron cuando se instauró la república, todas me fueron devueltas. No podía creerlo; estaban allí, en mis manos. A veces ocurren hechos que exceden toda previsión. Algo muy apreciado regresaba para amortiguar tanto dolor y tantos desmanes. Lo que nunca volvió fue el maravilloso paseo que Alfonso y yo dimos en la inmensa alameda de la villa Mouriscot aquella tarde de un enero que se volcaba ya sobre un febrero plagado de nieblas. Fue precisamente en un lejano febrero cuando Alfonso se fue hacia un adiós definitivo.

Me estoy viendo ahora caminando junto a él por los senderos de un paraje que rebosaba manojos inmensos de flores bellísimas. Nos detuvimos ante uno de ellos con intención de arrancar algún tallo para adornar mi habitación.

De pronto, Alfonso detuvo mi mano: «No lo hagas, Ena, esas flores son venenosas».

Lo miré extrañada. No concebía que una planta tan bella pudiera dañar. Alfonso se apresuró a aclararme que la savia de aquellas flores mataba. Y que en la India, cuando nacía una niña no deseada, le daban un biberón con la savia de aquella flor para que muriese.

«En la India suelen denominar esa costumbre "el beso de la muerte".»

Aquella aclaración me produjo escalofríos. ¿Cómo era posible matar a un recién nacido? Y ¿por qué elegían una flor tan bella para matar?

Le pregunté a Alfonso cuál era el nombre de esa flor: «En España la llamamos adelfa».

* * *

Acaban de anunciarme que estamos a punto de llegar al aeropuerto de Barajas. Algo en mí se está desestabilizando. No es un sobresalto. Es algo parecido a una especie de aguacero interno que sin llegar a mojarme me repite la frase desalentadora que hace unos momentos el capitán ha pronunciado: «En Madrid está lloviendo».

Me imagino ahora descendiendo por la escalinata del avión, sorteando cuerpos que me ofrecen paraguas; el frío acuoso golpeándolos para evitar que me moje. Un extraño terror parecido al que se apoderó de mí tras el horrible estallido que se produjo cuando, recién convertida en la reina de España, lanzaron sobre nuestro carruaje una bomba envuelta en flores se está infiltrando en mis inevitables desalientos.

Pero Pepita Rich me anuncia que en Madrid ha dejado de llover. De pronto un sol tímido pero fogoso se filtra por los cristales de la ventanilla.

No entiendo muy bien lo que está pasando. No obstante, a pesar de mi evidente sordera, se me llenan los oídos de un murmullo inmensamente grato, como hecho de un millón de cascadas musicales.

Miro el reloj. Son las cinco de la tarde. Una tarde plagada de imprevistos, de emociones que se atropellan entre ellas.

«Otra vez el mes de febrero se empeña en ser protagonista», pienso. ¿Qué diantre tendrá ese mes que siempre se inmiscuye en los momentos más cruciales de mi vida? Cierro los ojos. Es una costumbre que practico cuando el avión aterriza.

Al tomar tierra el aparato se desliza hacia la pista central que conduce al salón de honor. El murmullo ya no es murmullo. Es un inmenso *tsunami* de voces, gritos y aplausos.

De pronto nada es ya desaliento ni desengaño. El recuerdo vuelve a ser mi «ahora» enriquecido a fuerza de presencias inesperadas. Ya no dudo. España está ahí, en ese recibimiento que nunca imaginé tan caluroso. El regreso merecía la pena. Alguien me comenta que, a pesar de la lluvia, gran número de autocares ha trasladado al aeropuerto a millares de madrileños para rendirme homenaje. Al parecer, cincuenta mil personas han querido celebrar mi retorno.

Es como un sueño. Abren la portezuela del avión. Y el sueño se amplía. Los aplausos se multiplican. Los «Viva la reina» son como besos y abrazos para mis oídos.

Desde lo alto contemplo el espectáculo casi paralizada por algo muy profundo que no sé explicar.

La vista se me enturbia. Comprendo que estoy llorando. Inevitablemente, mi sangre inglesa se va transformando en la que un día lejano cambió mi razón de ser: jamás me he sentido tan española como en estos momentos.

Bajo por la escalinata sin titubeos, sin miedo a que los años traicionen la estabilidad de mis piernas. Abajo me aguarda mi hijo Juan. Tras él, diviso a casi toda mi familia, mi nieto Juan Carlos, el general José Lacalle Larraga, en representación del jefe de Estado, y cuatro ministros acompañados de sus esposas.

En torno a todos ellos, un centenar de periodistas gráficos y literarios se disponen a inmortalizar estos inesperados pero entrañables hechos históricos.

Emocionada, sigo bajando por la escalinata, mientras contemplo, como si soñara, esa inmensa multitud que me da la bienvenida, agitando pañuelos y banderitas y lanzando vivas que no esperaba.

Mi hijo Juan se acerca unos pasos hacia mí. Me abraza.

Enseguida le cojo la mano y lentamente, con el mejor estilo aprendido en mi juventud, le hago la reverencia para que todos los que nos contemplan sepan que el verdadero rey de España es él.

El aumento de aplausos rubrica aquel acto de respeto, como un oleaje de aquiescencias irreversibles.

España, aunque encarcelada en una dictadura militar, continúa latiendo, esperando y deseando recobrar una libertad perdida hacía ya muchos años en los pantanos de una república que no supo ser democrática.

DÍA SEGUNDO

Jueves, 8 de febrero de 1968

Instalados ya en el palacio de Liria, Pepita Rich, junto con Petra y Pilar, se ocupan de mi equipaje. Los duques de Alba me han reservado habitaciones que dan al jardín y a la calle. A través de los enormes ventanales del dormitorio puedo contemplar a varios centenares de personas que se han apostado junto a la verja para celebrar mi llegada.

El doctor Nicod se acomoda conmigo en una de las salitas que comunica con mi dormitorio. Son las siete de la tarde y acabamos de llegar de Zarzuela, donde he conocido a mi bisnieto Felipe.

–Supongo que Vuestra Majestad estará cansada.

–Y también emocionada –le confieso.

El bullicio callejero de la gente que me aclama requiere que yo salga al exterior para agradecer aquella manifestación de lealtad a la monarquía.

El doctor me recomienda que no abuse de mis fuerzas. A estas horas el cielo de febrero se ha alojado en la noche. Y a mi edad el frío puede perjudicarme. No obstante, corro el riesgo y salgo al balcón central. Mi presencia aumenta el bullicio callejero. Alzando los brazos agito las manos saludando y, aunque los ojos se me llenan de lágrimas, no dejo de sonreír.

Pronto, a instancias del doctor Nicod y muy a mi pesar, dejo el balcón y nos adentramos en la salita española.

Cuando hace pocas horas llegamos al aeropuerto de Barajas, el coche me condujo lentamente al palacio de la Zarzuela. Expectante y siempre amable, me esperaba Sofía, todavía convaleciente de su reciente maternidad, junto a sus hijas y el recién nacido.

Al poco tiempo Su Excelencia el General y doña Carmen se han personado allí para saludarme. Durante unos instantes Franco y yo vivimos un aparte sin testigos que pretendió ser muy cordial. No lo fue. Hubo una clara tirantez que tanto él como yo suavizamos con simulacros de sonrisas. No hablamos de la sucesión tras la muerte de Franco, pero de un modo vago le di a entender que, a nuestra edad, era preciso tener en cuenta decisiones esenciales.

Hubiera querido mencionarle que mi hijo Juan era el verdadero candidato al trono pero, bromeando y para limar asperezas, le dije señalando a mi hijo, a mi nieto y a mi bisnieto: «Ahí tiene usted a los tres, General. Escoja». Sin embargo no oculté mi convicción de que el verdadero sucesor era Juan.

Franco se hizo el remolón. La sangre gallega que circula por sus venas siempre ha sido su gran ayuda: parco en palabras, es rico en desconciertos para los que dialogan con él.

Muchas veces he pensado cuál hubiera sido el destino de los españoles si el General, en vez de haber nacido bajito, hubiera sido un hombre alto. Probablemente su afán de alturas le llevó a convencerse de que la dimensión que le faltaba al cuerpo podría conseguirla instalándose, al modo de un rey camuflado pero absoluto, en el trono de una España exclusivamente suya y, por ende, alejada del resto del mundo.

De haber sido alto, estoy segura de que los españoles, tras una guerra desesperada, hubieran aceptado el regreso de una monarquía, algo escarmentada pero sólida y bien encauzada, con verdadero entusiasmo. Sin embargo, Franco era demasiado pequeñito para ceder su lugar y quedarse en un cargo de segunda fila. Precisaba crecer como fuera, dejarse notar, circular por las calles bajo palio y, sobre todo, dominar, decidir sin consultar y mandar con hechos dictatoriales, lo que le negó la naturaleza.

Ensimismada, continúo contemplando ahora tras los cristales del ventanal la noche de un jardín rebosando voceos gratos y halagos que no cesan.

Los Alba han tenido la atención de iluminar la fachada del palacio para prolongar de algún modo la luz radiante del día, aunque en toda la ciudad sea ya noche.

El dormitorio que se me ha adjudicado es elegante y sobrio. El pavimento se ha revestido con una moqueta verde y los muebles son parecidos a los que de niña siempre conocí.

Sobre la cama cuelga un óleo del siglo XVI pintado por Vaccaro. Representa a María Magdalena como perdida en un desierto. Su pasado vencido por el peso de una realidad recién descubierta, una especie de novedad que acentúa la soledad que baña sus facciones acaso porque todavía no ha encontrado el centro espiritual de su descubrimiento.

Fue pecadora y santa. Como san Agustín. Y como tantos seres humanos que, cegados por los pequeños brotes de entusiasmos fatuos que nos ofrece el breve espacio de nuestra existencia, de pronto se adentraron en el vasto e interminable vivir más allá de la vida.

Mientras contemplo el cuadro llega a mis oídos el ir y venir de Petra, Pilar y la señora Rich, deshaciendo las maletas, ordenando mi vestuario y distribuyendo los objetos que pienso regalar mañana a todos los míos. Especialmente al recién nacido.

La ceremonia del bautizo será íntima. El General no hubiera consentido que el hijo de mi nieto, aunque sus padres puedan llegar a ser reyes, sea tratado como su rango merece. «Sólo la familia», se había acordado. También los grandes de España, muchos nobles, algún personaje de Estado como Carrero Blanco y por supuesto todos los familiares, la madre de Sofía y sus parientes cercanos.

Bee hace ya dos años que se fue de este mundo. Dos años que no han conseguido, pese a las esporádicas cartas que nos escribíamos, tan adornadas de «queridísima» y de calurosos despidos, echar fuera nuestra antigua rivalidad y sus manifestaciones de amistad poco claras abocadas a separarme cada vez más del rey. Mi intención al escribirle con tantas muestras de afecto se basaba en la necesidad de olvidar, de pasar hoja y sobre todo de recordar que a nuestra edad ya no se trata de ser la primera en todo, sino de admitir que en esta tierra nada o casi nada es lo único que podemos conseguir.

Tampoco Ali, su marido, va a asistir al bautizo. La excusa de que a sus años cuesta mucho mantenerse firme ante un general no es más que una añagaza para ocultar la verdad: su negativa a codearse con Franco. Algo parecido a lo que desde que la guerra había finalizado en España venía practicando mi gran amigo el duque de Baena, conocido por todos como Pepe Mamblas.

Asimismo él, desde que la república se asentó en España, se negó a regresar a su país. Pasó la guerra en Biarritz. No obstante, cuando Guipúzcoa fue conquistada por las tropas nacionales tuvo la delicadeza de ayudar a sus compatriotas exiliados por amenazas de muerte.

Instalado allí, y aunque Pepe no vaciló en facilitar ayuda a los que la precisaban, jamás quiso congraciarse con la dictadura del General. Por eso no volvió a pisar tierra española.

Biarritz. Querido y entrañable Biarritz. Resultaba difícil olvidar lugares, ambientes, climas y situaciones que durante un lapso más o menos largo de nuestra vida nos colmaron de felicidad.

De improviso el recuerdo global se impone. Nos atosiga, nos exige dividirlo en mil evocaciones que nos llenaron de dicha.

Causa cierto estupor comprobar que aquellas convicciones de un futuro tan bien reforzado por evidencias inalterables haya podido fraccionarse en frustraciones irreversibles.

Las causas de nuestros desfalcos internos se desvían. El tiempo las va rompiendo y el dolor surge violento en busca de culpables.

Todo en nuestros fracasos impone la necesidad de «culpar». Más aún: siempre los culpables son «los otros». Nadie se inculpa a sí mismo de haber obrado mal. El mal que nos atosiga exige un dedo que siempre señala a un «tú» imaginario. Jamás a un «yo» acaso real.

Sin embargo, cuanto más analizo lo que ocurrió, más se me afianza la convicción de que ni Alfonso fue culpable, ni yo voluntariamente planté la semilla que pudo culpabilizarme.

El derrumbe surgió como surgen los aludes de nieve o los corrimientos de tierras: inesperadamente y uniendo la perplejidad a los miedos, desengaños y desorientaciones que distorsionaron todos los esquemas.

Vivir debe de ser eso: mantenerse a la espera de cualquier desequilibrio, de admitir realidades que pueden desvanecerse tras el ligero soplo de una contrariedad, y también de imaginar desde nuestra infancia que en esta tierra no se puede ser feliz eternamente. La eternidad no es cosa de este mundo. De ahí que resulte tan inútil y precario forjar proyectos que tarde o temprano pueden desplomarse. Sin embargo, el nuestro parecía que jamás iba a destruirse de puro intenso y deslumbrante.

Tras mi petición de mano, aquella noche se celebró un banquete de gala para rubricar oficialmente nuestro noviazgo. Asimismo, mi tío el rey Eduardo VII se apresuró a concederme, para nivelar mi condición de princesa, el título de Alteza Real. De hecho, aquella estancia en Biarritz fue para mí como descubrir un fragmento de cielo en la tierra.

Alfonso tardó en volver a España, pero enseguida mandó un telegrama urgente a su madre, que continuaba en Madrid, para notificarle nuestro compromiso.

Estar juntos era ya una imperiosa necesidad para ambos.

Recuerdo las excursiones que hicimos por el sur de Francia. La belleza de los paisajes de aquella comarca se aliaba a nuestras convicciones más sólidas. Nada era ya proclive al triste dudar o bordear lo indeciso.

Pisábamos firme una tierra que olía a naturaleza estable, sin tormentas ni vendavales destructores. El aire húmedo que venía del mar parecía nutrir nuestra certeza de que todo en nosotros iba a ser armonía, placidez y comprensión.

A los pocos días Alfonso volvió a España a recoger a su madre, que llegó a San Sebastián para formalizar, como se había convenido, nuestro compromiso matrimonial.

Luego regresó a Biarritz para acompañarnos a mi madre y a mí al palacio de Miramar, donde nos esperaba la reina Cristina. El viaje lo hicimos con el marqués de Villalobar.

Recuerdo que, al atravesar el puente de Irún, Alfonso me miró fijamente y me dijo: «Ena, estás pisando tierra española».

«Mi tierra», pensaba yo. Y era lo mismo que si, al decirme aquello, Alfonso me estuviera entregando lo más valioso de su vida.

Fue entonces cuando conocí al todavía jovencísimo marqués de Viana (ya gran amigo del rey). Parece que lo estoy viendo: vital, alegre, volcado en simpatía y respetuosamente amable conmigo. Qué lejos estaba yo de imaginar que, muchos años después, algunos llegarían a culparme de su inesperada muerte.

En aquel tiempo la muerte era una circunstancia apartada de nuestro entorno. Una realidad lejana que se resistía a tomar parte de nuestra felicidad. Pensar en la muerte hubiera sido absurdo y estéril.

De mi futura suegra sabía yo muy poco, pero mis intenciones afectivas hacia ella, sólo por ser la madre del hombre al que yo quería, eran ya muy sólidas.

En los ambientes donde yo me había educado, la diversidad de pareceres relacionados con la reina regente se contrastaban. Algunos aseguraban que mi futura suegra era muy austera, rígida y poco afable. En España le habían adjudicado el mote de «Doña Virtudes» y se rumoreaba que, si como reina regente había sido perfecta, como madre no había sabido inculcarle a su hijo flexibilidades y comprensiones indispensables para ser un hombre más allá de su calidad de rey. Al parecer, desde niño lo habían tratado siempre con demasiado respeto. Incluso le habían dado a entender que, por el hecho de haber nacido con la corona puesta, todo y todos debían amoldarse a sus caprichos. Y eso podía provocarle cierta soberbia involuntaria proclive a desmerecer la ecuanimidad requerida. Pero en cambio otros la admiraban por haber guiado con talento y sutileza afable el difícil timón de la regencia hasta que se decidió la emancipación de su hijo, al que trató de enseñarle los valores morales que ella siempre aplicó en sus decisiones tanto políticas como personales.

Ignoraba yo quién tenía razón. En cualquier caso, lo que hasta entonces había detectado siempre en el monarca era a todas luces positivo. Jamás descubrí en él síntomas altaneros, ni orgullos desaforados, ni empeño en imponer pareceres, como si sólo él pudiera ser infalible.

La gente humilde lo quería y su afabilidad se extendía gratamente no sólo en España, sino en el resto del mundo.

También se ensalzaba su facilidad para los estudios, su inteligencia y madurez para extraer consecuencias políticas y su inclinación a adaptarse a los ambientes de cualquier clase social.

Fue muchos años después cuando descubrí que, aunque las cualidades que se le adjudicaban eran ciertas, algo muy importante se le había quedado rezagado en los recovecos de la ignorancia.

Aquel descubrimiento contribuyó a destruir poco a poco la personalidad que yo tanto había admirado.

Sin venir a cuento, inesperadamente Alfonso caía en terribles depresiones. Se encerraba en sí mismo y se convertía en un hombre envuelto en nieblas densas, agarrotadas por infinidad de dudas.

Asimismo, se desesperaba al no encontrar razones que justificaran aquellas caídas en picado. Sufría. Pero ignoraba la causa de su sufrimiento.

Tardé algunos años en comprender la razón de su tendencia a la misantropía. Y creo que no me equivocaba.

Desde la infancia, Alfonso fue educado para ser, en todo momento, un hombre maduro y responsable. Nunca le permitieron ser niño.

En cierto modo, lo despojaron de lo que un ser humano normal precisa para acoplarse a las circunstancias que el entorno exige.

De ahí el desequilibrio esporádico y a veces inexplicable de sus reacciones. Le faltaba una dimensión, se la habían hurtado cuando más la necesitaba.

Por eso cuando, ya mayor, la vida se le torcía de un modo inesperado, echaba mano de lo que su campechanía ocultaba: ciertos brotes de pequeñas tiranías mal expresadas o actitudes excesivamente relajadas y egoístas por haberlas adquirido durante una infancia reprimida. En suma: sin darse cuenta y como a destiempo, su carácter repentinamente revelaba una faceta infantil, como si lo que le sustrajeron cuando era niño exigiera salir a flote. Por eso, en la madurez, en ocasiones le brotaban reacciones caprichosas propias de un niño que nunca llegó a ser.

* * *

El doctor Nicod continúa desplegando atenciones conmigo. La emoción que acaba de surgir cuando he salido al balcón para agradecer tantas muestras de cariño planea todavía en mis resortes sensibles y a él, como principal responsable de mi salud, le preocupa mi cansancio.

Suavemente me conduce hasta la sala española donde sobre la chimenea se alza un inmenso cuadro de la que fue mi madrina de bautismo, pintado por Winterhalter.

También Eugenia de Montijo es ahora una pieza despiezada de lo que fue mi destino. Desde el óleo que la representa parece decirme: «En la vida no todo son desengaños, Ena».

La estoy mirando: tiene el rostro ligeramente apoyado en su mano izquierda. La otra mano sostiene con delicadeza la punta de su chal.

El doctor se empeña en que me relaje:

–Debe descansar, Majestad –me indica, señalando el sofá situado frente a la chimenea–. Ha sido un día muy ajetreado.

–No esperaba tanto –le confieso–. Desde que he llegado a España, todo se ha convertido en un espectáculo mágico. Nunca recibí tantas muestras de cariño mientras reinaba.

Pero mi asombro crece cuando Cayetana y Luis me anuncian que acaba de llegar al palacio de Liria desde Barcelona una furgoneta cargada con centros de flores confeccionados por las floristas de Las Ramblas.

–También en Cataluña se me recuerda. –Jamás esperé semejante homenaje de aquella tierra tan admirable.

Cayetana y Luis se acomodan ahora junto a nosotros. Me gusta esa mujer joven, alegre y vivaracha que Jimmy, su padre, tanto quería.

Luis, su marido, es el contrapeso que nivela la armonía de ese matrimonio. Reflexivo y cauto, trata siempre de mantener serenamente el apoyo y ayuda que su suegro me prestó hasta la muerte.

El doctor Nicod insiste en que debo descansar: teme por mi endeblez física. Aunque aparentemente reboso salud, él sabe que toda yo soy un manojo de precariedades. Mientras me contempla tras sus gafas de monturas plateadas, me doy cuenta de que el entusiasmo que mi llegada a España está ocasionando también le está afectando a él. Son muchos los años que lleva compartiendo conmigo interioridades tanto físicas como metafísicas.

Lo conocí todavía inmerso en hábitos y actividades propias de la juventud. En cambio ahora, aunque más joven que yo, también él se está integrando en las mazmorras de lo que se denomina tercera edad. Su cabello cano continúa siendo voluminoso, y el bigote que ostenta, también blanco, tiene la misma espesura que sus patillas. No es un bigote a la moda, pero, siendo breve, permanece tupido.

De hecho, el doctor Nicod es una especie de archivo humano que durante años y años viene procurando que mi ya precaria salud no se desvíe y se mantenga más o menos estable.

Pienso ahora que nadie me conoce mejor que él. Durante años me ha visto reaccionar, no a modo de una reina, sino desde el rellano de una simple mujer. Seguramente yo para él no debo de ser una persona importante. Únicamente una paciente más que ejerció el oficio de reina y que incluso en los momentos más angustiosos tuvo que fingir sonrisas.

En ocasiones escuchó mis quejas. Quejas corporales: «Me duele el estómago» o «Ayer vomité», «El reúma me atosiga», «Las piernas se me hinchan» y muchas quejas más propias de la coraza material que envuelve al ser humano. Pero jamás me permití agobiarlo con mis dolencias internas y psicológicas.

Seguramente las intuye, pero hace como que las ignora.

En estos momentos se está mostrando algo inquieto. De nuevo insiste en que debo descansar:

–Han sido demasiadas las emociones –le explica al marido de Cayetana–. Su Majestad lleva arrastrando desde la mañana una página histórica saturada de acontecimientos demasiado agotadores.

Luis Alba asiente:

–Tiene razón, doctor. Mañana tampoco va a ser un día apacible. Hay que recuperar fuerzas.

En Zarzuela se está ya preparando el bautizo de mi bisnieto. Muchos serán los que, incitados por renovar recuerdos perdidos, se propondrán recobrarlos con mi presencia.

–Si Vuestra Majestad lo desea, puede cenar sola en sus habitaciones –me propone Cayetana.

Acepto. Desde hace varios años, la soledad tras ciertos acontecimientos que en el fondo son pretéritos más o menos definidos exigen calma, silencio, aislamiento y derecho a asimilar las imprevistas reacciones que suele brindarnos la vida.

Lentamente, los tres me acompañan a los aposentos que me han adjudicado.

La señora Rich me espera con la puerta abierta, en la salita contigua a mi dormitorio.

Al despedirme del doctor y de los Alba, le ruego a Luis que se ocupe de repartir por las iglesias de Madrid los centros de flores que las floristas de Barcelona han tenido la amabilidad de enviarme.

–Y que los mejores adornen la iglesia de los Jerónimos

–le recomiendo. Y, a modo de un secreto, le digo bajito–: Allí me casé.

No sé por qué recuerdo ahora mi boda. Sólo sé que nunca he echado tanto de menos la presencia de Alfonso como en estos momentos.

* * *

La pasada noche he soñado que volvía a casarme. Pero mi matrimonio, lejos de ser un espectáculo ampuloso y sobrecargado de invitados importantes, se reducía a una simple ceremonia sin más parafernalia que la iglesia adornada con muchos centros de flores catalanas, un sacerdote sin alta jerarquía eclesiástica, Alfonso y yo.

En mi sueño Alfonso ya no era aquel jovencito de rostro chupado y pálido. Se trataba de un personaje como lo fue después cuando los años añadieron algún kilo necesario a su cuerpo enjuto y a su semblante maduro que casi se había convertido en el de un hombre guapo. En ocasiones, cuando el ser masculino madura, sus facciones alcanzan dimensiones estéticas que la juventud ocultaba.

Yo era feliz. Se trataba de un matrimonio reciclado: algo que por una extraña razón nos permitía recobrar nuestro primer encuentro en Biarritz y reparar los desfalcos de nuestros años tan llenos de ataduras que nos desunían.

De nuevo Alfonso volvía a ser el enamorado de nuestros principios pero sin intercambio de postales, ni interferencias ajenas y sobre todo sin más deseos que los propios de una pareja que precisa notarse compenetrada.

El despertar ha sido doloroso. Me hubiera gustado continuar mi sueño. Precisaba saber hasta qué punto la felicidad que yo experimentaba podía prolongarse hasta la muerte.

Pero a veces también la muerte puede ser tacaña. Resta tiempo para rehacer lo que se deshizo. No permite treguas ni admite que se nos conceda una segunda oportunidad.

Me pregunto si esa segunda oportunidad se nos hubiera concedido a Alfonso y a mí cuando, ya al borde de abandonar este mundo, nuestras asperezas, distorsiones, equívocos y sobre todo aquellos horribles brotes tan saturados de instintos equivocados y de fogosidades envenenadas de ira hubieran sido superados por razonamientos propicios a ahondar en los sentimientos que nos unieron más allá de los peligros que constantemente atentaban contra la paz de nuestro convivir.

Ahora sé que lo esencial no consiste en ser feliz, sino en procurar que la felicidad extraviada se instale en el otro. Es decir, dar sin esperar recibir.

Cuántas veces he pensado que nada puede solidificar una unión como el despegue de nuestro afán de revancha. Ese afán de conseguir por la fuerza algo que consideramos perdido sólo conduce al error. Nada más débil e impotente que una fuerza mal administrada. Desde mi vejez comprendo claramente que lo esencial no consiste en «forzar» sino en tener suficiente fortaleza para asumir nuestra debilidad y ponerla al servicio de la esperanza.

Cierto: a veces lo que tanto deseamos llega demasiado tarde, pero llega.

A mí me llegó cuando Alfonso se había adentrado ya en las rutas que conducen al otro lado de la vida. Ese lado que los humanos tratamos de olvidar porque se nos antoja incomprensible.

Aunque he dormido bien en el palacio de Liria, debo reconocer que mi despertar no ha sido alegre; hubiera querido continuar soñando. ¿Serán los sueños pedazos dispersos de una segunda vida terrena? Cuántas veces he deseado que lo que vivimos conscientemente fuera únicamente un sueño, al tiempo que lo que consideramos quimera fuera una flagrante realidad.

No obstante, la verdad siempre se impone y lo que vivimos dormidos es una mentira que refuerza todavía más la nostalgia del sueño real que perdimos.

Sin embargo, el día que Alfonso nos condujo al palacio de Miramar, situado en San Sebastián, para que yo conociera a su madre superaba con creces los sueños más deslumbrantes que hasta entonces, dormida o despierta, había experimentado.

A pesar de que el mes de enero finalizaba sus días y el inevitable mes de febrero pugnaba ya para desbancarlo de los calendarios, el clima era cálido y un sol radiante potenciaba generosamente los colores de la lluvia de flores que, a modo de bienvenida, nos lanzaban desde los balcones.

Tras atravesar la Concha, la ruta que conducía al palacio de Miramar era zigzagueante y algo cuesta arriba. Aunque aparentemente sencillo, aquel edificio evidenciaba la sobria elegancia de la soberana regente.

Enfrente, la playa de Ondarreta mostraba un mar alegre sin olas enemigas ni rachas de vientos adversos.

Era un mar casi veraniego y como dormido en los albores cálidos de un día agosteño.

Junto a la puerta principal del palacio, la reina Cristina nos esperaba con semblante alegre y mirada risueña.

Primero abrazó a mi madre y luego, sin permitir que le hiciera la reverencia, me abrazó a mí.

Fue un momento inolvidable. Aunque entre aquella mujer y yo se extendía una inmensa llanura de diferencias, algo más fuerte que todos los obstáculos del mundo nos estaba uniendo: el amor que ambas experimentábamos por Alfonso.

Supe entonces que, aunque la vida que nos esperaba pudiera torcerse, aquella mujer alta, regia y no demasiado agraciada jamás podría ser mi enemiga.

No lo fue. Ni siquiera cuando, ya inmersa en oleajes de desvaríos y puntos de partida ineficaces, la guerra mundial del año 1914 vino a sembrar malestares entre la condición germana de mi suegra y mis propias tendencias británicas que, poco a poco, sin que ninguna de las dos se mostrase esquiva, no dejaban de crear entre nosotras cierto malestar inevitable.

De pronto nuestras diferencias se volvieron algo belicosas. Su rostro se agrietaba cuando, por ejemplo, me veía fumar. O si demostraba excesivo cariño por mis perros. O cuando, inmersa en el reconocido abandono de Alfonso, la reina María Cristina fingía ignorarlo.

Lo peor tuvo lugar cuando el archiduque Frederick, hermano de mi suegra, se decantó por luchar a favor de Alemania y Austria-Hungría, mientras dos hermanos míos luchaban por Gran Bretaña y Francia.

De la neutralidad de España poco se hablaba en palacio. Ni siquiera Alfonso se definía: en algunos momentos incluso, cuando miraba a su madre, se esmeraba en darle a entender que sus preferencias eran también las suyas. A veces no se precisan palabras para expresar ciertos sentimientos.

Creo que hasta entonces nunca me sentí tan sola. Era lo mismo que si la guerra se hubiera empeñado en dividir y destrozar los pilares de nuestra ya maltrecha familia.

La cumbre de aquella triste situación se alcanzó cuando mi hermano pequeño, Mauricio, fue abatido en el frente luchando por Inglaterra.

Creí morir de pena. Y durante un tiempo tuve la sensación de que el inmenso palacio donde vivía era una especie de cárcel alemana.

Imaginé el dolor de mi madre. Hubiera querido correr a su lado, pero no pude. Las circunstancias mundiales lo impedían. Una vez más, la guerra vencía y destruía lo que más precisábamos conservar y venerar.

Aunque mi suegra se esforzaba por disimular su indudable preferencia, nunca dejaba de hurgar en los periódicos para conocer los avances de los suyos. Su alegría se evidenciaba si los favorecidos eran los alemanes.

No obstante, si los aliados lograban algún éxito nunca dejaba de mostrarse amable conmigo: «Los tuyos han tenido un buen día hoy», solía decirme.

Sin embargo, a medida que la guerra avanzaba las tensiones que nos dividían aumentaban.

En cierta ocasión, durante un almuerzo en que el conde de Romanones era nuestro invitado, se nos comunicó que lord Kitchener había muerto en un barco británico abatido por los alemanes. Aquel día mi suegra no trató de disimular su alegría. La satisfacción que le había producido la noticia era evidente.

En cambio, para mí fue como si alguien a quien debía respetar y querer me estuviera clavando un puñal. Lord Kitchener fue siempre para mi familia un hombre entrañable.

Más de una vez, cuando yo era niña, me había sentado en su regazo.

Reconozco que para mi marido aquella etapa debió de ser muy difícil. Mostrarse neutral entre dos polos familiares y enemigos no debía de ser fácil.

Pero tampoco fue fácil para mí soportar la tensión que durante cuatro años transformó nuestra complacencia mutua en un convivir antagónico repleto de pequeñeces muy dolorosas.

Sin embargo, aunque nuestra necesidad de vivir bajo el mismo techo tras aquella espantosa guerra mundial era algo incómoda, su escondida delicadeza rebrotó de pronto desvaneciendo nieblas belicosas cuando, a los dos años de estallar la contienda, caí gravemente enferma.

Al principio nadie daba con el diagnóstico correcto. Se trató de una apendicitis violenta que estuvo a punto de convertirse en una peritonitis mortal.

Durante aquella enfermedad algo en mi entorno cambió bruscamente. Tanto mi suegra como mi marido se volcaron en atenciones.

En el fondo, aquel resurgir afectivo y amistoso fue para mí como un inesperado regalo para la ya inevitable desolación que venía atosigándome desde hacía muchos años. Casi no podía creer que aquel cambio indudable de decoración anímica pudiera ser real.

Pensé entonces que lo que nos abandona puede regresar y que los menosprecios son capaces de ser redimidos. Bastaba un hecho grave para que los sentimientos escondidos pudieran rebrotar.

Cualquier detalle de Alfonso se me antojaba como una petición de perdón. Sus claras manifestaciones de interés que tanto me había prodigado durante nuestro noviazgo fueron entonces recuperaciones inesperadas y felices. Era como si aquel pasado que tanto nos había unido se empeñara en devolver lo que quedó rezagado en los diez años de matrimonio tan lleno de oscuridades.

También mi suegra parecía recobrar los primeros tiempos de nuestro encuentro en Miramar. La guerra todavía vigente y despiadada se desvanecía cuando, al acercarse a mi lecho, trataba de calmar mi fiebre con suaves caricias mientras colocaba paños de agua fría en mi frente.

No esperaba tantas muestras de cariño. Ni siquiera ahora, tan alejada ya de aquella guerra y de aquellos constantes desvíos que sólo agrandaban mis vacíos, puedo dejar de recordar aquel suceso de mi vida como una etapa feliz.

* * *

Era imposible imaginar que aquella fascinante sensación de apoyo y aquel continuo afán de prodigarme muestras de cariño pudiesen, en algún momento dado, relativizarse y convertirse en hechos cumplidos y acabados.

Sin embargo eso fue lo que sucedió cuando tras una larga convalecencia mi salud perdida se recobró.

De nuevo comenzaron las ausencias, las sordas indiferencias, las soledades sólo arropadas por mis damas de compañía impuestas por el propio rey desde que me convirtió en reina.

No obstante, la convalecencia fue en cierto modo muy grata. Mi suegra se empeñaba en no apartarse de mí. Nuestras conversaciones ya nunca se referían a la guerra.

En su preclara sabiduría, dejó la contienda a un lado para sumarse conmigo al discurrir plácido de nuestras vidas.

Como reina, conocía a fondo los resortes que podían hacer tambalear las peanas de los monarcas. «Las amistades. Cuida las amistades, Ena.»

Fue en aquella época cuando la madre de Alfonso se explayó por primera vez conmigo. En ocasiones incluso parecía desconfiar de las damas de honor que se me habían adjudicado. «Las reinas no deben tener confidentes. Son peligrosas».

Y añadía que, aunque nos sintiéramos desvalidas y envueltas en soledad, jamás debíamos caer en la tentación de confiar plenamente «en los que se acercan a nosotras con aires desinteresados. Sus influencias pueden ser perjudiciales».

En efecto; María Cristina tenía razón. La libertad de los monarcas puede convertirse en la peor de las esclavitudes. Aunque no lo queramos admitir se trata siempre de una libertad herida.

Si el enamoramiento nos exige ver y admirar lo que imaginamos, la amistad puede asimismo ser una especie de tuerca que se adentra en nosotros para agujerear lo más valioso de nuestros sentimientos.

Recuerdo que, mientras ella me hablaba, la mente se me iba escapando hacia los pequeños brotes de envidia que a veces me causaba la emancipación y clandestinidad de las personas que estaban a nuestro servicio. Sus arenas movedizas particulares nunca eran motivo de escándalo. Las personas de «momentos» no tienen instantes relevantes. Sólo tienen «instantes» ocultos a los que nadie puede acceder.

En cambio en nuestro ambiente, continuamente abocados a la intemperie, todo era susceptible de escándalo, de falsas interpretaciones y de voluntades distorsionadas que podían crear rencores.

«Hay que ser amable con todo el mundo», continuaba diciendo mi suegra. «Pero no rastrero.» Y añadía que cuando algo era positivo y bueno debíamos comentarlo con satisfacción moderada. «Es una forma de permitirnos callar cuando algo nos disgusta.»

Todo según ella debía ser cuidadosamente estudiado y jamás debíamos dejarnos llevar por convicciones materiales o tajantes: «Nunca olvides la brevedad del "siempre", Ena. Todo en este mundo es limitado. Incluso la solidez amistosa».

Cuando la escuchaba algo dentro de mí se derrumbaba. No obstante prefería imaginar que su avanzada edad y la dura vida que su reinado le había impuesto le exigían expresarse de aquel modo.

Era como si sus razonamientos trataran de disminuir mis sentimientos. O como si ambas fuerzas se atacaran unas a otras, para evitar torpezas peligrosas.

Instintivamente, cuando me hablaba de aquel modo algo en mí se rebelaba. Para María Cristina peligros indefinidos, pero evidentes, gestaban malestar entre las paredes del palacio: «Insisto, Ena: procura que tus amistades siempre sean convencionales».

Era duro escuchar aquello. Sobre todo cuando los consejos que me daba jamás los aplicaba a su hijo.

Alfonso tenía amigos. Muchos. Tal vez demasiados. No obstante, su madre no le reprochaba la precariedad de aquellas amistades. Él era hombre y yo mujer. Las mujeres de entonces no alcanzaban los niveles del hombre. El mundo que destacaba era machista. Hasta en las fotografías se notaba aquel machismo; los hombres posaban sentados y, tras ellos, las mujeres (como si los respaldaran) posaban de pie.

Sin embargo no tardé mucho en comprender que los reyes, aunque pretendieran ser ricos en amistades, únicamente conseguían tener cómplices. La amistad es un privilegio precario para los reyes. Tarde o temprano los pretendidos amigos pueden llegar a ser delatores o enemigos. Nada como el resentimiento se alía tan estrechamente a las ambiciones frustradas.

Aquella convalecencia fue quizá lo que me indujo a analizar los verdaderos peligros de la vida y sobre todo a meditar aún más sobre las terribles desigualdades sociales que tanto desnivelaban a los españoles de aquella época.

Nada obliga tanto a reflexionar como verse cercada por la muerte.

Horas pasaba yo tratando de ahondar en la injusticia que suponía verme tan atendida por médicos y personal especializado en cuidar enfermos, y saber que los pobres o los que vivían con escasos medios debían contentarse con torpes remedios caseros y fiar en lo que sus ignorancias o desconciertos les ofrecían.

Anteriormente, y convencida de que aquella forma de aceptar semejantes desajustes era no sólo lamentable, sino también injusta, convoqué y reuní a ciertas personas que podían ayudarme en los proyectos que incluso antes de caer enferma sentía el impulso de realizar.

Asimismo, hablé con Bee, todavía aferrada a su afán de protagonismo, y con mis damas de honor para exponerles mi gran plan de reforma social destinado a beneficiar a los que carecían de recursos: «Es absolutamente vergonzoso lo que está ocurriendo en España».

Aunque el país era neutral, no lo era en la guerra de la desidia y del egoísmo. La desigualdad entre los españoles era una lacra que dolía demasiado.

Afortunadamente, mis propuestas llevaban ya varios años funcionando; contra todos los imprevistos conseguí crear hospitales para tuberculosos y cancerosos, escuelas de enfermeras, servicios médicos para enfermos sin medios económicos y, sobre todo, la necesaria institución de la Cruz Roja, cuya presidencia me adjudiqué.

Trabajé fuerte hasta que en la convalecencia tuve ocasión de idear para mis instituciones infinidad de proyectos que no tardaron mucho en realizarse.

Ayudada por mis damas de honor, organicé tómbolas, funciones de teatro, fiestas folclóricas, carreras de automóviles, siempre con fines benéficos. Nada que pudiera ayudar a mis protegidos indigentes quedaba en el aire.

Entonces Madrid era una ciudad algo provinciana que adolecía de muchos adelantos y fomentaba distancias entre el pueblo y la alta sociedad. Pese a la grandeza de sus palacios, museos y algunas avenidas o calles asfaltadas, la capital de España continuaba siendo una especie de pueblo grande.

Recuerdo que, recién llegada a la capital, desde mis habitaciones particulares podía escuchar la algarabía de los carromatos arrastrados por mulas que distribuían carne, carros de basura acompañados siempre por la trompeta del basurero, el anuncio chillón de los churros calientes, los traperos y cacharreros ofreciéndose a voz en grito para hacerse con algunas mercancías reciclables, los organilleros reclamando algunas monedas, los vendedores ambulantes de leche que, voceando la mercancía bien preservada en depósitos metálicos arrastrados por cuadrúpedos, iban marcando su paso por la ciudad al grito de «Leche fresca recién ordeñada».

También evoco el débil alumbrado de gas que escasamente clareaba las calles y, en la amanecida, el desfile de encargados de apagar las farolas con pértigas gigantes.

Entonces aquellas costumbres todavía no se me antojaban ancestrales. Todo el mundo lo admitía como algo natural.

Sin embargo, cuando comparo el Madrid de mis principios como reina con los adelantos establecidos durante mi exilio, experimento ráfagas de vergüenza. La misma vergüenza que durante mi enfermedad, en plena guerra mundial, me impulsaba a idear toda clase de proyectos para potenciar la tarea que conseguí realizar ayudada y animada tanto por mi suegra como por mis damas de honor.

Entre ellas destacaba Rosario Agrela, ya casada con Jaime Lécera y madre de dos hijos.

Parece que la estoy viendo: menuda, inteligente, afable y como asustada cuando le planteaba propuestas que no se ajustaban a su modo de concebir la vida, constantemente arropada por una educación que la protegía de todo lo que no fuera agradable, lisonjero y en cierto modo feliz.

Rosario Agrela Bueno, tras la muerte de su padre condesa de Agrela, creció envuelta en algodones y aislada de todo lo que podía dañar su emotividad y afectar las cuerdas sensibles de su existencia.

Ajenos a la responsabilidad que contraían, sus padres decidieron que su hija única nunca debía conocer la parte adversa de la condición humana.

No obstante, su simpatía y aquella arraigada inocencia, que evidenciaba su total desconocimiento de la vida real, la convertían en una dama de honor grata, cordial y también algo ansiosa de verse arropada y amparada por mí.

Su marido, el duque de Lécera (hijo del aquel otro duque que junto con otros grandes de España velaron en El Pardo mi última noche de soltera), era asimismo un puntal muy firme en mis propuestas de ayuda para los más desfavorecidos y abandonados a una suerte siempre hostil e infortunada.

Cuando conocí a Rosario comprendí que aquella mujer débil y desconcertada era algo parecido a la rama de una enredadera anhelosa de buscar una luz solar que desde niña se le había negado a fuerza de deslumbrarla con fuegos fatuos demasiado frívolos y fútiles.

Jamás sus padres la orientaron hacia la verdad de la vida, ni le explicaron la necesidad de abonar el terreno para adentrarse en la muerte con la conciencia limpia de actitudes alejadas de un texto ético y religioso.

Su marido era distinto. Él tenía ya entonces una visión clara de nuestra trayectoria humana. Inteligente y cauto, tal vez lo que le indujo a casarse con ella fuera precisamente aquella debilidad interna que la obligaba a vivir entre desengañada y desorientada por la educación recibida.

A la mayoría de los hombres responsables y serenos les atrae el hecho de proteger, de apoyar y de convertirse en algo indispensable para la mujer de la cual se enamoran. Y Jaime se enamoró de Rosario durante una cena en el palacio de Liria, cuando al departir con ella descubrió que, además de bella, Rosario precisaba ayuda.

Aquella noche hablaron largo y tendido. Seguramente ella, ya desengañada de muchas mentiras que le inculcaron como verdades, le hablaría de lo difícil que le parecía conocer dónde se escondía «la Verdad». Una verdad que sus padres siempre le habían ocultado. Jaime intentó por todos los medios ayudarla sin éxito.

Años después me lo confesó abiertamente. «Siempre andaba perdida en dudas terribles. Nunca se encontraba a sí misma. Algo en ella la obligaba a vivir como fuera de su propia personalidad.»

Desgraciadamente, Rosario nunca la encontró. Sólo encontró una mentira que le impidió elegir el camino de la paz.

En aquel tiempo fue la duquesa de la Victoria mi mejor aliada, y, pese a las recomendaciones de mi suegra sobre la amistad, debo admitir que fue precisamente ella la que mejor llenó el hueco amistoso que venía echando de menos desde que salí de mi tierra natal. Fue una buena amiga. Jamás se decantó hacia las rastreras actitudes que caracterizaban a la gran parte de las mujeres que pertenecían a la nobleza y que, para granjearse la atención de Alfonso, se hartaban de ningunearme o desprestigiarme.

Por contrapartida, tengo el convencimiento de que el pueblo me quería. Ya nadie dudaba de mis convicciones religiosas, y, por supuesto, las graves acusaciones (que tanto afectaron a mi relación con Alfonso) sobre la culpa que se me adjudicaba tras descubrirse la enfermedad que aquejaba a mi hijo mayor se habían difuminado en las mentes sencillas que, conscientes de mi empeño en airear dificultades insalvables entre los que carecían de ayuda, se iban adentrando en la certidumbre de que su reina era algo más que una figura de cera o un adorno vital del grandioso y espectacular Palacio Real.

* * *

De nuevo la jornada se aferra a un frío destemplado y lluvioso. Son las seis de la tarde, pero la oscuridad que causa la atmósfera acelera la noche y convierte a la ciudad de Madrid en un reguero de luces eléctricas impensables en los años en que yo todavía era la reina de España.

Al adentrarnos con el coche en los terrenos de la Zarzuela, los ventanales del edificio destacan luminosos entre el arbolado profuso que protege el camino hacia el palacio.

Muchos son los invitados a la ceremonia del bautizo. No en vano el neófito es un varón.

La lista de convocados al evento es larga. Todo en el ambiente recupera tiempos lejanos: grandes de España, nobles de alto raigambre, mi nuera María de las Mercedes, la madre de Sofía, los reyes de Bulgaria, el vicepresidente Carrero Blanco, el presidente de las Cortes Antonio Iturmendi, el ministro de Justicia Antonio María de Oriol y muchos más que los años pasados no han querido eliminar se esmeran en departir conmigo y con mi hijo Juan como si los treinta y siete años de mi exilio jamás hubieran tenido lugar.

Entre el tumulto que me rodea veo todavía inmersa en su papel de gran amiga de mi marido a la ya caduca y deteriorada duquesa de Durcal.

Me sonríe. Incluso me hace la reverencia. Probablemente ya no recuerda su contribución a ser una más en la tarea de desprestigiarme para ganarse la confianza del rey.

Doña Sol ya no está. Dejó de existir cuando su fealdad se cansó de marear la perdiz y luchar en vano por atraer la atención del rey, proporcionándole lo que ella seguramente jamás consiguió para sí misma.

Era extraño recuperar tanta gloria carcomida por los años. Nada es igual a lo que fue. Y todo es ya como un doloroso principio que nunca acaba de empezar.

En torno a nosotros falta un mundo de cosas importantes perdidas para siempre. Cosas que jamás podrán recuperarse.

Casi todo en estos momentos se vuelve ruinas. Sólo los pequeños gemidos de mi bisnieto me rescatan de esa extraña sensación.

Él es el futuro. Yo sólo puedo ser un triste y deteriorado pasado.

Durante unos instantes temí que aquel pasado tan lleno de errores, traiciones y desaciertos pudiera desbaratar el acto religioso que va a tener lugar en la sala principal del palacio. Sin embargo, el bautizo de Felipe se está realizando con la serena estabilidad y alegría que hace sesenta y dos años presidió mi propio bautismo.

Únicamente mi madre y ciertos sectores cercanos a la Iglesia anglicana se notaron entre disminuidos y tal vez molestos por mi cambio de religión.

Para evitar suspicacias y equívocos molestos, el rito de mi entrada al catolicismo tuvo lugar de un modo casi clandestino en la pequeña capilla privada del palacio de Miramar de San Sebastián, pero no faltó el boato que el acontecimiento exigía. Ni tampoco pasó inadvertido para el pueblo. Bastó saber lo que ocurría en el palacio de Miramar para que la ciudad se uniera con manifestaciones ostentosas a la importancia de aquella ceremonia.

Anteriormente, mi madre y yo estuvimos en Francia varios meses para que el obispo de Nottingham, monseñor Robert Brindle, me instruyera ampliamente y me hiciera ver las diferencias profundas que, desde la época de Enrique VIII, había experimentado el cristianismo en Inglaterra. Fue una instrucción exhaustiva que modificó por completo mis puntos de vista religiosos. No fue fácil, sin embargo, admitir lo que todo en mi entorno había considerado siempre insustituible y verdadero. Especialmente cuando el oleaje de las noticias mediáticas invadieron mi país de críticas y humillaciones que dolorosamente tuve que soportar.

Me estoy viendo ahora entrando en la capilla vestida con una túnica blanca, como una novia pobre, despojada de alhajas, de adornos y de cualquier ostentación, cubierta con un sencillo velo también blanco y acompañada por la reina María Cristina.

De rodillas y ante una Biblia, me hicieron abjurar de mi religión protestante y, tras recitar la oración, invocando al Espíritu Santo para que me ayudara, comencé a leer un credo muy ampliado para reafirmarme en las creencias que precisaba acatar.

Empecé citándome a mí misma para reforzar no sólo mi rechazo al anglicanismo, sino también para asumir lo que voluntariamente debía aceptar en adelante.

Flanqueaban al obispo Brindle dos obispos españoles. Al bautizarme me añadieron otro nombre en honor de la reina regente: Cristina.

Aquella misma tarde y tras una exhaustiva inmersión interna para hurgar en mi vida pasada y vaciarla de todos mis lastres humanos, el obispo de Nottingham me oyó en confesión.

Nunca imaginé que semejante práctica católica pudiera proporcionar tanta paz y bienestar como la que percibí tras recibir la absolución.

Tal vez fuera entonces cuando mejor comprendí hasta qué punto analizarse a uno mismo y echar fuera nuestros desaciertos, errores y sobre todo esas pequeñas falsedades que egoístamente convertimos en verdades puede sosegar las constantes inquietudes que la vida nos causa.

No sabría explicar lo que realmente experimenté; era algo más allá de toda comprensión humana, de cualquier individualismo egoísta y de todas las seguridades más rotundas y congruentes.

Recuerdo que tras mi confesión lo primero que hice fue acercarme a la madre de Alfonso para besarla. Algo muy fuerte y seguro nos estaba unificando, pese a ser completamente distintas.

La estoy viendo ahora sonriéndome como si un hilo invisible de satisfacción estuviera cosiendo mis sentimientos a los suyos.

Era hermoso notar el alma ligera, vaciada de sombras y preparada para afrontarlas sin el temor de volver a adentrarme en ellas.

María Cristina me besó con cariño. No fingía. Era un cariño nuevo que se añadía al de Alfonso y que parecía vencer cualquier retazo de desolación o futuros extravíos dolorosos.

Hasta entonces yo nunca había sabido lo que supone tener la certeza de que el alma está limpia y que esa limpieza es valedora de una estabilidad psicológica que ningún fármaco puede conceder.

Aquel mismo día mandé un telegrama al Santo Padre. Entre varias muestras de complacencia por haber abrazado la fe católica, decía: «Yo me ofrezco con todo mi corazón a Vuestra Santidad como su hija más fiel».

Al día siguiente recibí mi primera comunión. En aquella época, para comulgar había que estar en ayunas desde las doce de la noche. Por eso las comuniones solían recibirse en horas tempranas y al margen de la celebración de las misas.

Tenía yo dieciocho años. La edad de las seguridades. La edad de los que imaginan que la vida puede ser una constante e inamovible afirmación de nuestros propósitos. El engaño no cabe en los sentimientos que se experimentan.

Ni por asomo podía yo imaginar que aquella plenitud, tan llena de firmezas, podía descerrajarse y hacerse añicos. Tampoco cabía en mi mente que, algún día, cuando las nieblas se envenenan de soledad y hastío, puede surgir otro futuro inesperado que, de puro deslumbrante, también se nos antoja eterno.

Para mí en aquellos instantes el futuro era Alfonso, mi fe católica, la convicción de que la felicidad que experimentaba podía ser consecuente y dilatada. Todo resplandecía demasiado para dar cabida a suposiciones insertas en sombras.

Nada me hacía presagiar que trece años después ciertas fibras sensitivas que yo consideraba sumergidas en noches desangeladas iban a resucitar extraviadas en crepúsculos demasiado tardíos para que, lejos de liberarme de tantos y tantos vacíos, acabaran por aumentarlos.

Vivir debía de ser eso: fragmentar pasados que ya no servían y tratar de recomponer sentimientos que a fuerza de imaginarlos definitivos iban perdiendo lentamente protagonismo.

A veces la historia es implacable y con frecuencia nos obliga a cambiar rumbos sin que nuestras intenciones se presten a ello.

Cuando ahora pienso en aquella etapa de mi vida, tengo la impresión de que desde que comenzó mi exilio hasta que estalló la Guerra Civil fue sólo un sueño. Un sueño entre doloroso, feliz y un punto desesperado. Nada era posible. Sin embargo, se impuso. Renovó mis formas de vida. Se adentró en mi alma con la tenacidad de lo que, de tanto bordear lo imposible, se adueña de nuestro destino de una forma inevitable.

En ocasiones intento convencerme de que lo que yo experimenté en aquellos trece años fue un espejismo, un fuego fatuo que me permitió endilgar mi vida hacia una nueva felicidad.

Pero no puedo. Su recuerdo persiste como una insistente realidad. Sé que lo que rompe la simetría de nuestro verdadero camino nunca puede alcanzar la felicidad perdida. Sin embargo, noto como si una daga se me clavara en el pecho cuando evoco aquella especie de sueño.

Al principio no imaginaba que la amistad podía traspasar barreras distintas. Y que tener derechos implica siempre depender de unos deberes. Asimismo ignoraba que las esperanzas mal encauzadas también tienen su fecha de caducidad.

Por eso cuando Jaime, tras un prolongado silencio, me llamó por teléfono desde Madrid a Montecarlo para comunicarme que, como grande de España, había sido invitado al bautizo de mi bisnieto, le rogué que se abstuviera de asistir al acto que se iba a celebrar en Zarzuela.

Frente a mí tenía un espejo. Allí estaba yo con el auricular pegado al oído. La voz de Jaime, todavía joven, era la misma de siempre. Calculé su edad: debía de rondar los setenta y cuatro años.

Recordé su aspecto cuando, al estallar la Guerra Civil en España y yo aún instalada en Fontainebleau, nos separamos. Fue una separación impregnada de decisiones que podían ser definitivas. ¿Hasta cuándo? Era imposible saberlo. Las guerras no tienen respuestas, ni seguridades, ni pueden prometer continuidades; y las preguntas son únicamente metáforas que rellenan instantes vacíos de certezas.

Desde aquella separación que fue definitiva han transcurrido alrededor de treinta y seis años.

Tal vez él ya no sea aquel Jaime que dio estabilidad a mis inciertos caminos al salir de España. Los hombres a los setenta y cuatro años todavía conservan su capacidad de impactar, de ser hombres con un aspecto atractivo. Sin embargo, en el espejo donde me estaba mirando sólo veía a una vieja octogenaria que ya nada podía esperar como mujer, salvo respeto y, en cierto modo, como reina destronada, un punto de veneración.

Le pedí que no fuera al bautizo: «Es preferible que no volvamos a vernos», le dije.

Todavía intentó él cambiar mis puntos de vista. Pero le atajé: «Te llevo siete años, Jaime. La juventud no sabe de edades. Pero la vejez es implacable. No quiero que nuestro recuerdo se muera estrujado por las garras del tiempo».

Jaime cumplió mi deseo. No asistió al bautizo de Felipe. Fue mi forma de recuperar para siempre lo que quedó escondido en aquel espejo, acaso providencial, que me permitió observar mi propia decadencia.

DÍA TERCERO

Viernes, 9 de febrero de 1968

No es orgullo lo que estoy experimentando. Es una extraña sensación que me vindica, que permite recuperar aquellos oscuros años en que la reina Victoria Eugenia era, al decir de las altas esferas, un simple tentetieso que no tenía voz ni voto en los problemas que amenazaban a España.

Dentro de poco vendrán a buscarme para llevarme al gran hospital de la Cruz Roja situado en la avenida que lleva mi nombre.

Mientras me arreglo para que mi aspecto no defraude demasiado a los supervivientes de mi generación, no puedo evitar recordar los desprecios y la falta de atenciones que provocaron mis propuestas para mejorar los malos momentos (no sólo por la pérdida de las colonias de Cuba y Filipinas, sino por la interminable guerra de Marruecos) de los humildes y los heridos que no cesaban de regresar a España con evidentes muestras de desencanto y abulias mal encauzadas.

En vano intentaba yo proponer alivios para los más pobres y en general para todos los españoles que exponían sus vidas por el bien del país. Por razones políticas y machistas, mis propuestas quedaban siempre en agua de cerrajas.

Además los celos y las intrigas de la nobleza se anteponían siempre a los problemas de los más necesitados. Ellos sabían hasta qué punto llegué a enfrentarme con los que presumían de liberales sin serlo: Maura, Romanones y algunos más que, lentamente y acaso sin tener conciencia plena de sus actitudes, estaban ya abriendo el camino hacia una desmantelada y devastadora república.

Ignoro cómo llegaron a filtrarse en el pueblo mis esfuerzos por mejorar la lamentable situación de los llamados a participar en la guerra. Lo cierto era que poco a poco la verdad fue aflorando pese a las insidias que, bajo mano, iban propagando los liberales.

Para desprestigiarme, se hartaban de infiltrar (especialmente entre la nobleza) que mi conversión al catolicismo había sido una pantomima y que sólo había cambiado de religión para convertirme en reina.

Afortunadamente la verdad fue saliendo a flote cuando, ya inmersa en mis funciones benéficas, todos podían comprobar mis buenas relaciones no sólo con la Iglesia, sino también con los que la representaban.

Por aquel tiempo muchas órdenes que pretendían servir al papa eran sólo sociedades o asociaciones ilegales. El propio Alfonso así lo reconoció con evidentes muestras de desagrado: «Hay que anular esos abusos. Existen en España demasiadas asociaciones anticlericales disfrazadas».

A pesar de todo, la fama de mis ideas antirreligiosas no perdía vigencia. Las frases sobre mi probable influencia contra el catolicismo corrían de boca en boca entre los componentes de la alta nobleza. «La reina está haciendo mucho daño. No cesa en su manía de introducir ideas inglesas entre nosotros. Ideas por supuesto peligrosas», repetían constantemente las encopetadas amigas de mi marido.

Al principio aquellas noticias sobre un comportamiento totalmente falso me dolieron. Pero fingí que no me afectaban. Lo esencial para mí era contribuir con todas mis fuerzas a que el país que había adoptado saliera de sus pozos, de sus miserias y de sus desalientos.

El resultado positivo, aunque lentamente, fue asentándose con firmeza a fuerza de tenacidad. Especialmente cuando los soldados que venían de la guerra de Marruecos se hartaban de elogiar las enormes atenciones recibidas de su reina: regalos, ropa interior para amortiguar el frío, mantas y toda clase de objetos destinados a resguardarse de las lluvias torrenciales que asolaban aquellas tierras lejanas.

Incluso mi suegra, comprendiendo mis empeños en mejorar los decadentes sistemas hospitalarios, se unió a mí en varias ocasiones cuando se inauguraba alguna entidad benéfica. Yo se lo agradecía. Dentro de sus rígidas composturas o de su aparente empeño en no inmiscuirse en los altibajos del país que había regentado hasta traspasar sus poderes al hijo ya preparado para ser rey, María Cristina iba apoyando sutilmente mis proyectos en silencio y casi como si conspirase conmigo.

En ocasiones Alfonso me reprochaba aquellos empeños míos por amortiguar las deficiencias que asolaban ciertos ambientes del país: «No entiendo esa insistencia tuya en meterte en camisa de once varas», me decía. «En fin de cuentas, lo que intentas hacer no es cosa de mujeres.»

Mis respuestas no debían de gustarle: «Si los hombres no ponéis remedio a lo que amenaza ruina, las mujeres tenemos derecho a inmiscuirnos donde no nos llaman».

Nuestras discusiones no eran todavía violentas. Sólo afloraban adoptando ligeras asperezas. «Cuando la conciencia acucia, los razonamientos pierden vigor», le insinuaba.

A veces Alfonso me miraba como si lo que le estaba diciendo fueran simples fantasías de una mujer deseosa de conseguir un protagonismo más allá de su condición de reina. «Lees demasiado, Ena», me reprochaba. «¿Por qué no te limitas a tus funciones puramente profesionales?» Para él lo profesional era inaugurar establecimientos, bautizar barcos, presenciar corridas de toros y todo cuanto fuera meramente superficial.

Le soltaba yo parrafadas que seguramente no entendía. Alfonso no leía. Alfonso se limitaba a escuchar conceptos de los que, según él, estaban capacitados para manejar los destinos de la nación.

En cierta ocasión llegó a decirme que las mujeres demasiado pensantes eran varones travestidos.

Ignoro si cuando se expresó de aquel modo se refería a Rosario de Lécera. Las murmuraciones, aunque todavía escondidas en vaivenes de sonrisas aparentemente inofensivas y sin auténtico fundamento, corrían ya por los sótanos psicológicos sin que aflorasen decididamente a la intemperie.

Mi respuesta sobre las «lecturas» que según Alfonso trastocaban mis puntos de vista era casi siempre la misma: «Los hombres que no leen corren el riesgo de ser medio hombres», le decía yo bromeando. «Les falta una dimensión: no están preparados para analizar la vida», y añadía: «Pensar sin un motivo concreto que nos invite a reflexionar es desperdiciar elementos importantes del cerebro, dejar que las ideas se esfumen. Son pensamientos fatuos que pasan por la mente, como podría pasar una sombra».

* * *

Pepita Rich y yo hemos madrugado. Mi visita a España está programada para ser breve y mis ansias de volver nuevamente a locales y paisajes lejanos requieren tiempo. Quiero recuperar lo que en mi primera juventud adopté y viví como inmersa en un sueño demasiado bello para que fuera cierto.

Como mi estancia actual va a ser corta, y mis desplazamientos o encuentros oficiales están concertados y minuciosamente cronometrados para las doce del mediodía, le rogué a mi dama de compañía que se ocupara de organizar una escapada tempranera para recorrer, de incógnito, lo que conocí, asimilé y viví durante veinticinco años. Era esencial mantener el anonimato. No deseaba ser vista en mis correrías privadas. En primer lugar había que conseguir un automóvil de aspecto caduco. Un Seat viejo conducido por un chófer sin uniforme. Pepita cumplió su objetivo.

El Seat nos ha conducido primeramente al espectacular palacio de Oriente. Allí pasé mi primera noche de intimidad amorosa. Duele ahora contemplar el inmenso edificio que durante aquellos años fue nuestra vivienda particular convertido en una especie de museo donde cualquier ciudadano puede curiosear lo que para mí fueron estancias esencialmente privadas.

Nada es igual a lo que yo conocí. Incluso la circulación de las calles es una clara muestra de que todo ha cambiado. Se acabó aquella paz sedentaria que convertía a la capital de

España en una ciudad pueblerina, flanqueada por un río poco frecuentado y casi ignorado, avenidas con palacetes transformados en oficinas y un Ayuntamiento situado en la calle Mayor de los Austrias, totalmente arrinconado en un ya envejecido barrio de la ciudad.

Mientras nuestro coche circula por los lugares que antaño fueron relevantes, algo demasiado íntimo y confuso me impide hablar. Es como si los recuerdos se me fueran amontonando en el buche y más que revivirlos los estuviera machacando para que al comentarlos no me hieran demasiado.

La señora Rich es discreta. Calla. No intenta darme conversación ni distraerme de lo que para mí es un conjunto de sentimientos, dolores y alegrías que a duras penas intento convertir en restos erráticos de ficción. Imposible. Lo que voy contemplando es la verdad desnuda de toda una vida. Una ficción desbaratada que sólo en mi primera juventud fue completa y feliz.

El coche avanza mientras el recuerdo retrocede. En estos momentos llegamos a El Pardo: aquel palacio donde mi madre y yo nos alojamos al llegar a España para convertirme en reina, escoltadas por la Guardia Real.

Cuesta volver la vista atrás mientras contemplo desde la intimidad oculta del coche la guardia mora de Franco, escoltando ahora al General y a su familia.

En esa custodia, evoco yo la mía cuando me instalaron allí en espera del día señalado para celebrar mi boda. La noche anterior y en la cámara contigua a mis aposentos, se habían acomodado para velar mi sueño un grupo de grandes de España. Entre ellos el padre de Jaime, duque de Lécera.

Mucho tiempo después le mencioné a su hijo aquella custodia como una anécdota ya trasnochada. «Tú debías de tener entonces doce años.» Me miró como si aquellos doce años se hubieran ampliado en un presente que borraba distancias. «La edad no tiene fronteras cuando los sentimientos mandan», me dijo.

Jaime era más joven que yo. Mucho más joven. No obstante, aunque la madurez no tiene años ni experiencia, puede rebosar serenidad y un sinfín de propuestas sedantes y armoniosas que la acumulación de las edades juveniles, por mucho que se consideren sólidas y experimentadas, casi siempre desconocen. Jaime reflexionaba y no vacilaba en admitir los pequeños errores de su vida. Incluso en ocasiones se mofaba de sus propias frustraciones y equivocaciones. Además desconocía los arrebatos de soberbia que suelen caracterizar a los que se sienten acomplejados. Nunca fue un hombre acomplejado; su agudeza intelectual le impedía serlo. Todo en él era armonioso. Más aún, tenía lo que yo siempre he denominado «la armonía de las inteligencias». Por eso Jaime nunca tuvo la juventud de su edad. A veces incluso parecía mayor que yo.

* * *

El coche circula ahora por los alfoces que rodean El Pardo. El palacio va quedando atrás con sus años lejanos amenazando ruinas. Allí se ha perdido la fecha de mi boda sumida en olvidos. Lo que para mí fue un vuelco de ilusiones hoy es ya un despliegue triste de silencios dictatoriales.

Recuerdo que el despertar de aquel amanecer que presidió el día de mi boda fue radiante. Brillaba el sol como hecho de mil estrellas. Eran las seis de la mañana cuando Alfonso llegó a El Pardo para oír misa conmigo y poder comulgar. En aquella época ésa era la costumbre.

Apenas hablamos. Nos despedimos con sonrisas entre indecisas y emocionadas. Todo en aquellos momentos era un simple y definitivo «hasta luego». Un «luego» que debía durar toda la vida.

Era imposible imaginar que los «hasta luego» tan rutilantes y seguros fueron sólo minucias de unos «hasta nunca» irrevocables.

Tras el desayuno, me trasladaron junto con mi madre y las personas que debían vestirme y acicalarme al Ministerio de Marina, donde al parecer era tradición que las novias de los reyes se vistieran y arreglaran para casarse.

En los coches que nos escoltaban a mi madre y a mí iban miss Minnie Cochrane, lady William Cecil y las dos camareras de honor de mi madre.

Entonces aún circulaban los tranvías de vapor por las distintas travesías y arterias de la ciudad casi siempre vacías, pero las calles de aquel día eran ríos de personas que desde horas muy tempranas se habían apostado en las aceras a modo de vallas humanas para presenciar y en cierto modo proteger nuestro cortejo.

Recuerdo ahora que en el mes de abril del mismo año que Alfonso y yo contrajimos matrimonio había ocurrido el terrible desplome de la ciudad de San Francisco en California.

Ignoro por qué mientras recorro las calles de Madrid me viene a la mente semejante horror. Durante unos instantes evoco los grabados de aquel desastre que se reprodujeron en varias revistas. La ciudad entera era un inmenso vertedero de valores destruidos, de esperanzas muertas y de futuros convertidos en cadáveres.

Nada era ya utilizable después de aquel terremoto. Todo era muerte, despojos y desvaríos sin más meta que la que ofrece imposibles. Y es que en ocasiones el pasado asocia ciertos desastres a los terremotos internos de nuestras vidas.

Lo que augura seguridades miente. Nada en este mundo es verdaderamente preclaro y definitivo.

También el recorrido que estoy haciendo ahora es un puro engaño. Lo que caracterizó aquel día es ya un señuelo. Ni las calles se ven vacías de coches (casi todos Seat) ni en las aceras se apiñan multitudes para ver pasar al rey junto a una reina extranjera.

Los terremotos políticos también causan estragos. Todo en el Madrid actual es un puro nubarrón que oculta el mundo lejano y extraviado de mi juventud.

A instancias mías, el chófer nos conduce ahora hacia el antiguo Ministerio de Marina donde me vistieron y acicalaron para entrar en la iglesia. No nos detenemos. Le digo al conductor que siga el extraño itinerario de nuestra escapada particular.

Atravesamos el lugar donde, al día siguiente de nuestra boda, Alfonso y yo inauguramos un barrio obrero con asistencia del obispo para bendecir la primera vivienda, que fue adjudicada a uno de los guardias herido por la bomba que el anarquista Morral nos lanzó desde el balcón tras salir de los Jerónimos.

Algo que no sé explicar está mezclando en mis recuerdos ráfagas de sensaciones que en vano intentan ajustarse entre sí.

Un conjunto de situaciones y acontecimientos tan diversos se me están atascando en la mente como un puzle de realización imposible.

El vehículo circula ahora por la carretera que nos conduce al club Puerta de Hierro.

También ese lugar ha cambiado. En aquella época era una propuesta rudimentaria y prometedora de un club destinado a desarrollar entre la gente de la alta sociedad el gusto por los deportes: equitación, golf, tenis, polo...

Allí desperté yo en Alfonso su afición al golf. Y allí iniciamos también nuestras constantes escapadas hípicas a las que al poco tiempo se añadió Bee.

La estoy viendo ahora con su aire de mujer adherida a sus propias reglas y apegada a nosotros no sólo por nuestro parentesco inglés, sino también por el parentesco español que Ali de Orleans había aportado al casarse con ella.

Dos primos casados con dos primas. Era una hermosa circunstancia que venía a reforzar todavía más los lazos entre mi propio país y el país que acababa de adoptar.

En estos momentos el coche circula ya de regreso a la ciudad. Pero la mente se extravía hacia un lugar ajeno a Madrid.

Jaime, nuestro segundo hijo, acababa de nacer en La Granja. Y los ambientes políticos comenzaban a desbaratar la solidez de una España en la que se desencadenaba una serie de conflictos gravemente protagonizados de forma especial en Cataluña.

En Marruecos el problema que parecía amortiguado se agravaba. Las bajas eran espectaculares, y Solidaridad Obrera decidió actuar por sorpresa e imponer un paro de veinticuatro horas que motivó la angustiosa y lamentable Semana Trágica.

De nuevo Bee. La estoy viendo ahora empeñada en casarse con el primo de Alfonso, pero sin cambiar su religión.

En vano intentaba yo convencerla de que los componentes de la realeza española no podían contraer matrimonio sin el visto bueno de las Cortes. Pero Bee se negaba a ser católica.

Alegaba que muchos nobles practicaban la religión papal para demostrar que eran adictos a la monarquía. Pero no porque la monarquía se apoyara en la religión para ser venerada por ellos. «En suma, en España ser católico es ser elegante: una cuestión de prestigio», decía.

Algo de razón tenía. En aquella época «ser católico» era «tener buen gusto», aunque sus formas de vida distaran mucho de ajustarse a la realidad de la religión que tradicionalmente adoptaban.

Por ejemplo, ir a misa los domingos o fiestas de guardar era una obligación. Nunca pensaban que aquella obligación impuesta por la Iglesia era, ante todo, un acto de reciprocidad amorosa, una reproducción fidedigna de la mayor demostración de amor que Dios ofreció a los humanos antes de morir. En suma, una devoción. La devoción más importante que Jesucristo proporcionó a los hombres.

«En ella el Señor repite lo que instituyó en la última cena de su vida, antes de la resurrección», solía yo explicarle.

Pero Bee no comprendía lo que le decía. Lo comprendió muchos años después cuando la incertidumbre de sus turbiedades sentimentales y egoístas se disiparon y ella, ya convencida, abrazó la fe que años atrás había rechazado.

Aquel verano, mi suegra los había invitado a veranear con todos nosotros en el palacio de Miramar para que pudieran conocerse mejor antes de contraer matrimonio.

Todo parecía normal y sin problemas. No obstante, Maura, que entonces era presidente de los ministros, le advirtió al rey que no podía autorizar aquella boda sin la aprobación del Gobierno, tal como constaba en la Constitución del año 1876.

Bee, como siempre, no aceptó negativas. Una vez más su criterio debía prevalecer por encima de cualquier circunstancia adversa y contraria a sus propias pautas.

Viajó a Coburgo (Alemania) y allí aguardó pacientemente a que la formación militar de Ali terminara.

Enamorado y obsesionado por unirse a mi prima antes de incorporarse al ejército español que operaba en Marruecos, Ali fue al encuentro de su novia. Sin anunciar la boda, sin autorización de su primo Alfonso y saltándose toda clase de protocolos, se casaron en Coburgo obviando el escándalo que aquel matrimonio pudo causar en España.

Nuestro estupor fue grande cuando al día siguiente de la boda Alfonso recibió un telegrama que decía textualmente: «Tengo el enorme placer de comunicarte que Bee y yo nos hemos casado civilmente y católicamente. El martes saldré para París. Espero que me permitas servir a la patria y al rey en campaña».

Tras el consabido disgusto, Alfonso decidió privar al recién casado de todos sus títulos y honores. Y para evitar equívocos, comunicó su decisión a toda la familia real.

En el comunicado se constataba que, habiendo Alfonso de Orleans contraído matrimonio sin su consentimiento, lo exoneraba de la dignidad de infante de España y de todos los honores y prerrogativas anejos a ella.

Asimismo, mandó a su primo recién casado una carta en la que ponía de relieve la gravedad de lo que había hecho y los despojos que debía asumir tras su desobediencia y falta de disciplina: «Al tomar tu determinación sabías muy bien las obligaciones que resultan quebrantadas dentro de mi familia y del ejército. Siendo ellas ineludibles, acabo de firmar duelo revocatorio de dignidades y honores, causándome pena proporcionada al gusto con que fueron otorgadas en su día. También has hecho imposible tu incorporación a las fuerzas que operan en África».

Imagino hasta qué punto el anuncio de aquellos despojos debieron de afectar a Bee.

También yo en aquellos momentos me sentí afectada. Tras el nacimiento de mi primer hijo Alfonso, tan dañado por aquella horrible enfermedad que nadie conocía, mi fortaleza psíquica había dado un vuelco. Bee, para mí, continuaba siendo la amiga más querida de la infancia. Y saberla tan hundida en desprecios y castigos infligidos por mi propio marido era un motivo más para sentirme como atada a una columna que, aunque aparentemente segura y firme, amenazaba con desmoronarse.

Todavía arropada por el aparente amor de mi marido, intenté abogar por aquel matrimonio tan castigado por él: «Tú le dijiste a Ali que no ibas a prohibir su boda. Sin duda él actuó confiando en tu apoyo».

Pero Alfonso no daba su brazo a torcer: «Mi apoyo siempre lo tuvo, pero también le advertí que, por encima de mi permiso, debía acatar la decisión de las Cortes».

Alfonso tenía razón. Faltaba un requisito esencial. Un requisito que exigía aceptar una tregua. Pero Bee no era mujer de treguas ni de sumisiones reales, ni aceptaba que la endeblez de unos trámites fuera capaz de vencer su fortaleza impositiva.

En Bee «esperar», «someterse» o «admitir» que otros decidieran por ella eran circunstancias impensables.

Ni por un momento debió de afectarle el descalabro que hubiera supuesto para la institución monárquica que el rey hubiera cerrado los ojos y pasado por alto los irrevocables mandatos de la Constitución. La cuestión era lograr lo que en cierto modo podía nivelar el derrumbamiento moral que para ella supuso verse rechazada por el monarca al elegirme a mí como futura reina. Su boda con un infante debía realizarse a costa de lo que fuera y además sin perder el tiempo.

Asimismo el rey, ante los problemas que aquel matrimonio clandestino podían suponer respecto a la rígida Constitución española, decidió prohibir a Bee y a su marido que regresaran a España.

Creo que fue entonces cuando comenzó el desajuste que, poco a poco, fue agrandando el inmenso vacío que se produjo entre Alfonso y yo.

En aquella época fue mi cuñada María Teresa mi mejor amiga. No obstante, aquella amistad duró únicamente seis años. María Teresa murió cuando yo más la necesitaba. Otra vez los huecos que habían fomentado tantas sensaciones de soledad volvieron a surgir tras aquella muerte.

Anteriormente, al cumplirse un año tras nuestro matrimonio, yo le había pedido a Alfonso que me presentara a los principales representantes políticos. No lo hice para destacarme y ser coprotagonista con él; no obstante, aquellos contactos me permitieron navegar sobre las aguas políticas y ayudarle, bajo mano, a encontrar orientaciones ventajosas para el país.

Cánovas fue mi gran aliado. Desde la sombra, trabajó intensamente para que la corona de España fuera similar a la de Inglaterra.

Pero aunque mis pequeñas colaboraciones no fueron desaprobadas ni despreciadas por mi marido, nuestras formas de vida iban distanciándose cada vez más.

Se acabaron nuestros encuentros a solas a la hora de tomar el té. Se acabaron aquellas pequeñas confidencias todavía impregnadas de los ardores primeros. Se acabaron los rostros sonrientes y las miradas encandiladas.

Nuestro primogénito, el deseado Príncipe de Asturias, iba siendo para nuestra intimidad un dolor constante que de un modo solapado iba ya iniciando el camino hacia nuestra marcha atrás.

Tardamos cuatro años en conocer la realidad de aquella enfermedad que no sólo destruía fuerzas corporales, sino que también debilitaba parcelas importantes de lo que llamamos ilusiones. De improviso todo se volvió prosaico, duro, inquietante.

Desde su nacimiento ya nunca pude dormir sin sentirme amenazada por terribles imprevistos, miedos inesperados y realidades cada vez más despiadadas.

Durante aquel lapso comenzaron a surgir distancias entre mi marido y yo que, aunque se apoyaban en hechos propios de su condición de rey y en mis constantes embarazos, no dejaban de propiciar escapadas de Alfonso hacia el olvido de su mujer.

Era horrible contemplar a aquel hijo tan querido y deseado presto a romper el ritmo de su existencia al menor roce involuntario. Su enfermedad (mil veces analizada por doctores eminentes) no sólo era incurable, sino que también era agresiva y amenazante.

Cualquier objeto duro podía descalabrar el curso de su vida y cualquier roce, por leve que fuera, podía dañarlo sin esperanza de cura.

Recuerdo ahora cuántas veces lo sacaba de su cuna sólo para notar la fragilidad de su cuerpo entre mis brazos.

Él me miraba sonriendo. Tal vez intuyera que yo era su madre, y que el amor que experimentaba por él podía de alguna forma aminorar el triste destino que lo aguardaba.

A veces, al besarlo, humedecía su pequeña sonrisa con mis inevitables lágrimas. No podía hacerme a la idea de que la culpa de aquella extraña enfermedad estuviera señalándome a mí.

Reconozco que al nacer mi segundo hijo, Jaime, y saber que había llegado al mundo sin lacras ni defectos, acaso desatendí el cuidado materno que como todo niño precisaba. Seguramente tenía razón. Lo estoy viendo ahora mirándome con cierto recelo al tiempo que estrechaba a Alfonso entre mis brazos procurando que la presión al sostenerlo en mi regazo fuera suave para no dañarlo.

Comprendo ahora que no fui justa con mi hijo Jaime. Parecía tan sano, tan adherido a la vida.

En vano se esforzaba él para llamar mi atención. Mis reacciones no eran propias de una madre feliz. Era imposible. Aunque lo quería, la extrema debilidad de su hermano me estaba distanciando de él.

Lo esencial era que la cruel enfermedad que vencía inmisericorde a su hermano mayor a él no lo afectaba. Y aquella realidad parecía descartarlo de cualquier otra amenaza. Pero las amenazas nunca deben descartarse. Son dueñas de mil disfraces. Incluso juegan al escondite, y fingen veleidades para ocultar peligros acaso tan graves cómo los que no se ocultan.

«El niño se ha resfriado», me decía mi suegra. Tosía, tenía fiebre. Algo normal.

No obstante, aquel resfriado duraba demasiado. Mi hijo Jaime no mejoraba.

Los médicos vacilaban. Influidos por los constantes brotes de tuberculosis que asolaban a tanta gente, consideraron que la dolencia del infante Jaime podía deberse a los estragos que producía esa enfermedad.

«Sería conveniente llevarlo a Suiza», decían. Y tras deliberar con especialistas y meditar los pros y los contras de esa medida, Jaime fue ingresado en un sanatorio suizo durante siete meses.

Tenía cuatro años cuando regresó a España. Recuerdo que mi suegra y yo, junto con los infantes de Baviera, fuimos a esperarlo a la estación.

Todavía ahora, cuando evoco la escena de su llegada, el alma se me electriza de pena.

Me comunicaron que, mientras viajaba, el pequeño Jaime había experimentado un fuerte y agudo dolor de oídos. «Está muy enfermo», me repetían.

Lo peor era comprobar que no cesaba de sangrar por las orejas y la nariz.

El mundo se me desplomó cuando el famoso doctor Compaire diagnosticó una mastoiditis doble y nos advirtió que si no se practicaba inmediatamente una trepanación en los dos oídos con ruptura de los huesos auditivos nuestro hijo podía morir.

Recuerdo que mientras lo operaban yo aguardaba en la sala de espera, junto a los dos jefes de los partidos dinásticos: Antonio Maura y José Canalejas. Isabel y mi suegra acompañaron al pequeño durante la operación.

Yo no hubiera podido soportar contemplar cómo desposeían a mi segundo hijo de la riqueza de las palabras, de las modulaciones de la voz, del derecho a conocer sonidos musicales y de gozar hablando o manteniendo una conversación fluida.

Era difícil conservarme serena junto a aquellos dos hombres. El vértigo del dolor me exigía llorar, desesperarme, preguntarle a Dios la razón de aquellas minusvalías físicas que destruían a mis dos hijos.

No había respuestas. El dolor es siempre superior a las reflexiones. Y las hipótesis no son propicias a vencer la endeblez de un razonamiento demasiado primigenio para ser explicado.

Además las razones de lo que ocurre, por mucho que se justifiquen, jamás pueden nivelar el dolor que producen. Son algo así como ecos de cosas enterradas y destruidas.

Recuerdo ahora las continuas atenciones de Canalejas. Parecía tan vital, tan firmemente apegado a la vida. ¿Cómo era posible imaginar que cuatro años después iba a morir asesinado por el anarquista Manuel Pardiñas?

Todo en esta tierra es precario. Todo pende de un hilo.

Aquella noche en el palacio, tras la operación de nuestro hijo, sólo hubo susurros, pasos deslizantes y miradas asustadas. Alfonso fue el único que se dejó llevar por la desesperación. Lo vi derrumbado, destruido: «De modo que nuestro hijo va a ser sordomudo». No podía aceptarlo. Era como si aquella nueva desgracia estuviera flagelándolo. «¿Por qué, Dios mío? ¿Por qué?»

No admitía que preguntar a Dios desde los prismas terrenos es lo mismo que considerarnos dioses.

Los «¿por qué?» humanos jamás pueden tener respuestas fidedignas. La Verdad se escapa. Se esconde en lo que denominamos destino, pero nunca se presta a aclarar y justificar la realidad de su auténtica raíz. Las raíces no pertenecen a la lógica de nuestras percepciones mentales. Pertenecen a la fuerza superior que siempre va condicionada a la Verdad oculta. Esa Verdad que nosotros con cinco sentidos no podemos ni siquiera intuir.

Mi tercer parto fue una niña. En honor a mi madre fue bautizada con el nombre de Beatriz. Mi primera hija nació sana, pero la confusión sobre nuestra precariedad saludable persistía.

Transcurrido un año del nacimiento de mi primera hija, se conocieron las veleidades de aquella enfermedad que nuestro primogénito padecía. Sólo los hombres estaban expuestos a contraerla. Las mujeres, en cambio, únicamente podían transmitirla.

Para entonces Alfonso era ya un hombre hundido en depresiones, cuyos desgarros no sólo modificaban su carácter, sino que también frustraban sus intentos de regenerar la ya tambaleante política del país.

En ocasiones le oía lamentarse de que todo en España era una nave que hacía aguas. También nuestro matrimonio se tambaleaba. Algo parecido al iceberg que hundió al *Titanic* comenzaba ya a hundir nuestra convivencia. Me dolía comprobar que nuestras separaciones eran cada vez más frecuentes y que un velo tupido se interponía entre nosotros para mermar y velar nuestras habituales espontaneidades y confidencias.

Pese a las dudas y certezas que iban empañando nuestra precaria fusión amorosa, tuvimos cuatro hijos más. Tras la primera niña, nació otro varón. Pero nació muerto.

Ver aquel cuerpecito extraviado en silencio y en ausencia de latidos fue como si mis propias palpitaciones fueran abandonándome para traspasar su corazón y obligarlo a vivir. El dolor que me producía contemplar al recién nacido, convertido en una imitación de niño sin más señal de existencia que una irremediable inmovilidad, estaba partiendo mi vida en dos. Creo que jamás me sentí tan sola ni tan culpable como en aquellos momentos. Todo en mi entorno era gris, vacío. Infinidad de ideas tenebrosas se apiñaban en mi mente. Incluso llegué a imaginar que aquellas continuas desgracias se debían a un castigo divino por haber renegado de mi antigua religión.

Precisaba desahogarme, explicar aquellas terribles vibraciones mentales que me estaban atormentando cada vez que contemplaba aquella cuna vacía. También toda yo era un vacío. Ser madre sin sostener en los brazos al recién nacido es como trastocar y romper los esquemas de un destino que, habiendo sido tan valioso, se empeñara en ser implacablemente cruel.

Sobre todo necesitaba hablar con Alfonso, tenerlo al lado, contagiarle mi dolor. Los dolores compartidos siempre disminuyen los flagelos de las tristezas. Pero Alfonso no estaba en Madrid. Mi tío Eduardo había muerto y el rey de España se había desplazado a Londres para asistir al funeral.

Pienso ahora que la amabilidad que había desplegado Alfonso durante mi enfermedad era debida a cierto amago de remordimiento que podía experimentar cuando una de las niñeras de nuestros hijos, Beatriz Noon, dio a luz una niña que, según todos los indicios, era también hija de mi marido.

A pesar de todo, yo me resistía a dar como verídico lo que me empeñaba en considerar rumores malintencionados.

No podía admitir que aquel bello romance, gestado en Biarritz y realizado luego en Madrid, se hubiera convertido en un vertedero de desilusiones. Todavía esperaba. Todavía cedía a la esperanza de recobrar lo que a todas luces era ya una guerra perdida.

Nació nuestra hija Cristina, nació Juan y nació aquel niño que, siendo un punto final en mi difícil oficio de madre, fue también un nuevo principio de aquel terrible maleficio que estigmatizaba a nuestro primogénito.

Lo supimos enseguida. Gonzalo era de nuevo el vértigo de lo que no puede remediarse, de lo que no admite quejas ni soluciones.

Por aquella época Bee y su marido Ali se habían instalado en España tras obtener los indultos requeridos y recuperar las prebendas retiradas.

El regreso de mi prima fue para mí como recobrar un apoyo que, siendo vitalicio, los torpes manejos políticos me lo habían escamoteado.

Bee, desde la infancia, había sido como un segundo yo que jamás podía fallarme.

Tenerla de nuevo en Madrid suponía notarme apoyada y custodiada. Con ella era fácil abrir mis cajas de caudales internas y volcar (sin miedo a ser traicionada) todo lo que desde que me había casado iba sucediendo.

Aunque dominante, Bee sabía escuchar. Opinaba y me facilitaba desfogarme a gusto. La devoción que decía experimentar por su marido era la mejor garantía de que jamás iba a traicionarme.

Alguna vez Alfonso, cuando le hablaba de ella con entusiasmo, se retraía como si mis alabanzas y puntos de vista positivos lo molestaran. Era difícil para mí comprender aquella extraña actitud. No admitía que mi marido se hiciera el remolón cuando yo le exponía mis incondicionales opiniones relacionadas con Bee.

«Es buena, es inteligente, sus dibujos y pinturas la definen», le insistía yo a Alfonso. «Además, su sentido del humor puede con todo lo que amenaza descargar malas intenciones.»

Pero Alfonso no reaccionaba. Permanecía impasible. Incluso producía la impresión de que mis constantes halagos dedicados a mi prima lo molestaban.

Consternada por la terrible noticia relacionada con mi recién nacido hijo, Gonzalo, le pedí a Bee que no me dejara sola, que su presencia era para mí mucho más que un apoyo. Era también mi confidente, mi fuerza moral.

Especialmente, cuando tuve noticia de la muerte de mi hermano Mauricio, al poco tiempo de empezar la guerra de 1914.

Ni un solo día Bee se separó de mi lado. Incluso su forma de tratarme era distinta. Ya no pretendía ser la primera en todo. Antes al contrario, sumisa y desplegando amabilidad, no dejaba de ofrecerse para ayudarme a salir a flote y restaurar con sus demostraciones de afecto los frecuentes batacazos que, a medida que mi familia aumentaba, no cesaban de perforar cada vez más el hueco que nos iba separando a mi marido y a mí.

Bee me tranquilizaba: «No te preocupes, Ena. Alfonso te sigue queriendo. No debes hacer caso a los rumores de la nobleza. Son envidias. Puras envidias».

Era imposible aceptar lo que ella aseguraba. Pero también era imposible imaginar que, tras aquellas afirmaciones, pudieran esconderse intenciones con trayectorias erróneas. Por entonces Bee y su marido se alojaban en El Pardo. Y nuestros contactos eran prácticamente diarios.

El Pardo constituía nuestro lugar de encuentro por aquellas fechas. En cuanto podía me dirigía allí para montar a caballo con ella, disertar sobre el pasado y confiarle, sin el menor reparo, mis interioridades de aquel presente que, a mi entender, iba siendo cada vez más oscuro y preocupante.

No obstante, Bee parecía feliz. Por fin su marido, Ali, cumplía ya el sueño de llevar a su hijo Álvaro sentado sobre sus rodillas para pilotar con él el avión desde el aeródromo de Cuatro Vientos.

La mayor ilusión de Ali era volar, realizar proezas más allá de lo normal. Era su forma de sentirse importante ante su propia mujer.

No podría asegurar cuándo surgió aquel leve brote de sospecha relacionado con Bee. A veces el tiempo transforma los recuerdos y los hechos se deforman en imágenes falseadas.

Las minucias se agrandan y los horizontes se achican. Saber la verdad en esas condiciones es como balancearse en columpios: se sube y se baja en sensaciones constantes pero distintas.

También resulta difícil saber cuáles fueron los hechos primeros que las dudas nos señalan.

En este mundo «querer saber con exactitud» lo que a todas luces son realidades supone siempre entrar en el terreno de las especulaciones. La realidad de todo es siempre un fragmento de algo. Pero se trata de un «algo» sin exactitudes.

Por eso cuando yo, tras el aborto que tuve y que me dejó postrada durante algún tiempo en la cama, me vi obligada a restringir nuestros constantes encuentros con los primos Orleans, ni por asomo quise dejarme llevar por aquellos extraños y delimitados brotes de dudas.

Al contrario. Más de una vez le supliqué a Bee que tratara de acompañar a mi marido en los habituales paseos a caballo que en aquella época solíamos practicar los tres. Estaba convencida de que la única mujer que jamás podía traicionarme era ella.

Ni en sueños podía suponer que algún día tendría que enfrentarme con una Bee transformada en enemiga. Hubiera sido lo mismo que enfrentarme conmigo misma: cerrar todas mis salidas hacia mi propia fidelidad y, sobre todo, convertirme en una criatura despreciable.

Sin embargo, poco a poco, las continuas muestras afectuosas de Bee con los aliados incondicionales de Alfonso: Pepe Viana, Someruelos y Almodóvar, eran para mí pinchazos casi dolorosos que abrían zanjas difíciles de rellenar en mis seguridades afectivas y leales.

Viana y Bee eran ya grandes amigos. Mejor dicho: aliados. Juntos visitaban a menudo lugares destacados, como el estudio del pintor Pous, para admirar el retrato recién pintado de mi marido. O trataban de que las hijas de Viana se esmerasen en hacerme compañía o montar conmigo a caballo, como si el hecho de aceptarlas como compañeras asiduas garantizara oscuros manejos entre ambos.

También visitaban juntos el estudio del pintor Benedito, que a la sazón estaba realizando otro retrato de mi marido.

Fue entonces cuando mi prima comenzó a parecerme de nuevo la mujer dominante de siempre, la que desde la infancia pretendía en todo momento ser la primera.

Lo comprendí cuando, al reponerme lentamente de mi aborto, comenzó a buscar excusas para alejarse de mí. Siempre surgía un motivo que le impedía acompañarme.

En cierta medida fue mi suegra la que de un modo indirecto, pero abogando en mi defensa, se encaró con mi prima para reprocharle valientemente ciertas formas de actuar que no encajaban en un comportamiento propio de una lealtad que yo consideraba sincera. Pero de ello tuve noticia más tarde.

Por aquellas fechas los primos Orleans veraneaban con nosotros en el palacio de Miramar y, aunque con cierta tirantez, nuestro convivir era normal.

No obstante, mi suegra, aunque parecía impasible, no dejaba de darme a entender lo que según sus puntos de vista era totalmente perjudicial para nuestro matrimonio.

Comprendió pronto lo que yo únicamente intuía: Bee no sólo pretendía atraer al hombre que años atrás la había descartado como esposa, sino que no vacilaba en unirse a la larga lista de damas a mi servicio para conseguir del rey lo que yo estaba ya perdiendo como reina.

A su modo y con una apariencia bastante más atractiva de la que poseía la siempre ignorada doña Sol de Santoña, hermana del duque de Alba, trataba de granjearse la intimidad de Alfonso intrigando a su favor y proporcionándole todo lo que podía satisfacerlo.

Fue una época de aguante que algunos debieron de imaginar ceguera por mi parte. Pero no tardé mucho en encajar cada una de las hipocresías que iban surgiendo a modo de halagos, incluso recubiertas de atenciones hacia mí, por supuesto disfrazadas de requerimientos que, aunque parecían verídicos y reales, no lo eran.

No. Jamás me inmuté por aquellas insidias que pretendían desacreditarme ante mi marido y en cierto modo justificar sus frecuentes depresiones que seguramente crecían no sólo porque su conducta era cada vez más lamentable, y él se debía de notar avergonzado de sí mismo, sino porque el país iba desangrándose más allá de una apariencia que parecía próspera pero que en las retaguardias de la verdad exhalaba cierto aire pestilente propicio a empapar la sequedad de la tierra española con chorros de lágrimas.

Lo esencial entonces era taponar agujeros que de pronto se abrían a modo de avisos. Luego estaba la necesidad de olvidarlos, de imaginar que sólo eran ráfagas sin importancia, las cuales Alfonso pretendía minimizar con sus desfogues clandestinos, dejándose arrastrar por adulterios esporádicos que nunca alcanzaban suficiente solidez y permanencia para que yo llegase a alarmarme.

Aunque las noticias que me alcanzaban se acoplaban perfectamente con la conducta de mi marido, todavía me resistía a creer que Bee, mi querida y sólida amiga de la infancia, podía llegar a convertir en basura todos los recuerdos más sobresalientes de nuestra bella historia en común.

De pronto lo dudoso e incierto tuvo su estallido particular cuando mi suegra, inmersa siempre en sombras y cerrada a cualquier intromisión, tuvo la valentía de encararse con su hijo y le forzó tajantemente a que firmase un decreto de expulsión de España para los infantes Orleans.

A fin de evitar escándalos que hubieran podido afectar gravemente al país y las buenas relaciones políticas con Inglaterra, se encubrió la expulsión con una cobertura oficial: se nombró al infante (ya capitán) agregado a la Embajada española en Berna. Y desde entonces nuestros queridos primos Orleans Sajonia-Coburgo organizaron su vida entre Suiza y Gran Bretaña.

Mucho tardaron los infantes en regresar a España y, por supuesto, lejos de instalarse en Madrid fijaron su residencia en Sanlúcar de Barrameda.

Desde entonces nuestros encuentros fueron siempre breves y escasos. Tanto Bee como su marido se mostraron conmigo como si entre nosotros no hubiera existido un sonoro y definitivo punto y aparte.

Me pregunto ahora si aquella actitud tuvo algo que ver con la decisión de Bee de cambiar su religión por la fe católica.

Lo ignoro.

De vez en cuando nos escribíamos. Y en nuestras cartas continuaba el trato iniciado cuando entre ella y yo prevalecía un cariño especial que jamás pudimos suponer que acabaría convertido en algo muy parecido al odio.

* * *

Pepita Rich me advierte de que nuestro recorrido por la ciudad debería abreviarse:

–Recuerde Vuestra Majestad que a las doce está prevista su visita a la Cruz Roja.

Mi escapada hacia el pasado debe acabarse. En cierto modo no me noto excesivamente defraudada. El Madrid que abandoné hace treinta y siete años nada tiene que ver con la ciudad que acabo de recorrer.

La muerte de casi todo ha engendrado una vida que, aunque encorsetada por un dictador, está condenando al olvido pedazos de historia que sólo yo puedo evocar. Ni siquiera quedan trazos de aquella Guerra Civil que Alfonso quiso evitar cuando renunció al trono. Madrid es ahora una metrópoli que, pese al aislamiento de una Europa que prácticamente la ignora, juega a ser una capital fortalecida y civilizada. Las casas han borrado los rastros de aquellos tres años de luchas que tanto dañaron la incipiente majestuosidad madrileña que ya empezaba a brotar cuando comenzó nuestro exilio.

Los árboles, aunque despojados de brotes por un febrero frío, se mantienen erguidos y vitales. En ocasiones el tiempo se alía en destruir lo destruido con la generosidad que el pasado exige. Nada importa que lo que se perdió nunca regrese. Lo que verdaderamente cuenta es el futuro. Es precisamente ese futuro lo que promueve en estos momentos un presente inesperado.

La señora Rich me señala esos ríos de gentes que se aproximan al palacio de Liria para ver cómo su anciana reina va a trasladarse al lugar donde se alza la Cruz Roja. Nadie de los que nos rodean sabe que yo, de incógnito, los estoy observando.

Para evitar barullos y desconciertos, le pido al conductor del automóvil que se detenga en la puerta trasera del palacio de los Alba.

También ayer, cuando me dirigía a Zarzuela para amadrinar junto con mi hijo Juan a mi bisnieto Felipe, las vías urbanas por donde mi coche debía pasar se hallaban atestadas de multitudes que se hartaban de aplaudir y lanzar vítores entusiastas a una mujer que durante veinticinco años fue considerada su reina.

Especialmente en la Castellana, las multitudes se apiñaban desde hacía varias horas a fin de poder echar sobre aquellos temores de olvido (que al salir de Montecarlo tanto me inquietaban) pruebas rotundas de que a veces el tiempo no sólo no destruye recuerdos, sino que los aviva.

Creo que nunca como entonces mi amor por España fue tan grande. Ya no se trataba de que los españoles fueran o dejaran de ser monárquicos. Lo esencial en aquellos momentos era que los españoles, pese a todas las insidias y equívocos que se habían gestado en torno a mi persona, continuaban queriéndome como yo siempre los quise a ellos.

No sabría explicar cuál era la auténtica razón de nuestros sentimientos compartidos. Lo importante era que los hechos estaban poniendo de manifiesto nuestras mutuas compenetraciones.

En los principios, el amor por mi futura patria tal vez se debiera al amor que yo experimentaba por Alfonso. No obstante, los sentimientos no suelen ser estáticos. Evolucionan. Adquieren matices distintos.

Matices que también las reinas pueden experimentar. Y poco a poco fui amando a España por mil causas diversas que se fueron metiendo alma adentro, sin darme cuenta de que me estaban atrapando para siempre.

En cierta ocasión Grace me dijo que, si no tuviese que vivir en Montecarlo, viviría en España. No le pregunté por qué. No precisaba respuesta. Si para Grace España era un país que se ajustaba a sus conveniencias sensitivas, para mí era un amor. Un simple amor sobrecargado de cualidades y defectos, aciertos y desaciertos, verdades y mentiras, y muchas cosas más que se contradecían y hasta se asediaban. Pero que también se adentraban en lo más profundo de la vida y allí se quedaban sin que las heridas que podían causar dañaran de muerte al sentimiento. Fue más tarde cuando supe que Grace y Raniero habían pasado su luna de miel en España.

El conductor trata de sortear inteligentemente los muros humanos que acorralan la verja principal del jardín del palacio, y a pocos metros de la puerta trasera se detiene para que la señora Rich y yo podamos entrar a escondidas en el edificio.

Instalada en mis aposentos, trato de arreglarme. Petra y Pilar me ayudan a vestirme.

Sentada ante el tocador, contemplo a una mujer de cabello blanco que, aunque algo fatigada y todavía emocionada, procura borrar aquellos ligeros brillos que ciertos lagrimeos disimulados han dejado en sus mejillas.

Elijo un vestido negro y un sombrero del mismo color. Luego difumino la austera oscuridad de mi aspecto con tres ristras de perlas gruesas, para sujetar de algún modo la piel un tanto desvencijada de mi cuello.

–Por favor, los pendientes.

Son también dos perlas blancas como mi collar y como mi cabello.

Una vez arreglada, los Alba y la señora Rich me acompañan hasta la puerta. El coche nos espera con el chófer debidamente uniformado, y la multitud que se apiña en torno al palacio de Liria rompe a gritar vivas a una reina que se dispone a recuperar una parte importante de su vida, cuando inauguró el gran edificio de la Cruz Roja.

Fue esa institución la que abrió el camino hacia una serie de organismos destinados a beneficiar a los marginados sociales. Era doloroso comprobar cuántas sorderas permitían que la vida fuese, para una gran mayoría, continuos motivos de pequeñas muertes y grandes desánimos.

Los principios no fueron fáciles. Las novedades que nos eximen y retraen de las comodidades gratuitas nunca lo son.

Comprendí que, ante todo, había que ser consciente y comprender que «ayudar» también exige «prepararse» a prestar ayudas.

No basta acercarse a los desposeídos y marginados desde las esferas propias de las que se consideran «damas generosas». La generosidad cuando se reviste de prestancias altivas es más un insulto que una eficaz tarea de sencilla colaboración.

De ahí mi empeño en crear escuelas para aprender a nivelar contactos, despojarse de alturas ofensivas y tratar de frenar (de los que ayudan a los que reciben esa ayuda) las acostumbradas humillaciones que suelen exigir los agradecimientos.

Lo esencial era, ante todo, vencer la insolencia adobada con sonrisas benévolas y dejar de agraviar al que recibe ayuda con altiveces.

Por eso, al tiempo que se alzaban los edificios destinados a socorrer enfermos, heridos o cualquiera que precisara atenciones, consideré necesario crear escuelas capacitadas para enseñar que la elegancia ostentosa y agresiva no es la mejor amiga de la caridad. Y que la caridad que se envanece de serlo se convierte en la más lamentable demostración de orgullo.

Para reforzar esos puntos de vista no dudé en enviar a mis propias hijas a dichas escuelas.

Estoy viendo ahora a Beatriz, la mayor de ellas, inaugurando en el hospital de San José y Santa Adela el curso de enfermeras que debían prestar servicio en la Cruz Roja.

Para ella no fue un acto de servicio. Fue un aprendizaje no sólo de atención al enfermo, sino una forma de saber cómo despojarse de su categoría de infanta para transmitirla de un modo natural a la persona que necesitaba recibir sus cuidados.

Fue precisamente en uno de aquellos cursos, siempre asistidos por religiosas y un nutrido personal médico, cuando conocí a Rosario Agrela, ya casada con Jaime Lécera y madre de dos hijos todavía pequeños.

Hacía poco que mi marido, por tratarse de una mujer joven con grandeza de España, la había nombrado dama de honor a mi servicio. Especialmente porque su suegro fue gentilhombre de Alfonso y veló con otros grandes de España mi último sueño de soltera.

Debo admitir que desde el primer momento Rosario se me antojó un elemento muy valioso para las tareas que debía emprender. Conocedora de los esfuerzos que estaba yo realizando para despertar las conciencias de las damas que me rodeaban y de que al exponerles mis proyectos parecían escuchar cantos de sirenas sin sentirse atraídas por ellos, Rosario, mujer avispada, se esforzó en asumir en gran medida los esfuerzos que en la mayoría de las damas que debían colaborar en mis propuestas se quedaban en simples apatías y cooperaciones de poca monta.

Rosario no. Rosario desde el primer momento aceptó la misión de ser útil en las tareas que yo planeaba y asumió ella sola lo que las demás ni siquiera eran capaces de asimilar.

Parece que la estoy viendo: menuda, ágil, echando a broma seriedades ridículas, adivinando problemas antes de que surgieran y todo ello envuelto en una gran sencillez y naturalidad.

No en vano, cuando al estallar la Guerra Civil en España se trasladó al frente de los nacionales, aquel empuje de mujer inteligente y generosa, prestando sus servicios de enfermera bien aprendidos en tiempos de paz, vio reconocidos sus méritos al otorgársele condecoraciones que, en aquel tiempo, solían reservarse a los hombres.

Rosario fue condecorada con la Cruz del Mérito Militar, la Medalla de Campaña, la Medalla de Oro de la Cruz Roja, la Gran Cruz de Mehdauia y además fue oficial de la Legión de Honor francesa.

Nunca su recuerdo dejó lastres adversos cuando ella y su marido compartieron mi exilio. Desde el primer encuentro hubo entre Rosario y yo una especie de chispa positiva que aceleró nuestra comunicación amistosa sin barreras confusas ni obstáculos abyectos. Nada en ella atufaba a lisonjas superfluas, halagos fatuos y torpes cobas que desgraciadamente abundaban en la mayoría de las damas que solían rodearme.

Rosario era natural. Poco dada a los elogios vanos y muy dispuesta a mostrarse tal como era: amable pero no rastrera, bromista pero también severa si las circunstancias lo exigían.

Jamás tuve una amiga tan sincera y leal como ella. Sobre todo cuando las circunstancias adversas lo pedían.

Fue una amistad que se mantuvo incólume y perfecta durante siete años.

Luego todo lo que nos había unido se perdió como se pierden las joyas más valiosas en un naufragio. Resulta difícil mantener en el mismo nivel de perfección lo que en ciertas circunstancias parece sólido, cuando la vida se va deshaciendo en trastoques inesperados.

Todo cambia a lo largo de los años. Nada puede mantenerse exacto cuando las veleidades del tiempo transforman los acontecimientos. Las amistades se diluyen como se diluye el ser humano según acepta o desdeña las propuestas que la vida le va presentando.

Lo que no cambia es el recuerdo de ciertos instantes especiales: las frases que nos llegaron al alma y también las ilusiones que insensatamente consideramos eternas.

Eso fue lo que en cierto modo me ocurrió cuando conocí a Jaime Lécera, el marido de Rosario.

Aunque los años se presten a caer en el olvido, a medida que modifican rutas y cambian fronteras internas, los matices de lo que se incrusta en el alma jamás pueden olvidarse.

Lo evoco ahora en uno de aquellos saraos que solían celebrarse en palacio a partir de 1914.

Eran reuniones inofensivas que me permitían escapar de las rigideces que mis composturas como reina me exigían.

Al principio sólo se trataba de invitados conocidos: Jimmy Alba, los Montellano y muchos otros que venían integrándose desde siempre a los eventos más o menos íntimos de palacio.

Fue muchos años más tarde cuando el joven matrimonio Lécera se unió a nuestras reuniones y veladas, sobre todo gracias a las acertadas actuaciones de Rosario en los trazados que yo venía proyectando tras practicar varias veces y en distintos asilos aquellas «obras de caridad» que a mí se me antojaban «obras de soberbia».

Me veo ahora repartiendo panes a los indigentes que llegaban al asilo de Santa Cristina o al hospicio de Santa María y al de San Bernardino, y vuelvo a notarme avergonzada de visitar la inclusa o el lamentable sanatorio antituberculoso situado en el barrio de Loyola de San Sebastián, únicamente para demostrar que su reina estaba con ellos.

Recuerdo que en los asilos y hospicios que visitaba las monjas me ofrecían un enorme delantal para cubrir mi vestido, como si con él me estuvieran protegiendo de alguna vergonzosa suciedad.

A mi juicio, la vergüenza consistía en el montaje que suponía mostrar al sector más pobre del país la triste grandeza de una reina al «rebajarse» a dar limosnas que caducaban el mismo día de su entrega.

Más de una vez le había confiado yo a Rosario que tener derechos implica asumir deberes. Ella opinaba como yo.

Le gustaba analizar la vida a mi modo. Nunca se dejó llevar por «grandezas» huecas de contenidos sin sentido. Recuerdo que en cierta ocasión, cuando, dos años después de conocernos, se apoderó de España la república, Rosario me dijo una frase que nunca he olvidado: «Los planetas fueron astros. Los astros actuales serán planetas».

Se refería a que el astro republicano, tal como había irrumpido en la vida española, era imposible que pudiese durar. «Todo es un constante desvío en la incierta capa de la tierra», añadió Rosario.

Resultaba difícil asimilar que una mujer tan joven como entonces era ella pudiera acumular en su cerebro tal cantidad de soluciones profundas.

Algo había en aquella mente que no se correspondía con la educación ñoña y excesivamente idealista que había recibido de sus padres.

Cuando conocí a su marido Jaime se lo dije: «Tienes una mujer excepcional». «Estoy de acuerdo», contestó él. «La mente de Rosario es superior a su edad.»

Supe entonces que mi dama de honor favorita tenía veintiocho años. Por entonces yo iba a cumplir cuarenta y uno. Pero nuestra diferencia de edad no fue obstáculo para que entre nosotras surgiera una comunicación abierta, afable y profundamente amistosa.

El año en que su marido y ella entraron en mi vida fue rico en acontecimientos novedosos. Brillaba estrepitosamente la negra claridad de Joséphine Baker y la cantante española Raquel Meller enamoraba a medio mundo con su voz de niña pequeña. El cine mudo abrió las puertas a las «películas parlantes»: así las llamaban entonces. Maurice Chevalier dejó de ser un cantante francés para convertirse en un actor internacional arropado por Hollywood. La intérprete Lillian Gish arrasaba, y las tiendas se llenaron de cartones coloreados con las efigies de los actores y actrices más sobresalientes de aquellos momentos.

Recuerdo que mis hijos mayores coleccionaban aquellos rostros con la misma fruición que, en mi adolescencia, se coleccionaban postales.

Era un ritornelo que me obligaba a meditar: en cierto modo aquella afición removía mis entrañas. También yo coleccionaba postales. ¿Para qué? En el fondo aquella moda fue un pretexto del destino para convertirme en una reina desposeída del único reinado que precisaba: saberme querida por el hombre que elegí como marido.

En ocasiones aquellas películas sin subtítulos causaban comentarios poco favorables: «Los sonidos van a estropear la magia del cine», decían algunos aficionados. Para ellos no era previsible que la industria cinematográfica pudiese avanzar más allá del silencio, sólo interrumpido por el sonido de un piano que el pianista tecleaba según las exigencias del guion.

Jaime no opinaba así. Jaime no poseía una mente estancada. Desde que comencé a tratarlo, comprendí que aquel hombre alto, de mirada clara, cuya frente parecía copiada de una estatua romana, con un rictus propio de los seres pacíficos que no vacilan en reírse de sí mismos cuando se equivocan, era la antítesis de Alfonso. Él jamás se hubiera enamorado de una mujer por intercambiar postales con ella.

Nunca he olvidado su voz. Ni su forma de hablar pausada y de tonos bajos. Tampoco he olvidado su sonrisa como extraída de un proyecto de serenidades y comprensiones. Me resulta difícil recobrar ahora todo lo que aquel hombre acumulaba en su modo de ser. Únicamente puedo asegurar que en él coincidían todas las armonías de las inteligencias que yo siempre había considerado necesarias para completar un modo de ser atractivo.

En cierta ocasión se lo dije: «Tú agrupas todo lo que se precisa para que tus inteligencias armonicen».

No entendió lo que pretendía explicarle.

Procuré ser concisa. Le expuse que a mi entender el ser humano no poseía una sola inteligencia. «Se puede ser muy inteligente en lo meramente intelectual y muy torpe en las cosas esenciales de la vida», le dije. «A mi modo de ver, existe la inteligencia del estudioso, pero si lo que aprende no se nivela con lo que la vida enseña su inteligencia no sirve para armonizar otras inteligencias propias.»

A continuación le añadí un sinfín de factores inteligentes que la gente no solía detectar. Por ejemplo: el trato con los demás, la serenidad, el modo de exponer los puntos de vista, la forma de soportar lo que nos desagrada, el rechazo de mostrarnos prepotentes, memorizar lo que molesta para no esgrimirlo, callar cuando el hecho de hablar puede ser impertinente, moverse sin utilizar ademanes torpes, evitar los tics, reír sin estridencias, toser con recato, estornudar silenciosamente y muchos factores más que si se armonizan entre sí podían convertirse en un auténtico elemento de seducción.

A medida que yo hablaba, Jaime me miraba con cierto aire de guasa. Pero su cabeza asentía; me daba la razón.

En los siete años que tuvimos ocasión de tratarnos, ni un solo instante detecté en él un ligero fallo que fomentara en mí la terrible amenaza que caracteriza los desencantos.

Durante dos años antes de que se proclamara la república, él y Rosario fueron mis verdaderos apoyos en los trances graves que no sólo amenazaban mi vida, sino también la estabilidad del país.

Las crispaciones eran constantes; se desbordaban en las universidades, en las reuniones callejeras, en las noticias de los periódicos.

Más tarde, cuando fue preciso desvirtuar trazados intocables para estabilizar el desequilibrio de España, incluso la nobleza parecía dividirse: estaban los que alababan a Primo de Rivera por haber decretado como un mal menor la dictadura y, por el contrario, estaban los que acumulaban enojos causados en gran medida por la indudable falta de libertad que aquella dictadura causaba a los ultraliberales.

Las dudas de Alfonso eran grandes. No obstante, Primo de Rivera acabó convenciéndolo: «Si Vuestra Majestad viera que un hijo suyo iba a precipitarse al vacío, ¿no lo salvaría aunque tuviera que agarrarlo por los pelos o por un miembro cualquiera, presto a ser quebrado? ¿Qué es mejor, dejar que España se desangre lentamente por manejos anarquistas o imponer ciertas rigideces a costa de evitar constantes desafueros?».

Fue más o menos en aquella época cuando, al margen de las preocupaciones que se amontonaban en la vida política de mi marido, una nueva caída en picado vino a confirmarme que Alfonso se hallaba preso en una trampa que llevaba años atenazándolo. No era un capricho aislado, se trataba de un amor imposible pero verdadero. Era una mujer que, por la edad, podía ser su hija.

Aquella nueva infidelidad de Alfonso no era como las otras. La elegida triunfaba en el teatro y toda España la admiraba por su belleza y su talento.

Antes de la dictadura, España fue asimilando poco a poco

aquel nuevo comportamiento del rey. Pero los celos de las damas desairadas no cayeron en saco roto. Se acabaron los pequeños coqueteos con la nobleza femenina y por ende monárquicos. Hubo algún enfado, muchas críticas y grandes rencores que agravaban día a día la inestabilidad de la corona.

En medio de aquel enorme desaguisado, el presidente de Ministros, Eduardo Dato, cayó asesinado por tres anarquistas.

Lo que al principio fue sólo un suceso doloroso pero no excesivamente preocupante se convirtió enseguida en un reguero de críticas malintencionadas. Se multiplicaron los conflictos hasta convertirse en verdaderas guerras internas causantes de suspicacias y comentarios destructivos. Aumentaron los crímenes, los atentados, los desacatos y las amenazas. Era imposible frenar tantos desafueros sin utilizar mano dura.

Entonces yo todavía navegaba por las aguas turbias de la soledad que se estrellaban contra muros precarios y poco amistosos. Los Lécera no entraron en mi vida hasta el año 1929.

Las noticias que me llegaban eran todo menos alentadoras. La vida española se bamboleaba. Perdía su derecho a la estabilidad. Alfonso ya no era sólo un hombre vencido por los acontecimientos políticos. También un impacto de intensa catadura moral y sentimental lo estaba derrotando día tras día.

Carmen Ruiz Moragas era ya su principal obsesión. Todo giraba en torno a ella, especialmente apoyado por Pepe Viana.

Tras una época de tanteos aparentemente inofensivos, Alfonso se destapó abiertamente instalándola en una vivienda de cierto lujo, con un jardín donde más tarde sus dos hijos (María Teresa y Leandro) eran observados a distancia desde un misterioso carruaje por su abuela la reina María Cristina, acaso para convencerse de que aquellos nietos, pese a tener sangre real, eran totalmente sanos.

La casa se hallaba en la avenida del Valle, tenía dieciocho habitaciones, sótano, dos plantas y un torreón. Poseía dos jardines. El frontal se cubría de grandes setos de flores y algún árbol frutal. En el trasero se extendía un pequeño huerto con gallinero y un gran almacén para que la actriz pudiera guardar el vestuario que utilizaba en sus representaciones.

Todo eso lo supe a través de los chismorreos que circulaban por los pasillos del palacio. Nada más endeble que un secreto robusto y bien nutrido guardado por varios sectores de distintos grupos sociales.

Aunque la mayoría se perdían en el camino, los esenciales nunca dejaban de introducirse en mi vida. Y allí se quedaban como se quedan las cicatrices de una herida mal curada. Las reinas no podemos permitirnos el lujo de airear nuestras llagas más dolorosas. Debemos admitirlas y administrarlas con la serenidad de los enfermos sedados, mientras se les está comunicando que van a morir.

Eso fue lo que en cierto modo experimenté cuando llegaron a mis oídos las noticias relacionadas con el gran amor que mi marido experimentaba por Carmen Ruiz Moragas. Muertes pequeñas que la conformidad sedaba. Un amor que con sus altibajos duró aproximadamente quince años.

Supongo que, una vez en el exilio, Alfonso intentó convencer a la mujer que le había dado dos hijos para que se reuniera con él. Pero nunca lo logró. Carmen estaba ya enamorada del crítico literario Juan Chabás y mi marido ya no era el rey que enaltecía su calidad de preferida.

Al margen de todo ello, debo reconocer que el año 1929 enriqueció notablemente mi vida. Pese a las protestas y malestares que la dictadura causaba, España brillaba en el mundo entero gracias a las importantes Exposiciones Internacionales que tuvieron lugar en Sevilla y Barcelona.

Lo más avanzado se podía contemplar en los inmensos pabellones que se alzaban en Montjuïc o en la plaza de España de Sevilla. Recuerdo ahora la entrada de nuestro carruaje tirado por cuatro caballos bajo un sol tórrido que en mayo sólo es verdaderamente sol en una ciudad andaluza.

Nuestro hijo Alfonso acababa de cumplir veintidós años. Pero su delicada salud le impidió presenciar lo que, a todas luces, constituyó un gran espectáculo.

Tampoco en la exposición de Barcelona pudo mi pobre enfermo formar parte del cortejo. Sólo nos acompañaron nuestro hijo Jaime y las infantas.

El acto solemne tuvo lugar en un majestuoso salón del Palacio Nacional, engalanado con tapices soberbios que representaban los principios de la conquista americana por los españoles. Aquel día se celebró un gran banquete en el palacio de las Bellas Artes.

Fue un año de grandes cambios en el mundo. Especialmente por el desplome que se avecinaba en la Bolsa de Nueva York.

No obstante, para mí el cambio más importante consistió en tratar por primera vez al hombre que supo salvar con apoyos y consuelos la nave que amenazaba naufragar en el océano siempre desierto de mi propia vida.

* * *

Esta vez el vehículo que aguarda mi salida del palacio de Liria para trasladarme al hospital de la Cruz Roja es un coche de lujo con un conductor uniformado y un policía vestido de lacayo.

Tras el jardín se amontonan infinidad de curiosos o amigos de la monarquía que en cuanto me ven salir por la puerta principal rompen a aplaudir y a vitorearme de nuevo.

Yo no ceso de saludar sonriendo a todos los que me aclaman. Pero la emoción continúa jugándome malas pasadas. Algo que se me agolpa en el pecho convierte mi sonrisa en un delator lagrimeo.

Me pregunto ahora qué hubiera ocurrido si en vez del desabrido retorno a España que el general Franco me impuso se me hubiera recibido con los protocolos y los homenajes propios de una reina. Creo que el entusiasmo que me rodea en este momento no hubiera sido superado.

Entrar en el recinto ha sido como adentrarme en un sueño tergiversado. Nada es igual a lo que yo dejé. Todo se me antoja distinto, pero también yo he cambiado. Los caminos de la vida nunca son rectos. Las circunstancias van sembrándolos de sinuosidades ineludibles.

Ni siquiera los hábitos de las monjas son como los que vestían cuando inauguré el local que estoy visitando. Alguna religiosa vieja se acuerda de mí, pero la mayoría son jóvenes.

Tampoco conocen la odisea de nuestro destierro, ni las vicisitudes del exilio, ni los horrores de la guerra. No obstante, la obra que yo había iniciado no sólo persistía sino que se había multiplicado.

Los militares me saludan firmes, los médicos me custodian, las enfermeras me sonríen como si contemplaran un pedazo de historia recuperada.

Pero de hecho nadie conoce a esa mujer de cabello cano que, a medida que se adentra en el hospital, tiene la impresión de que los que la aplauden y jalean únicamente la admiran porque fue alguien importante hace ya muchos años. Estoy convencida de que nadie de los que en estos momentos me rodea sabe hasta qué punto la importancia que admiran me convirtió en un ser vulnerable y sumido en el desconcierto de tantos y tantos interrogantes que me acosaban.

¿Por qué me aplauden? ¿Por haber sido reina? ¿Por mantenerme viva? ¿Pueden ni siquiera sospechar la cadena de dolores que fue jalonando mi existencia? ¿Qué saben de esta pobre anciana que agradece con sonrisas una acogida calurosa?

Las miradas que me rodean sólo captan lo que capta una máquina fotográfica. Ninguna de ellas se adentra en lo que se oculta en el retrato articulado que están contemplando.

De mis caídas y mis flaquezas únicamente Dios es testigo. Sólo Él conoce a fondo mis «lejanías». Y aquel ayer intimista con todo lo que quedó atrás. También desconocen mis limitaciones, mis errores, mis ríos desbordados y mis imperdonables debilidades cuando en los últimos años de nuestro reinado decidí cambiar los propios esquemas para tratar de conquistar esa gran mentira que aquí en la tierra denominamos felicidad.

DÍA CUARTO

Sábado, 10 de febrero de 1968

Sentada en un cómodo sillón y flanqueada por el duque de Alba y la señora Rich, en la tarde de ayer recibí en el palacio de Liria a varios centenares de personas que deseaban verme y reiterar su fidelidad a la monarquía. Tres generaciones habían pasado desde mi obligada ausencia. Pero el homenaje que se me tributó parecía arrancado de los años en que llegué a España como prometida del rey.

De nuevo la sonrisa se balanceaba en mis labios por culpa de la guerra que la emoción declaraba a mi inmensa alegría. Pero me esforcé para no llorar.

La gente que me rodeaba no pertenecía sólo a la nobleza. También estaban los que ya viven olvidados en la retaguardia pero continúan queriendo y admirando a su reina.

Entre aquella emotiva colectividad de personas fieles a la monarquía descubrí a la genial mujer y artista que fue Pastora Imperio.

Cuando se acercó a mí le di un abrazo. También ella ha envejecido, pero en mi recuerdo su arte continúa vigente, joven y lozano.

Ella rompió a llorar descaradamente. La emoción de los artistas no tiene dique.

Le dije que no la había olvidado, que su arte siempre me pareció importante y que, aunque el tiempo pasa, el arte nunca muere, ni se borra, ni se arrincona en el desván de los trastos viejos.

Consciente de que nuestro encuentro estaba entorpeciendo la cola de la gente que deseaba saludarme, Pastora se retiró pronto tratando de sofocar sus sollozos.

Creo que, de todas las personas que ayer por la tarde vinieron a visitarme, fue Pastora Imperio la que produjo en mi alma la huella más profunda de mi retorno a España.

Al retirarme a mis aposentos, se lo dije a la señora Rich: «¿Sabes, Pepita? Me ha emocionado mucho ver a esa mujer. En mi juventud, Pastora era una institución muy destacada en el ambiente artístico».

De hecho, lo que de verdad me dolía era comprobar que, pese a haber sido alguien excepcional en su tiempo, en la actualidad, al igual que yo, Pastora es una vieja exiliada.

Su exilio no es como el mío, pero también existen destierros sin moverse de la tierra. El tiempo no sabe cooperar con lo que destaca. El tiempo es el gran aliado del olvido.

Tras aquella larga comunicación con los fieles que se adentraron en el palacio de los Alba para testimoniar su nostalgia de la corona, el doctor Nicod me abrumaba con sus constantes recomendaciones:

–Vuestra Majestad está abusando de sus fuerzas.

En vano le dije que las fuerzas morales suelen reforzar las endebleces físicas.

–En efecto, estoy cansada, pero a veces ciertas fatigas alegres son mucho más favorables para la salud que los descansos tristes –le dije al doctor.

Pero no conseguí convencerlo.

–Vuestra Majestad está muy delicada. No debe tentar al destino.

–Si el destino existe, nada puede ya torcerlo –le respondí.

Sin embargo, a instancias de los Alba, también anoche cené a solas en la salita contigua a mi dormitorio.

–Ahora ya no me importa morir –le dije al doctor–. He conseguido volver a España.

Al despertar esta mañana, me comunican que la mujer de Juanito me ha llamado por teléfono desde Zarzuela.

Inmediatamente me he puesto en contacto con ella: me dice que está ya en condiciones de acompañarme con mi nieto a donde yo quiera.

–Juanito está deseándolo.

Le expongo mi proyecto:

–Me gustaría visitar la iglesia de los Jerónimos, volver a pasar por la calle Mayor y recorrer con vosotros todo lo que viví el día de mi boda.

Sofía comprende. Sofía es una mujer excepcional.

Aunque los designios del General son siempre arcanos que se disfrazan de indecisiones, la lógica me da a entender que mi nieto Juanito algún día será Príncipe de Asturias. Lo merece. Es inteligente, tenaz y sobre todo ama su tierra como la amó su abuelo y, actualmente, la ama su padre.

No obstante, resulta precario penetrar en los insondables propósitos del dictador. Ni siquiera mi hijo, señalado por su padre como legítimo sucesor de la corona cuando él muera, ha podido tener de Franco respuestas fidedignas y bien argumentadas.

Tras la renuncia del hasta entonces heredero, por su enfermedad y su triste boda con la cubana Edelmira Sampedro, de origen mulato, mi marido consiguió que nuestro hijo Jaime, por haber estado casado por segunda vez también morganáticamente y verse afectado por una sordera incurable, renunciase lógicamente a ser rey. Renuncia que afectaba asimismo a sus dos hijos: Alfonso y Gonzalo, habidos en su primer matrimonio con Emanuela de Dampierre.

Quedaba Juan. Según todo lo previsto, es Juan quien por decreto real deberá ser considerado rey cuando llegue el momento de restaurar la monarquía.

Pero el General da largas. No acaba de decidirse. La falta de un trono no le afecta demasiado. De algún modo ha conseguido que su dictadura tenga matices de un reinado totalitario cuyo rey sin corona es él.

Habrá que esperar a que Franco muera para que Juan pueda asumir sus derechos bien asentados por mi marido.

De momento mi hijo Juan continúa en Estoril, donde se instaló con su familia para estar cerca de España.

También la vida de ese hijo mío ha sido muy dura. Los «ingratos día a día» de nuestro proseguir por el exilio siempre son susceptibles de sorprendernos con algo horrible por lo inesperado: ese tipo de contratiempos que, de puro crueles, se nos antojan ficciones destinadas a desmontar los principales contrafuertes de nuestras vidas.

Como todo lo que destruye sin derecho a un remedio, llegó de improviso como llegan los huracanes que lo arrasan todo.

Olvidar aquel dolor nunca ha sido posible. Las heridas del alma difícilmente cicatrizan. Siempre duelen. Sobre todo cuando los que las causan son dos seres queridos. Aquella vez los protagonistas fueron Juanito y Alfonso. Aquel niño inteligente y bondadoso que, rebosando vida, cayó fulminado por un disparo torpe de una bala que jugaba al escondite en manos de su hermano mayor.

Ambos creían que el arma, por lo antigua, estaba descargada. No podían sospechar que jugar con ella podía suponer jugar con la muerte.

La pérdida de aquel nieto mío me estaba arañando el alma con un dolor que negaba cualquier sosiego. Pero tal vez me dolió todavía más observar la desesperación de Juanito, sin consuelo posible, mientras aquella culpa que nunca tuvo se empeñaba en instalarse en su desconcertada inocencia: «He sido yo», me dijo cuando al llegar a Estoril lo abracé con fuerza. «No merezco consuelos. No merezco nada.» Se notaba culpable con el terrible peso de la inocencia destruida en mil pedazos.

¿Cuántos años de vejez prematura se instalaron en la todavía corta vida de mi pobre nieto? ¿Cómo convencerlo de que su enorme sufrimiento por aquel horrible suceso carecía de culpa?

Únicamente los años podían ir borrando lentamente la gigantesca impresión de culpabilidad que lo estaba trastornando. Pero lo que no puede olvidarse es el vacío que surge tras una impresión tan dolorosa: no admitía aceptar que aquel hermano querido, que soñaba alegrías, proyectos y esperanzas, ya no era, ya no estaba, y en cambio él continuaba viviendo como si la muerte de su hermano fuera sólo un incidente sin importancia.

Creo que nunca quise tanto a mi nieto Juanito como entonces. En él se iban acumulando todos mis amores perdidos en los socavones más destructivos de mi propia vida. Ver sufrir a un adolescente, con dolor de anciano, es algo incongruente, algo que no puede razonarse ni justificarse.

Y eso era lo que yo advertía en la inmensa desolación de mi nieto: una suerte de vejez prematura, una rampa por la que se iba deslizando hacia la equidad del abismo, sus sueños e ilusiones destruidos y sobrecargados de un remordimiento totalmente vacío de culpa.

Mucho debió de costarle a mi nieto Juanito recuperar su derecho al equilibrio.

Sólo el amor de la familia y la inteligencia serena con que fue tratado pudieron salvar las vaguedades envenenadas de dudas y certezas que, a medida que la vida transcurría, se le iban acumulando en los terribles insomnios nocturnos y en los sueños diurnos de un futuro que siempre para él se convertía en pasado.

Afortunadamente, la mujer que eligió como esposa es a mi modo de ver, y no creo equivocarme, un bello cielo sin nubes, un alma limpia capacitada para aceptar un futuro todavía disperso en vaguedades, y una placidez que no precisa estimulantes para sobrellevar los inesperados desasosiegos que ofrece el inestable fluir del futuro.

Pase lo que pase, tengo la convicción de que esa nueva nieta mía sabrá sortear con talento y una gran dosis de sencillez lo que el destino le depare.

Recuerdo ahora que a su boda en Grecia, todavía engrandecida por una monarquía que parecía estable, Bee no asistió. Sólo Ali, su marido, ya muy desgastado y con la mirada algo ida, estuvo presente en las dos ceremonias religiosas y en los banquetes que se celebraron aquellos días.

En cierto modo, su ausencia en la boda de Juanito me alegró. Aunque siempre fingí ignorancia de lo que hubo entre ella y mi marido, tras la expulsión disimulada que su actitud impuso, la desconfianza disfrazada de amistad fue la mejor manera de afianzar nuestro distanciamiento.

Cuando el matrimonio regresó a España se instaló en el sur, lejos de Madrid. Sin duda aquella lejanía propició que mis cartas fueran amables. De hecho la distancia que mediaba entre nosotros no obstruía una amabilidad que la cercanía hubiera mermado.

Por eso aquella misma noche, para cumplir una promesa que le hice cuando desde Lausana me fui a Grecia, le mandé un largo pliego explicándole con gran lujo de detalles la boda de mi nieto Juanito con Sofía de Grecia.

Ignoro si aquella carta la escribí para convencerme a mí misma de que su proceder con mi marido fue un falso rumor de gente con malas intenciones o si sencillamente lo hice para darle un poco de envidia. No lo sé. Bee ya no era la jovencita mandona y deseosa de ser la primera en todo. Tal vez mi carta, lejos de causarle envidia, le produjera un sano y sincero arrepentimiento. Llevaba ya mucho tiempo convertida al catolicismo.

Además, su salud andaba muy resentida. Cuatro años después murió en Sanlúcar y fue enterrada como católica en el convento de los Capuchinos.

Tampoco Jaime Lécera estuvo en la boda de Grecia. Nuestra comunicación, cada vez más escasa, era siempre telefónica.

Jaime llevaba ya mucho tiempo separado de Rosario. Instalado en Madrid con su hijo, ignoro dónde abocaba sus sueños ya desgastados por el horror de la Guerra Civil.

Rosario, su mujer (aquella encantadora jovencita que tanto me ayudó en mis proyectos benéficos), se había instalado en Granada. Desalentada y moralmente destruida, se introdujo de lleno en la más lamentable y desarticulada bohemia.

Consciente de su verdadera tendencia que durante años luchó para negarse a sí misma, se dejó llevar por la necesidad de olvidar dándose a la bebida y adentrándose en las cavernas por donde circulan los seres que sólo en el alcohol pueden paliar sus angustias.

Desprovista ya de los pilares que la engrandecían y atrapada por algo parecido a la confusión de sus propios impulsos, se unió a otra mujer de inclinaciones afines a las suyas. Aquellas afinidades que durante años trató siempre de ignorar y que yo inconscientemente desperté en ella, totalmente ajena al daño que podía causarle, no fueron obstáculo para que, durante mi exilio, la amistad y admiración que sentíamos la una por la otra se resquebrajara.

Ella no quería aceptar lo que la naturaleza la obligaba a ser. Pero sus tendencias contradictorias, años después, llegaron a difuminar sus deseos.

No obstante, Jaime nunca renegó de ella. Fueron amigos. Dos buenos amigos que cuando se unieron en matrimonio creyeron que los afectos amistosos podían ser también brotes de un amor sincero.

Soy consciente de que muchas malas lenguas, cuando tras proclamarse la república me separé definitivamente de Alfonso, trataron de adjudicarme una intimidad entre Rosario y yo que excedía la realidad y nos convertía en dos piezas de idéntica textura instintiva.

La falsedad de aquella afirmación no me alarmó demasiado. Ni siquiera trastocó el fluir de nuestra familiaridad.

Con ella yo me notaba cómoda. Nunca me planteé el daño que podía causarme la indudable simpatía que yo experimentaba por aquel ser inteligente y sobrado de cualidades innatas.

Con Rosario era posible hablar, exponer situaciones y hasta extraviarnos las dos en conversaciones sinceras que en una mujer cualquiera hubieran podido ser adversamente resbaladizas.

Rosario sabía. Rosario comprendía la fascinación que, desde que nos conocimos, se produjo entre su marido y yo.

Pero la gente precisaba más. La gente tiende casi siempre a deformar razonamientos que excedan ciertos extravíos de lo que puede convertirse en una realidad monótona.

Calumniar viene a ser para la mayoría de la gente que se alimenta de chismes una forma de sentirse interesante, de fingir que saben lo que los otros ignoran. Y eso fue lo que los seres de mentes empobrecidas y de escaso sentido moral fueron transmitiendo entre los que, siempre ansiosos de novedades picantes, se afanaban en creer y repetir para llenar los aburridos comentarios de las sobremesas elegantes.

Cuántos son los que, por hacerse notar, no vacilan en exagerar realidades hasta deformarlas, y cuántos ignoran mientras rastrean mentiras basadas en verdades a medias el dolor que puede producir a los afectados.

Afortunadamente, aquel episodio fue cayendo en picado en la posguerra civil. Rosario eligió el «adiós» definitivo de nuestra amistad cuando decidió adentrarse en la noche de una vida que estalló en desafueros y la marginó para siempre del mundo social que había conocido desde la infancia.

En cuanto a Jaime, pese a la separación que tanto él como yo consideramos necesaria, nunca llegó a perderse plenamente en mi vida.

Día tras día lo tengo en la mente como un rayo que supo inyectar ilusión, apoyo y comprensiones al largo camino de soledades internas que venía yo arrastrando desde que nació mi primer hijo.

Fue entonces cuando surgieron las mentiras casi oficiales y los sentimientos heridos y enfrentados contra tantas adversidades que jamás cesaban de acosarme.

Oír su voz por teléfono es, hoy día, saber que las ausencias que antaño fueron presencias sin trampas ni engaños continúan manteniendo limpio y pleno el sentimiento que nos unió durante siete años.

Nada importa que nunca volvamos a vernos. Las cerraduras de la amistad amorosa jamás se cierran.

En ocasiones el recuerdo puede ser tan vigoroso como lo fue el momento que recordamos, las miradas que nos alentaron y la felicidad que ciertas actitudes afectuosas nos produjeron.

* * *

Sofía y Juanito llegan al palacio de Liria para recogerme. Una vez más me empeño en recorrer sin que nadie repare en mí los lugares que conocí cuando yo era una joven candidata a convertirme en reina de España.

Ellos no han vacilado en adaptarse a mis deseos. Saben que mi estancia en Madrid es mucho más que cumplir con mi tarea de amadrinar al pequeño Felipe.

También pretendo revivir de algún modo lo que en aquel

entonces consideraba que iba a ser el inicio de una felicidad indestructible.

Qué lejos estuve de conocer la falsedad de aquel presentimiento. Entonces los escollos o malos presagios no figuraban en mis florecientes dieciocho años de vida.

Juanito conduce su coche sin séquito ni guardaespaldas. La meta principal que le indico es los Jerónimos. Con su habitual simpatía me comenta que el protagonismo del poderío franquista se ha ido al traste con mi presencia en España:

–Cualquiera diría que vuelves a casarte con el abuelo. Menudo jaleo has armado con tu llegada.

Sofía ratifica lo que expone su marido:

–Si tu retorno hubiera sido oficial, la ciudad entera se habría colapsado.

Y continúa explicando lo que, desde su posición de princesa sin un nombre definido, va captando lentamente del misterioso proyecto del General para el futuro.

–Por la ciudad circula un chiste sobre Franco. Ante su empeño en permanecer en el poder, surge una pregunta que a todos intriga –explica Sofía graciosamente–. La pregunta es: «Y si resulta que Franco *no* es inmortal, ¿cuál será el porvenir de España?».

En su modo de expresarse, no hay asomo de burla o descontento. Sofía se ha limitado a repetir lo que ya viene siendo una preocupación para todos los españoles. ¿Cuál será el precario futuro de España? ¿Qué ocurrirá cuando Franco muera? ¿Continuará el país bailoteando solo a su aire y convertido en una tierra alejada del resto de Europa?

Pero Juanito me tranquiliza:

–Si algún día España vuelve a ser monárquica, recuperará su prestigio; te lo aseguro, abuela. Actualmente se debate entre mil dudas que no tienen una respuesta definitiva. Pero nadie en este mundo es eterno. Tampoco lo son las ideas, ni los puntos de vista, ni los proyectos.

Juanito sabe expresarse. Y sobre todo tiene una gran seguridad en sí mismo.

Desde que su padre lo mandó a España para que su carrera militar fuera adentrándolo en los puntales más necesarios en la difícil tarea de ser algún día su sucesor, él no ha vacilado en ganarse a pulso el cariño de todos los españoles.

Nunca se permitió dar un mal paso que pudiera poner en entredicho su actitud ante el General. Tampoco dio muestras de descontento ni alardeó de un talento que Sofía potenciaba con el suyo. Pero tengo la convicción de que si algún día lo nombran rey sabrá manejar con pulso firme, y también suave, los destinos tantas veces malogrados por imposiciones fuera de las órbitas racionales.

Yo no sé si llegaré a ver a mi hijo Juan en el trono. Tampoco sé si Juanito llegará a ser rey de España. Pero estoy convencida de que si algún día mi nieto fuera entronizado, España entera lo aceptará con los brazos abiertos.

Su modo de ser, aunque campechano como lo fue su abuelo, también es analítico, precavido y firme. Nada se le escapa aunque lo silencie. Sabe esperar. No es aturdido. Y, por supuesto, tampoco es ambicioso.

Durante años vive medio ofuscado por políticos que se afanan en someterse por encima de todo al enigmático General.

Su rango es un interrogante. Tiene trato de alteza, pero su calidad de príncipe todavía no se ajusta al título propio del sucesor de la corona.

Todo en los manejos del General constituye un arcano.

Cuando se lo expongo a mi nieto, se limita a sonreír. Claramente compruebo que su sonrisa es una forma de abstenerse de decir lo que piensa.

En estos momentos el vehículo pasa por la ligera rampa que conduce a la parte alta del templo de San Jerónimo. A la izquierda queda la fachada trasera del lujoso hotel Ritz.

En aquella época el hotel Ritz no existía. Y la posibilidad de llegar en coche al portal del templo, tampoco.

Los carruajes debían detenerse ante la gran escalinata que conducía a la entrada de la iglesia.

Me veo ahora subiendo por los alfombrados peldaños de piedra junto a mi suegra, ambas vestidas de blanco. Avanzamos hacia el altar bajo un palio adornado con el escudo real y flanqueadas por guardias con uniforme de gala.

Alfonso nos esperaba junto al ábside, donde se habían instalado reclinatorios cubiertos con lienzos de seda jalonados en lo alto por almohadones bordados y acordonados por trenzados dorados de cuyas esquinas pendían borlas del mismo color.

No sé por qué en estos momentos me vienen a la mente esos detalles. Todo aquel día estaba repleto de grandezas que jamás volví a contemplar.

Recuerdo que el carruaje real era de caoba y se hallaba cubierto con colgantes de terciopelo entorchado de oro; en su traspontín se asentaban el conductor y dos lacayos.

También evoco que el carruaje iba tirado por seis alazanes enjaezados; desgraciadamente no todos pudieron regresar a su destino.

Aquella misma mañana, tras oír misa y comulgar en la capilla de El Pardo en compañía de Alfonso para luego desayunar con él, recuerdo que al despedirse me dijo sonriendo: «Hasta luego, Ena», mientras besaba mi mano.

La mañana amaneció resplandeciente. Mayo nos ofreció su último día con verdadera generosidad. Jamás un 31 de mayo había sido tan luminoso y tan lleno de claridad prometedora como aquel día.

«Hasta luego, Ena». Nunca he podido olvidar aquel «hasta luego». Cuando menos lo espero, su voz ya perdida en el más allá lo repite como un ritornelo envuelto en vapores que todavía me emocionan. Sus ojos chispeaban drogados de alegría. Pero qué poco duró aquel «luego». Y qué largo fue aquel silencioso «hasta nunca» que se introdujo en nuestro destino.

Cierro los párpados y vuelvo a escuchar el murmullo sordo pero estimulante que se esparcía frente a la escalinata donde se detuvo el carruaje que nos transportaba a mi suegra y a mí. También contemplo otra vez la masa compacta y tranquilizadora de los alabarderos que custodiaban la plaza de la calle Bailén.

En aquellos momentos subir por la escalera que conducía al portal de la iglesia era algo así como subir, sin pisar la tierra, por un camino que conducía al cielo.

Al entrar en el templo sonaron los acordes fuertes y briosos entonando el himno inglés. Los invitados, de pie, se aliaban en silencio a las solemnes armonías mientras mi suegra y yo, cogidas de la mano, avanzábamos lentamente por el pasillo. Cientos de cuerpos erguidos pertenecientes a las realezas nos flanqueaban respetuosos.

En el ábside me esperaban Alfonso, mi madre y mis tres hermanos.

Recuerdo que mi futuro marido besó la mano de su madre en señal de respeto.

El templo rebosaba luz. Una luz intensa que la blancura de ramos y guirnaldas blancas junto al altar robustecía abanicada por altas ramas verdes que adornaban las esquinas.

En aquel tiempo la misa se celebraba en latín y de espaldas al público. Los micrófonos no existían, pero en cuanto empezó la ceremonia el silencio invadió la nave y nuestros «síes» fueron escuchados por todos.

Evoco ahora la voz del cardenal primado Sancha preguntando a la numerosa concurrencia si alguien conocía algún impedimento para realizar el enlace previsto.

Aunque se habían adoptado infinidad de precauciones para evitar que nuestra boda se malograse, nadie en aquellos momentos podía barruntar que no sólo los impedimentos trastocan los matrimonios; también suelen sucumbir por lo que nadie sospecha. Ni siquiera yo misma podía imaginar que el verdadero impedimento era yo; que mi aspecto saludable mentía, y que existen ritmos secretos capacitados para circular por nuestras venas desafiando las armonías más rotundas y sinceras de nuestra apariencia.

Por eso aquellos «síes» confirmaban tan sólidamente que nada podía amenazar la autenticidad de nuestras aquiescencias.

Tras la celebración de la boda comenzó la misa solemne. Desde el coro surgieron los cantos del Orfeón de Pamplona interpretando *Tota pulchra* de Guilleman y el *O salutaris* de Laurent de Rilli.

Las misas entonces se celebraban en silencio y los feligreses leían las oraciones pertinentes en devocionarios, sin embargo la música y los cantos adornaban copiosamente las celebraciones solemnes.

Evoco ahora *El Mesías* de Haendel, el *Aleluya* de Purcell, pero lo que más me emocionó fue cuando al iniciarse el ofertorio una bellísima voz de mujer entonó el *Ave María* de Schubert.

Al llegar al Sanctus, sonó la briosa melodía de Gounod. Y acto seguido el *Dona Nobis Pacem* de Mozart.

La paz que se pedía fue rubricada y fortalecida por unas voces infantiles entonando el *Panis Angelicus* de César Franck.

Al alzarse la Sagrada Forma, y en tonos muy suaves, se escucharon los sonidos tintineantes del campanilleo de los monaguillos.

Finalizada la misa nos dirigimos al claustro para firmar el acta matrimonial mientras ciento cincuenta ejecutantes entre cantantes y músicos interpretaban el gran *Tedeum* del maestro Mateos.

Después regresamos al templo para que los príncipes e infantes de todas las realezas presentes desfilaran ante el trono donde nos instalamos de pie para recibir sus saludos.

Enseguida comenzó la vuelta del cortejo hacia el palacio.

* * *

De improviso la voz de mi nieto:

–Llevas mucho rato en silencio, abuela.

–Soñaba. Mejor dicho, recordaba.

Juanito detiene el coche junto al muro lateral de la iglesia.

El párroco y algunos sacerdotes salen a nuestro encuentro. La consigna vigente se apoya en la discreción.

–Lo único que pretendemos es entrar en el templo sin que nadie nos sorprenda –le digo.

–Así se ha procurado, Señora –me reafirma.

También confirma que, a esa hora, la iglesia suele estar prácticamente vacía.

Al traspasar el umbral, todo se vuelve silencio. Un silencio como de pozo sin agua o como extraído de un pantano que fingía ser tierra firme.

Lentamente avanzo sola por el pasillo donde hace ya sesenta y dos años entré vestida de novia junto a mi suegra, camino de mi futuro.

Nada de lo que estoy contemplando se parece a lo que contemplé aquel día. La claridad de aquel mayo ha sido engullida por un febrero húmedo y lluvioso.

En efecto, la nave por donde transito huele a moho, a brumas anticuadas, a grandezas perdidas y a erosiones que el tiempo ha ido dejando en los rincones de las paredes.

Aunque todo está en su sitio y los destrozos que la guerra causó se han restaurado a lo largo del tiempo, lo que destacó el día de mi boda se esfumó para siempre.

La escasa luz que ahora domina la nave no se compagina con los estallidos de luminosidad que el día de la boda al entrar en el recinto nos acosaban.

Sin embargo es en la oscuridad donde resucitan los detalles que solemos sepultar en los cementerios del olvido.

Instintivamente, mis nietos y yo nos dirigimos a la capilla del Sagrario. Una lamparilla constante vela el Santísimo.

A pesar de mi artrosis y de los años que llevo a cuestas, me arrodillo junto con mis nietos en el primer reclinatorio que ofrecen los bancos.

La nave continúa en silencio. No obstante, también los silencios emiten ondas sonoras. Son sonidos como hechos de vientos contrapuestos que turban la mente y la obligan a mezclar conceptos, épocas y personas.

La principal razón que nos ha llevado hasta donde estamos consiste en orar por Alfonso. Hace ya veintisiete años que se fue de este mundo. También era febrero. Un febrero lluvioso como el de ahora.

Ignoro el tiempo que mis nietos y yo hemos estado rezando por Alfonso ante el Santísimo.

De hecho mi forma de rezar ha sido como hablar con él.

Ahora Alfonso ya lo sabe todo. En la dimensión donde se encuentra los obstáculos y equívocos pierden escondites que en la vida inducen a errar.

Sabe incluso mejor que yo por qué motivo su muerte me produjo tanto dolor.

Yo nunca lo he sabido. ¿Fue por no haber conseguido enderezar nuestra convivencia? ¿Por habernos dejado llevar por nuestra mutua atracción sin programar los ingratos imprevistos? ¿Por considerar que nuestro oficio de reyes nos ponía a salvo de cualquier tropiezo? ¿O tal vez por no admitir que ciertas personas aparentemente sanas tienen sangre dañina como las adelfas?

Dios lo sabe. Dotados únicamente de cinco sentidos, los seres humanos corremos el riesgo de caer en los mayores errores cuando nos empeñamos en analizar verdades o mentiras que condicionaron nuestros destinos.

Quizá nuestro fallo consista precisamente en confiar demasiado en nosotros mismos por considerarnos infalibles. Nadie lo es. Todos dependemos de un sinfín de ignorancias. Por eso las modulaciones atractivas que la vida nos ofrece defraudan y merman nuestros entusiasmos. Olvidamos que la existencia no es sólo poesía. También está llena de prosas ensombrecidas, que nuestro tiempo se acaba tarde o temprano y que al perder un ser querido nos está doliendo también el tiempo que desperdiciamos en actitudes y reacciones sin verdadero valor.

Al salir de la iglesia nos despedimos del párroco que aguarda junto al portal.

Una vez en el coche, le pido a mi nieto que circule despacio por la calle Mayor:

–Quiero recorrer el lugar donde por primera vez comprendí que ser reina no es un gran privilegio –les digo bromeando.

Juanito sonríe. Me pregunta si la bomba que el anarquista Morral lanzó desde un piso alto influyó en mi nueva condición de reina.

–Era demasiado joven para calibrar la importancia de aquel desastre. Todavía suponía que, lejos de ser el principio de una larga e incipiente cadena de odios, era una extraña locura aislada. Lo que más me impresionó fue ver mi traje de novia empapado en sangre. También evoco con emoción los brazos de tu abuelo protegiendo mi cabeza.

De hecho no puedo recordar con exactitud todos los detalles de aquel terrible atentado. Lo primero que me viene a la mente es la voz de Alfonso señalándome la fachada de la iglesia de Santa María. Fue al volverme hacia la izquierda cuando estalló la bomba. De haberme quedado quieta en mi sitio, hubiera muerto.

De pronto el gran estruendo lo ofuscó todo. Era difícil pensar. El estallido y el humo se aliaron a los gritos de la gente, a los lamentos de los heridos y a los relinchos angustiosos de los caballos.

Nada era lógico. Nada tenía una razón de ser. Horrorizada, descubrí que la sangre que empapaba mi vestido pertenecía a la cabeza decapitada del lacayo que iba en el pescante de la derecha.

El pánico era ya puro caos, confusión y desgobierno.

Los caballos heridos y aterrorizados se agitaban angustiados sin poder arrancar hacia delante debido al alazán abatido que yacía muerto en la tierra.

Alfonso, desencajado, se hartaba de preguntarme si estaba herida.

Intenté calmarlo. Tanto él como yo comprendimos que el terrible suceso se debía a una bomba. Recuerdo que me armé de valor y le dije que no se preocupara por mí. Quería demostrarle que, aunque presa de una angustia terrible, mi intención era comportarme como una verdadera reina.

Salí del carruaje. Me quedé horrorizada al ver que la calle era un río de sangre. Infinidad de cuerpos yacían en el pavimento. Cuerpos mutilados; algunos sin piernas, otros sin brazos, otros sin vida sobre el asfalto.

A gritos suplicaba ayuda para aquellas pobres gentes que, al llegar allí, habían esperado el paso de nuestro carruaje para homenajearnos. Pero mis gritos se diluían entre los gemidos desesperados de los que sólo podían emitir quejas y aullidos de dolor.

Pronto supimos que cien personas habían sido heridas y veinticuatro habían fallecido. Ése fue el precio que tuvieron que pagar por vitorear y aplaudir nuestra boda.

Cuando ahora pienso en aquel horror, tengo la impresión de que fue un aviso de lo que el futuro me deparaba. No sabría explicar por qué, pero aquellos momentos se me antojaban como un decir adiós a lo que todavía no había empezado.

Inmediatamente nos trasladaron a otro carruaje y, sin recorrer el trazado convenido, fuimos directamente a palacio.

Al parecer, la noticia de lo que había ocurrido se propagó al instante por todo Madrid.

Confusos, muchos creían que Alfonso y yo habíamos fallecido.

De hecho algo de razón tenían. En aquellos momentos tras el estallido, percibí como si una parte esencial de mí misma hubiera muerto.

Resulta difícil analizar qué clase de agonías se producen cuando el proseguir dichoso se ve truncado y despedazado por acontecimientos tan graves e inesperados como el que vivimos tras la ceremonia de nuestra boda.

Los trastoques son imprevisibles y la vida exige cambios en los programas futuros.

De hecho, algo más que una bomba envuelta en un ramo de flores, lanzada desde el tercer piso de una casa anodina, cayó sobre nuestras vidas: también cayó el dolor de los que por nuestra causa vieron la suya truncada y por supuesto noté el terrible despertar de mi conciencia al percatarme de que la sangre que manchó mi vestido tenía el mismo color que la que corría por nuestras venas.

* * *

La calle Mayor por la que ahora circulamos nada tiene que ver con la que aquel día protagonizó el espectáculo más espeluznante de nuestra historia en común.

No puedo discernir si el edificio número 88 desde donde se lanzó la bomba es el mismo. Lo que veo cambiado es el aspecto de la calle; la gente que circula por ella nada se parece a la de entonces; el macadamizado ha dado paso a una lisura pavimentada y los bajos se han llenado de tiendas lujosas.

El cuadro que contemplamos aquel día se quedó para siempre rezagado como tantas cosas que fueron importantes.

El hecho de empezar una vida supone que debe ser un motivo de alegría. Pero cuando ya repuestos de la horrible desazón que selló nuestros inicios en común surgieron tantos y tantos principios dolorosos, tuve la impresión de que mi verdadera felicidad nunca iba a llegar. Era imposible. La felicidad siempre ofrece y niega. Y cuando no niega, se extingue como una farola sin gas.

El día fue largo y agotador. Las inevitables obligaciones protocolarias exigían, tras la ceremonia de nuestra boda, un almuerzo en honor a las realezas que se habían instalado en Madrid.

Veo ahora a mi marido cortando el famoso pastel que se servía por primera vez en España, en los banquetes matrimoniales, la cena sin baile para no desentonar con la luctuosidad de lo ocurrido y el paseo del día siguiente de la boda en un coche descubierto por la ciudad, conducido por Alfonso y escasamente custodiados por una pareja de la Guardia Civil montada.

Por la tarde me estrené en la corrida de toros que soporté estoicamente y también en una serie de festejos que ya no recuerdo.

Tras las recepciones y las funciones de teatro y tantas actividades incómodas, iniciamos varios días después nuestra verdadera «luna de miel».

El lugar elegido fue el Real Sitio de La Granja de San Ildefonso. Allí todo era paz. Nada interfería ni impedía nuestro libre albedrío; ni amenazaba nuestra intimidad.

Me gustó aquel lugar. Recuerdo que unos árboles gigantescos custodiaban el palacio, y que la luz del día se llenaba de un verdor deslumbrante.

Llegamos allí en un coche acompañados por mi hermano Mauricio. En otro vehículo iban mi madre, Leopoldo, el marqués de Mina y el duque de Santo Mauro.

Al poco tiempo el padre de Jaime Silva (duque de Lécera) y los ayudantes de Alfonso se instalaron también en La Granja.

Una inmensa muchedumbre aguardaba nuestra llegada. La soledad era imposible. Los reyes son como atrapamoscas que raramente penden vacíos desde sus privacidades.

Siempre existen gentes consideradas importantes dispuestas a presentar sus respetos y transgredir las inviolables normas propias de los recién casados.

Al día siguiente los huéspedes se fueron y nosotros los acompañamos a la estación. La despedida fue emocionante y también feliz. Por fin Alfonso y yo íbamos a estar solos.

No obstante, nuestra luna de miel siempre estuvo aureolada por infinidad de quehaceres que Alfonso controlaba. De improviso surgían políticos inquietos; relevos de palacio; amigos incondicionales como el marqués de Viana, en aquel tiempo tan atento y simpático conmigo; concursos de tiro de pichón; meriendas organizadas en nuestro honor; recepciones de autoridades; almuerzos oficiales; funciones de teatro, y mil eventos más.

Fueron días activos pero agotadores. Comprendí entonces que Alfonso era un hombre inquieto, un ser que precisaba novedades, compañías; hechos que lo mantuvieran en constante agitación.

Temía aburrirse y, aunque sus demostraciones hacia mí eran afectivas, también era evidente que no le bastaban. Quería más. Precisaba notarse eje de sí mismo. Para él, los días vacíos de eventos y perdidos en soledades eran sus peores enemigos. La mente para ciertas personas puede ser un contrincante mortal. La dinámica era su principal medicina para no caer en depresiones.

Los años fueron constatando aquella impresión mía. El rey necesitaba serlo incluso en su luna de miel.

Yo era el motivo de aquel retiro en La Granja, pero él era una inmensa granja donde el retiro dañaba su calidad de hombre desasosegado y bullicioso.

Ni un solo día lo vi con un libro en las manos, ni observé en él un mirar lejano como si pensara. No. Alfonso detestaba pensar. Su inteligencia sólo le permitía planear, decidir, dejarse llevar por intuiciones y sensaciones.

Ni siquiera comprendía que yo, agotada de tanta agitación, me permitiera descansar en mis habitaciones a solas.

A menudo se empeñaba en que yo saliera al balcón para ser aplaudida. También quería que admirase su destreza para domar caballos, sus saltos en los concursos de equitación, su forma de amaestrar a las jacas y obligarlas a dar piruetas especiales y difíciles; sobre todo le entusiasmaba competir y mostrar su pericia en el tiro de pichón.

Casi nunca nos sentamos solos a la mesa. Tener invitados era la norma establecida.

Al cabo de unas semanas me notaba cansada, muy cansada. Tenía el cansancio de los que esperan reposos que nunca llegan.

Yo soñé una luna de miel sosegada y un poco romántica. Pero sólo saboreé una porción de miel muy pequeña, sin luna ni sosiego.

A pesar de todo, yo seguía enamorada de mi marido. No concebía que un sentimiento tan asentado, valorado y probado con largos períodos de ausencia pudiera esfumarse como un sentimiento cualquiera.

Ni por asomo podía yo sospechar que, en ocasiones, es precisamente la lejanía lo que más refuerza los lazos con el ausente querido. La cercanía es peligrosa si no se sabe endilgar con destreza.

Existen tantos enemigos ocultos en los roces diarios. ¿Cómo evitar la crisis de un sentimiento cuando ese sentimiento se encuentra en el trance de ser juzgado?

Pocos son los que conocen el peligro que supone destrenzar día a día y minuto a minuto lo que se denomina convivencia, si el convivir no se sabe administrar.

Basarse en la fuerza del sentimiento es como circular por un puente con soportes quebradizos. Todo lo que se comparte puede partirse. Y todo lo que nos alumbra puede acabar siendo sombra si no convertimos ese «compartir» en un constante dar sin exigir, pero eso sí: por partida doble.

Recuerdo que en cierta ocasión, cuando tras un mes y medio de nuestra estancia en La Granja y dispuestos a irnos al palacio de Miramar donde nos esperaba la reina Cristina me introduje en la capilla de San Ildefonso para rezar a solas ante el altar, le pedí al Señor que no permitiese que mi amor por Alfonso se eclipsara, que la admiración que yo sentía por él nunca acabara.

De pronto mis rezos se detuvieron. Me parecía una especie de infidelidad pedir algo que, en cierto modo, me estaba acusando de ser infiel. ¿Por qué pedía lo que yo consideraba tan sólido? ¿Era verdaderamente consecuente amar a Alfonso y dudar de la solidez que suponía mi sentimiento hacia él?

Me tranquilicé pensando que también yo le pedía a Dios que no perdiera mi fe en Él.

Pero ¿era lo mismo tener fe en Dios que sentir amor por un hombre?

¿Por qué aquellas vibraciones sentimentales que durante nuestra separación obligada me dejaban casi sin aliento estaban desapareciendo?

Semejantes lucubraciones comenzaron a hacer mella en mí cuando veía la euforia de Alfonso desligada totalmente de la mía. Aunque él no se daba cuenta, yo no era ya el trofeo conquistable, sino el trofeo «adorno», la copa ganada para presumir de ella y completar un trono que hasta entonces era sólo un lugar a medio ocupar.

A pesar de todo, yo continuaba convencida de que mi enamoramiento era indestructible. Y que la culpa de aquella extraña sensación que me convertía en una mujer defraudada era mía, sólo mía.

Por eso me esforzaba en complacerlo en todo. Nunca le di a entender que el verdadero amor no consiste en dejarse llevar por el instinto, sino en compartir cada minucia interna de nuestras vidas.

Tenía miedo de que no me entendiera. Alfonso consideraba que su amor por mí se manifestaba sin tropiezos sólo porque admiraba mi cacareada belleza y porque tenerme a su lado en la cama suponía hacer el amor sin pecar.

Lo demás, esas pequeñas circunstancias que se traducen en gestos, miradas, sonrisas, roces inocentes, confidencias y un sinfín de menudencias que demuestran atenciones, confianzas y apoyos, no entraba en los recintos de lo que él consideraba amor.

Le bastaba saberse dueño de mi cuerpo para suponer que me quería. Alfonso era una de esas personas que vivían consagradas a sí mismas.

No era culpable de aquellos brotes de frialdad que poco a poco iban minando mi entusiasmo por él. Había nacido rey y, como tal, nadie le habló nunca de los desvíos que un machismo entronizado podía ocasionar.

Durante algunos días Bee, todavía soltera, permaneció en La Granja con nosotros. Al menos con ella yo podía hablar. Pero consciente de que estorbaba, pronto nos dejó.

Tal vez las inquietas maneras de Alfonso no fueron entonces únicamente propias de su constante desasosiego y su empeño en no dejarse llevar por lo que para él suponía la desalentadora serenidad: durante nuestra luna de miel fueron varios los problemas políticos que mantuvieron en vilo a mi marido. Surgieron desajustes internos. En Bilbao, mientras nosotros estábamos en el palacio de Miramar, se produjo una huelga general en la zona minera.

El calor arreciaba y, en el norte, el calor se soporta mal. Acostumbrados a los nublados, a los chirimiris y a los días templados, los nervios de los vascos se encabritan y las reacciones afloran crispadas si la fogosidad ambiental dura demasiado.

La huelga fue el detonante de una bomba sin muertos, pero el estallido silencioso del proseguir cotidiano mató la placidez de nuestro entorno familiar.

También por entonces el conde de Romanones decretó desde su Ministerio de Gracia y Justicia la real orden sobre el matrimonio civil. La reacción del obispo de Tuy no se hizo esperar y la pastoral que lanzó fue todo menos plácida.

El rey no estaba de acuerdo con aquella ley, pero entonces el verdadero rey era Romanones.

Cuando después del ajetreado verano y parte del otoño nos instalamos en Madrid, conseguí desarticular una cantidad de las comidas solemnes y le pedí a Alfonso que, debido a mi estado, limitáramos los constantes trajines sociales y protocolarios que amenazaban con mermar nuestra intimidad. «¿Te das cuenta, Alfonso, de que nuestra luna de miel no se ha parecido a la que disfrutan las demás parejas?»

Su respuesta no dejaba de ser consecuente: «Es que las demás parejas no son reyes», me dijo sin dejar de sonreír.

No obstante, reconozco que puso gran empeño en complacerme. Al margen de los almuerzos íntimos y de la notable disminución de solemnidades, se estableció que todas las tardes tomásemos el té a solas en el Palacio Real.

Fueron aquellas veladas las que de nuevo promovieron una intimidad parecida a la que, desde la distancia, tanto Alfonso como yo procurábamos mantener al escribirnos postales.

De nuevo el amor era eso: explicar, comentar, abrir nuestras interioridades y conversar más allá de cualquier obligación protocolaria.

Nada entorpecía nuestra hora del té. Alfonso era un gran conversador y en aquel tiempo también era un hombre feliz. Nunca nada ni nadie profanó la armonía de aquella hora hecha de té y de intercambios confidenciales.

Aquella costumbre se interrumpió cuando nació nuestro primer hijo. El principito heredero, aunque parecía rebosar salud, estaba enfermo. Lo estuvo durante toda su corta y desgraciada vida.

Cuando pienso en él y en todo lo que tuvo que soportar desde su infancia, todavía tengo la impresión de que, si yo parí su cuerpo infectado, él parió mi alma a medio infectar. Fue a partir de aquel nacimiento cuando tomé conciencia de que la vida no consistía en dejarse llevar por las apariencias excesivamente gratas. La vida es un hecho que «va siendo». Nunca es. Nadie permanece estable y nadie ofrece garantías. Todo puede implicar un posible cambio de decoración.

Al principio aquella enfermedad de mi hijo todavía parecía ser una adversidad reparable. Cabía la esperanza. El desconocimiento de lo que no se espera arrastra siempre un brote de confianza. Pero la incertidumbre murió cuando, cuatro años después, aquella enfermedad tuvo nombre.

Creo que fue al poco de nacer nuestro primer hijo cuando Alfonso, desengañado, dio en convencerse de que la hermosura no basta para construir, con estabilidad, un amor sólido. Había mil cosas más que se precisaban para que lo fuera.

El erotismo induce a soñar, pero el sueño se esfuma cuando la realidad presenta factura.

Debo confesar que, en mí, aquel dolor cambió por completo los puntos cruciales de mi existencia.

Desesperada, asumí la endeble salud de mi hijo como una prioridad excesivamente rígida y personalizada.

Mi gran pecado fue ése: abocarlo todo hacia él. Cada instante podía ser peligroso. Cada descuido, un arma mortal.

Cuando por mi condición de reina debía abandonar el palacio y dedicarme a los deberes impuestos, todo en mí se trastocaba. Precisaba regresar al palacio, ver a mi hijo Alfonso y cerciorarme de que nada le había sucedido.

Mi angustia era tan grande que, a veces, yo misma me asustaba. ¿Hasta cuándo iba a durar aquel oculto martirio?

En ocasiones los recuerdos se me acumulaban en los insomnios; tal era mi inquietud por el primogénito. Aquella angustia mermó injustamente las atenciones que merecía y precisaba nuestro segundo hijo Jaime.

Tardé en darme cuenta de que, aunque sano, Jaime ha sido y es el más desgraciado de nuestros hijos.

Su sordera fue, efectivamente, un dolor grande para Alfonso y para mí. Pero no era una constante amenaza de muerte como lo era su hermano.

Me duele mucho no haberle prestado la atención que merecía. Ciertamente no le faltaron cuidados; Jaime es inteligente. Su disminución física no le impide llevar una vida corriente. Su forma de hablar llama la atención, pero no disminuye su atractivo físico. Además durante su adolescencia se mostraba incluso alegre. Nada en él apuntaba lastres propios de una neurastenia con tendencias depresivas.

Recuerdo que siendo pequeño y ya sin poder expresarse con palabras, me daba a entender con los ojos el amor que como hijo me profesaba. Constantemente me abrazaba, se sentaba en mi regazo y sonreía como implorando algo que entonces yo tal vez descuidaba, especialmente cuando su hermano mayor reclamaba mis atenciones y caricias.

Yo ignoraba que a veces la sensación de abandono logra causar tanta destrucción como las heridas del cuerpo. Y que los niños desengañados, con el transcurrir del tiempo, pueden convertirse en hombres «desafinados», incapacitados para reconstruir y afinar adecuadamente desfalcos anímicos y esperanzas perdidas.

Algo parecido le ocurrió a Jaime. Especialmente cuando tras recibir una educación religiosa y llevar una vida muy apoyada en la fe católica, siempre endilgada por un sacerdote inteligente, benévolo y erudito, tuvo que afrontar un Jueves Santo que destruyó las fibras más sensibles de su razón de ser.

Ocurrió cuando acababa de estrenar sus catorce años. Era un adolescente. Un muchacho jovial que combinaba valientemente su discapacidad con serena naturalidad.

Aquel sacerdote era mucho más que su confesor. También era su maestro, su confidente y su verdadero amparo cuando su condición de hijo secundario descolocaba las ansias de ser querido, que siempre reclamaba.

Nada se mantuvo en pie al conocerse la noticia. Nunca un Jueves Santo fue para mi hijo Jaime tan doloroso y desconcertante como aquél.

Corría el año 1922.

Pero el sacerdote no esperó a que el año finalizara. Se quitó la vida repentinamente y, con ella, se llevó los fundamentos esenciales que durante años fueron los soportes más sólidos de mi hijo.

* * *

De nuevo el silencio. Mis nietos no preguntan. Y el coche circula lento por la calle Mayor, camino de no se sabe dónde.

Me noto cansada. Tengo el cansancio de los recuerdos que duelen, de los esfuerzos que se debe hacer para encubrir y disimular la emoción que se apila en los ojos en forma de lágrimas.

Todavía presa de ese manojo de sombras que se empeñan en ser realidades actualizadas y convertirse en hechos presentes, le digo a Juanito que estoy fatigada:

–Será mejor regresar a Liria –le propongo.

–Lo comprendo, abuela. Desde que has llegado a España todo han sido emociones.

Mi nieto intuye que, más que cansancio, lo que ahora experimento es algo parecido a una convulsión interna. Una desagradable sensación de que todo en mi vida ha sido un constante fracaso, un no haber sabido aprehender el ritmo elegido y encontrar los medios adecuados para evitar descalabros tangibles que acaso pudieron evitarse.

El recuerdo de mi hijo Jaime (siempre vencido por la desgracia) de nuevo cobra en mis percepciones certezas excesivamente dolorosas.

¿Cómo habría sido posible desde sus cortos años entender que su gran maestro y confidente fuera incapaz de convencerse a sí mismo de lo que le predicaba a él? ¿Qué verdad puede mantenerse erguida cuando quien la predica la hiere de muerte?

A la edad que tenía Jaime no caben equivocaciones. No existen maldades y virtudes a medias. Todo se nos antoja exacto, decisivo e inviolable.

Para él su confesor era la verdad, la rectitud y todo lo que supone realizar construcciones indestructibles.

Por si fuera poco, alguien le dijo que por haberse suicidado no merecía oraciones ni el derecho de ser enterrado en un cementerio cristiano.

Todavía escucho su voz mal timbrada y distorsionada, preguntándome desesperado si su confesor no podía salvarse.

Intenté calmarlo. Pero mis argumentos se perdían en lucubraciones que ni siquiera lograban convencerme a mí misma.

En aquella época el suicidio constituía un delito grave que no merecía redención alguna. La condenación eterna era la única meta segura. Dios era sólo Juez, Dios no admitía aplicar perdones a los desesperados que se quitaban la vida. Y si los desesperados eran sacerdotes, el castigo debía ser mayor.

Afortunadamente mi suegra, profundamente religiosa, pudo sosegar algo la angustia de mi hijo. Le habló de la inmensa misericordia de Dios, del Sagrado Corazón de María, de la posibilidad de que la muerte de aquel sacerdote se hubiera debido a un instante de ofuscación mental y de que los cuerpos enterrados fuera de los cementerios católicos acaso podían ser más dignos que muchos otros cuerpos sepultados en lugares religiosos.

Pero Jaime, desde aquel terrible suceso, ya nunca fue el mismo. Algo vital en su vida comenzó a flaquear. El pilar más sólido de su existencia se había desmoronado y con él, las razones esenciales que daban un sentido a lo que lo rodeaba.

Todo para él cambió drásticamente. De alegre y distendido, se convirtió en un ser introverso, poco comunicativo y despegado de sus habituales propuestas siempre alegres e incluso jocosas.

A ello contribuyó sin duda alguna la falta de ayuda que Alfonso, por causas de extrema preocupación política, no pudo concederle. Pocos meses después Eduardo Dato, a la sazón jefe de Gobierno, fue asesinado acribillado por unos sindicalistas en plena calle. Su muerte caló muy hondo en los ambientes políticos. De improviso brotaban resentimientos, envidias y mucho descontento, incluso entre los que habían servido con franca dedicación a la corona.

La reacción social iba introduciéndose cada vez más en las aulas enrarecidas de los altos cargos. En Cataluña el separatismo iba incrementándose. Lejos de sentirse beneficiada por los Fueros Catalanes que la independizaban y le concedían atributos inexistentes en el resto de España, echaba mano de un victimismo que no sólo no enaltecía su tierra, sino que la estaba convirtiendo en una región acomplejada.

«Nada más peligroso que los complejos», me dijo en cierta ocasión Jaime Lécera. «Lo primero que generan es soberbia. Y la soberbia es la madre de todos los fallos humanos.»

Pero donde más se percibía el afán separatista era en el País Vasco. Ser parte de España constituía para ellos «una opresión impuesta» que incitaba a la rebelión y al despecho.

Por otro lado, las bajas de Marruecos causaban indignación y disturbios. Además los ataques a la Iglesia, las huelgas y las interferencias anarquistas eran cada vez más frecuentes.

Alfonso se notaba desbordado, sus rápidas reacciones se quedaban a medio camino y lo que se remendaba por un lado se rasgaba por otro.

De nada servían sus esfuerzos para aplacar un país que empezaba a ser un confuso caos de despropósitos. Cualquier remedio se iba al garete.

¿Cómo podía yo atosigarlo con los terribles problemas que intuía en nuestro hijo Jaime, si su padre apenas podía remendar y endilgar los problemas de España?

Recuerdo que al cabo de un tiempo no muy lejano a la desgracia que supuso el suicidio de aquel sacerdote, Alfonso, siempre dispuesto a vencer los traumas más duros del país y seguramente bien informado por el doctor Marañón, organizó una visita con él a Las Hurdes, el lugar más desolado y arrinconado de España, situado en una Extremadura cada vez más apagada y desligada del auge que experimentaba el resto de España.

Creo que nunca Alfonso sintió el dolor de ser rey de su querido país como entonces.

Las Hurdes era un mundo vacío dentro de un mundo que rebosaba historia, riquezas y cultura. Sus gentes vivían aisladas de todo lo que pudiera remediar su salvajismo arraigado. Desconocían la electricidad, el teléfono, el agua corriente. Carentes de rutas o pequeños caminos, vivían en su territorio totalmente aislados del resto del mundo.

Por las causas que fuera, la civilización era un vocablo desconocido por los hurdanos. No tenían escuelas y aunque la ignorancia de todo acrecentaba la intuición de la gente, disminuía ambiciones y deseos de mejoras. Los habitantes vivían en tugurios, sin más médicos ni medicinas que los remedios caseros. El raquitismo, el paludismo y el bocio en las mujeres eran circunstancias normales para ellos. La higiene brillaba por su ausencia y la ignorancia era la gran maestra de los instintos.

La visita de Alfonso acompañado por el doctor Marañón cambió el panorama de aquella fracción salvaje de una España que rebosaba prosperidad.

Cuando conoció la verdad de aquel lugar, Alfonso se quedó anonadado. No podía concebir que, en su querida patria, algo tan inmerso en desolaciones, pobrezas y abandonos pudiera subsistir sin que, hasta entonces, nadie hubiera propuesto remedios inmediatos.

Los propuso él. Le faltó tiempo para organizar comisiones y facilitar ayudas, no sólo económicas, sino también culturales, religiosas y hospitalarias.

Asimismo facilitó medios de comunicación a la sazón inexistentes. De hecho, Las Hurdes era como un grano de pus en España. Algo que de vez en cuando supuraba pero sin quejas, ni reclamaciones ni exigencias. La queja fue Alfonso. Nadie hasta entonces había dado la voz de alarma sobre un lugar que podía hermanarse con una selva salvaje.

En semejantes circunstancias hubiera sido totalmente demencial que yo lo atosigara con preocupaciones familiares.

Pero es evidente que la ocultación de nuestras prioridades fundamentales asfixian y pudren los cimientos de una comunicación interna importante. Callar puede evitar que se distorsionen problemas generales, pero aumenta la impotencia frente a los problemas esenciales de nuestras vidas privadas.

Alfonso se notaba tan desbordado por exigencias sociales, políticas, militares y judiciales, que le faltaba tiempo para introducirse en los asuntos cruciales de la familia.

La muerte de Dato causó un verdadero desfalco en la estabilidad de España. Conservador moderado, tenía ideas modernas principalmente abocadas a enriquecer el bienestar obrero. Pretendía establecer sistemas de seguros contra accidentes, enfermedades y paros. Y además propuso infinidad de mejoras para los agricultores, proyectó construcciones de viviendas dignas para inquilinos de escasos medios económicos y ayudas indispensables para que los más necesitados pudieran mejorar sus vidas.

En efecto, la muerte de Dato supuso para el país un alarmante desequilibrio. Su sucesor, Allendesalazar, no tuvo un auge definitivo. Las desorientaciones cundían y su presidencia fue breve. Le sucedió Maura, por quinta vez al frente del Gobierno. Sus decisiones resultaron definitivas y también eficientes. Sin embargo, no concordaban con las del ejército. Los desacuerdos fueron presentados a mi marido con cierta urgencia. Alfonso pidió que le concedieran tiempo para meditar las condiciones.

Pero los ministros de Maura se impacientaban y el presidente interpretó que su rey no confiaba en él.

Le costó mucho a mi marido aplacar los ánimos y conseguir que el Gobierno permaneciese en su puesto.

Por otro lado, las flaquezas y vacilaciones estatales fueron carnaza para los republicanos, los socialistas y los comunistas.

Pero los desconciertos influían en el ambiente general. Nadie se notaba seguro. Los atracos proliferaban y la delincuencia aumentaba día tras día.

Semejante inestabilidad favorecía una clara enemistad entre el Gobierno y el ejército y, por ende, también facilitaba desconcierto en el proseguir pacífico de España.

La tensión era tan grande que incluso se llegó a rumorear que Alfonso iba a dimitir.

No era cierto. Pero el rumor contribuyó a aumentar la confusión.

El caos era cada vez más intenso y tanto en las distintas clases sociales como en los ambientes políticos las teorías se enfrentaban sin que el acuerdo llegase a una conciliación general.

La gente anhelaba una estabilidad que nunca llegaba. La mayoría pugnaba para que las Cortes asumieran responsabilidades drásticas para normalizar el desajuste civil, pero una asamblea política no estaba facultada para asumir y determinar semejantes competencias.

La palabra «dictadura» estaba ya en todas las conversaciones. El país se bamboleaba demasiado desde el desastre marroquí y precisaba un hombre fuerte que acabara de una vez con tanto desafuero. La fe en un gobierno parlamentario se estaba desangrando en aquel caos que acumulaba huelgas constantes, asesinatos, violencias y terrorismos inexplicables.

Todo en España se estaba trastocando, cundían las escenas violentas, las industrias se desmoronaban y el barco político naufragaba arrastrando con él la descoyuntada armonía española.

Recuerdo que, como todos los veranos, aquel mes de septiembre nos encontrábamos en San Sebastián.

Allí Alfonso tuvo noticia de que Primo de Rivera, capitán general de Cataluña, se había apoderado (con el apoyo de otros capitanes generales y del ejército entero) de las comunicaciones más importantes del país. Asimismo, dicho general había proclamado el estado de sitio en Barcelona y además había publicado un manifiesto apelando al rey para que despidiese al Gobierno y la monarquía se rigiera con la ayuda de los militares.

Así empezó la dictadura que, a lo largo de los años, fue considerada la causa directa de los desastres posteriores pero que, en aquellos momentos, consiguió el beneplácito de la mayoría de los españoles.

Recuerdo que Alfonso, preocupado tras el telegrama que recibió del Consejo dándole cuenta de lo ocurrido con vaguedades optimistas, comunicó al Gobierno que inmediatamente iba a salir hacia Madrid.

Sin embargo el propio Gobierno le aconsejó que no se moviera de San Sebastián: los ministros de algún modo engañaron a mi marido. Seguramente, de haber viajado a la capital los hechos se hubieran desarrollado de un modo muy diferente.

Soy testigo de que lo ocurrido a sus espaldas lo impacientaba. Comprendió enseguida que, si no conseguía poner de acuerdo al Gobierno con los militares, podía producirse una guerra civil.

Consciente de que toda la nación anhelaba poner fin a tanto caos, Alfonso se decantó por lo que más pesaba en el ánimo general. El país precisaba desesperadamente un drástico «golpe de paz»; unas garantías armadas, un decir «basta» a tanto desorden y una posibilidad de vivir sin sobresaltos.

Los militares tenían en sus manos la forma de endilgar el país hacia un convivir sin conmociones constantes. No había disyuntiva ni cabía una elección dubitativa. Además la fuerza del ejército sobrepasaba toda vacilación: o se aprisionaba al rey con la aprobación de unos españoles hartos de tanto desmadre, o se le aplaudía por devolver a la nación la seguridad con el beneplácito de una dictadura.

Entre las opciones, mi marido no vaciló en inmolarse dando paso a una protección militar que fue recibida con alborozo y síntomas de agradecimiento por la mayor parte de los españoles.

Incluso los que consideraban ilegal la decisión del rey no dejaron de admitir que aquella opción constituía un hecho muy eficaz.

El diagnóstico político fue unánime: «Por fin la normalidad», «Por fin se puede respirar sin sobresaltos».

Además, era un hecho sabido y aceptado por altos cargos judiciales de aquel tiempo que, en casos graves como el que atravesaba España, el soberano o jefe de Estado tenía el perfecto derecho a suspender la Constitución si la seguridad de la nación lo requería.

De hecho, la dictadura de Primo de Rivera causó un aplauso general en toda España y Alfonso creyó que su decisión era la que su pueblo no sólo precisaba, sino que también deseaba.

Las medidas de limpieza comenzaron pronto a desvelar corrupciones, sobornos y maniobras poco claras en las altas esferas gubernamentales.

Mucho se debatió años después sobre la paz que el país experimentó tras el golpe de timón que Alfonso permitió para normalizar situaciones verdaderamente alarmantes.

Los españoles, lejos de sentirse «dominados», se notaban liberados de aquella otra dictadura hecha de miedos e inseguridades. El miedo es siempre un elemento dictatorial.

A decir verdad, los españoles no se sentían atados. Antes al contrario, se notaban amparados y protegidos. Para el pueblo, la intervención de Primo de Rivera no fue una dictadura como pudo serlo en Italia, en Alemania o especialmente en la acogotada y desmantelada Rusia y también años después en un franquismo que mantuvo a España prácticamente aislada del resto del mundo.

Lo que predominaba en la mayoría de las percepciones españolas de aquel tiempo era que se vivía en libertad gracias a una monarquía militar. Una libertad encauzada, distendida y resguardada de anarquías que pudiesen impedir el auge que España empezaba a experimentar. No obstante, hubo discrepancias que, dos años después, sufrieron destierros. Entre ellos Unamuno, el marqués de Cortina y el señor Soriano.

Eso no fue obstáculo para que durante la república el hijo de un disidente fuera asesinado en Paracuellos por el delito de pertenecer a la nobleza.

A veces en España ocurrían despropósitos que en el terreno de lo inexplicable adquirían relieves inauditos.

A pesar de todo, durante los dictados militares se inauguraron ferrocarriles, carreteras, escuelas, instituciones culturales. Se ampliaron las comunicaciones telefónicas y radiotelegráficas entre el Viejo Mundo y el Nuevo. El error consistió en fulminar la libertad de prensa y mantener una censura que, aunque débil, propició ser criticada y boicoteada por los sectores contestatarios y radicales. No obstante, los adelantos que experimentaba España en sus contactos con los restantes países fueron ensalzados por todos. Incluso en Cataluña las decisiones adoptadas se recibieron con agrado. Especialmente cuando se concedió el voto a las mujeres y se reformó, para mejorarlas, las leyes municipales.

Sin apenas sobresaltos importantes, aquella «dictablanda» duró seis años. Mi hijo Jaime tenía ya veinte y el resto de mis hijos fueron apagando, poco a poco, el dolor que me produjo la transformación que sufrió Jaime al morir su confesor. Además, la pesadilla que, día a día, ponía a nuestro hijo mayor en trance de debilidad extrema también hizo mella en nuestro hijo menor: Gonzalo. Aquella duplicidad, aunque fue otro golpe duro, no dejaba de diluir tristezas y penalidades enquistadas en el fluir de la vida. Pero es indudable que los dolores y los embates que hipotecan nuestra existencia en un momento especial se van diluyendo en lo que el túnel del tiempo nos va proporcionando.

Fue muy doloroso descubrir que también nuestro hijo pequeño, Gonzalo, había nacido con el estigma que tanto atenazaba a nuestro primogénito. Sin embargo, las gravedades se versatilizan y se desvanecen mientras la vida nos va sorprendiendo con la apertura o cierre de otros horizontes buenos o malos. La costumbre en ocasiones puede vencer heridas que, aunque enquistadas, duelen menos por ser crónicas. Había que admitir la realidad: sólo Juan era sano. Sólo él podía convertirse algún día en el monarca que España merecía.

No puedo negar que fue mucho lo que mi marido, al margen de sus problemas sentimentales, tuvo que afrontar durante los años previos a nuestro exilio. Entre otras cosas, la muerte de su madre. Alfonso siempre vio en ella no sólo a una madre que trató de convertirlo en el rey de un país difícil, sino también a un padre que lo defendió de las insidias y ambiciones de quienes podían rodearlo.

Pero de nuevo el mes de febrero aguardaba con su guadaña para herir a mi marido en lo que más podía dolerle.

Veníamos de asistir con mi suegra a un concierto benéfico de la Cruz Roja, cuando al llegar al palacio se sintió mal. En la madrugada llamó a su sirvienta porque padecía un dolor muy fuerte en el pecho y en la espalda.

Fue imposible evitar aquel ataque al corazón. La sufrida y austera reina regente perdió el conocimiento y murió mientras el capellán de damas le administraba los Santos Óleos rodeada de todos los que vivíamos con ella y de un hijo desolado que no pudo dominar el dolor que aquella muerte le produjo.

Desde entonces Alfonso ya no fue el mismo. Le faltaba su mejor consejera, su apoyo y, en cierto modo, la parte esencial de su vida.

Inútil fue mi empeño en consolarlo. Alfonso rehuía mis consuelos. Precisaba asimilar su dolor a solas. La hostilidad entre nosotros empezaba ya a ser un obstáculo para que mi empeño en aminorar su dolor fuera eficaz. Aunque quizá no se daba cuenta, en aquellos momentos nada nos unía.

También yo sufría. Mi suegra había acabado por ser un gran alivio para mí. La quería. Pero Alfonso sólo pensaba en él. En el desmoronamiento que lo estaba hundiendo en tristezas inconsolables.

Fue un año lleno de grandezas y también de presagios. A veces la muerte avisa. Especialmente cuando surgen cambios inesperados que nos obligan a perder la estabilidad propia de las rutinas.

Alfonso la perdió sumido en una depresión que en vano trataba de disimular. Se acabaron para él sus aficiones deportivas, sus actividades siempre inquietantes y su modo de tratar a las mujeres que todavía se acercaban a él con esperanzas de llamar la atención.

Tal vez la única que podía consolarlo era Carmen Ruiz Moragas, pero me temo que, para entonces, ella ya empezaba a serle infiel con Chabás.

Lo único que Alfonso nunca descuidaba era la visita a la tumba de su madre, en el Pudridero del Panteón de los Reyes en el monasterio de El Escorial.

Allí pasaba mucho tiempo rezando por ella: pidiéndole ayuda y rogándole que le siguiera aconsejando como había hecho durante toda su vida, aunque a veces las advertencias de mi suegra fueran vencidas por desidias o frivolidades de su hijo, poco consecuentes con los consejos que ella le daba.

Siempre sobrecargados de eventos importantes –Exposiciones Internacionales, desfiles de personalidades deseosas de mostrarse solidarias con el dolor del monarca, presencias continuas de los grandes de España, comidas lúgubres con gentes de la realeza extranjera y problemas cada vez más acuciantes que la dictadura iba propiciando entre opiniones diversas pero alarmantes–, la desolación de Alfonso no disminuía. Era como si, tras la muerte de su madre, las tácticas que ella había estado sosteniendo para que la vida del país no se resquebrajara repentinamente empezaran a cambiar de rumbo.

Fueron varios los factores que contribuyeron al desmoronamiento de la monarquía: el desastre económico en la Bolsa de Nueva York, contagiando los puntos débiles de Europa, especialmente los de España; el pronunciamiento militar, protagonizado por el Cuerpo de Artillería dirigido por José Sánchez Guerra; las rebeliones universitarias; la ausencia de algunas personalidades, incluso pertenecientes a la nobleza, que tras la dictadura tuvieron que salir de España por discrepar de ella. Y sobre todo los constantes alborotos marxistas enhebrados en lugares estratégicos que minaban criterios poco sólidos y amparados por anonimatos que ocultaban nombres de relieve.

Sin embargo, debo admitir que fue precisamente aquel año cuando, a pesar de la tristeza que nos produjo a todos el fallecimiento de la reina Cristina, dentro del palacio se experimentó un cambio drástico que sin duda influyó en revitalizar y airear los ambientes caducos y algo enrarecidos que seguían arraigados entre sus paredes.

En lo que a mí se refiere, aunque en silencio y esbozando siempre sonrisas amables, algo en ella me obligaba a sentirme constantemente culpable de no sabía qué. Nunca me reprochó conductas que tal vez por mi parte fueron desacertadas, tampoco esgrimió intolerancias que pudieran enfrentarme con ella, ni esbozó indirectas para demostrar repulsas; sin embargo, algo que no podría definir me exigía mantenerme siempre en guardia cuando estaba a su lado.

A veces era su mirada, o su sonrisa, o su carraspeo, o incluso su silencio. No puedo discernir lo que era, pero si algo en mí le molestaba yo podía percibirlo enseguida.

Nunca me lo dijo, pero estoy convencida de que no le gustaba que yo fumara, ni que me vistiera según la moda inglesa, ni que para desfogarme montara a caballo a solas, sobre todo cuando entre mi marido y yo surgían discrepancias que ella siempre fingía ignorar.

Jamás se puso del lado de Alfonso cuando nuestras discusiones subían de tono, antes al contrario, en cuanto podía se inclinaba a darme la razón. Pensaba. Se entremezclaba sin testimoniar ni exigir, ni extraer consecuencias. Pero estaba allí. Era un cuerpo, un testigo, un ente material que observaba y razonaba.

No desconocía que la raíz de nuestras discusiones se debía a la conducta de su hijo; sin embargo callaba. Tal vez fue la ausencia de aquella mudez y aquel estar allí en silencio, o aquella forma de mirar como si atravesara el pensamiento, lo que, pese al inmenso vacío que para mí dejó mi suegra al abandonar este mundo, también me permitía sentirme dueña de mí misma.

No obstante, la echaba de menos. No podía evitarlo. Echaba de menos el bulto alto y esbelto de su cuerpo, aquel modo que tenía de enmascarar con serenidades los prontos inesperados de su hijo, sus oportunos cambios de conversación y sus preguntas que instantáneamente desmontaban tiranteces. Sobre todo echaba de menos a la mujer que Alfonso tanto admiraba.

Cuánto me hubiera gustado parecerme a ella. No lo conseguí. Éramos opuestas. Incluso en el terreno de nuestros sentimientos.

Cristina siempre supo que su marido, aunque la admiraba, nunca estuvo enamorado de ella. En cambio, yo no conseguía admitir que el amor de mi marido se hubiera esfumado sin haberme demostrado jamás un brote de admiración. Tal vez tuviera razones poderosas para no admirarme. Entre ellas la desgracia de mi sangre infectada. O mis escasos contactos con sus amigos. O acaso: la enorme ausencia de una afición intelectual que mediaba entre él y yo.

El hecho es que, aunque nacidos en un estrato ambiental idéntico y endilgados por educaciones similares, entre Alfonso y yo se abría un inmenso abismo de discrepancias. Nuestras formas de pensar no llegaban a ajustarse. Él concebía la vida desde fuera y yo desde dentro. Él daba importancia a los gestos, a las situaciones, a los movimientos, a todo lo que pudiera suponer una tormenta o una bonanza temporal y meramente material.

Yo, en cambio, me apoyaba en la esperanza, en los probables remiendos futuros, en las riquezas emocionales que el entendimiento mutuo podía ofrecer. Y, sobre todo, en las reacciones que precisaban demostraciones sentimentales y psicológicas.

En suma, sus inteligencias discrepaban de las mías. Lo que él consideraba importante nunca lo fue para mí. Mil veces intenté ponerme a su altura. Pero sólo conseguí quedarme a medio camino.

Al margen de todo ello, la muerte de mi suegra supuso algo que hasta entonces nunca pude imaginar que lograra transformar por completo el cerrado horizonte de mi vida.

Fue a raíz de aquel continuo ajetreo de visitas luctuosas y de constantes demostraciones de pésame cuando, inesperadamente, cambió el lugar opaco donde la vida me había situado, para ofrecerme un radiante e insospechado vuelco en mis constantes desalientos propios de una mujer marginada.

* * *

De nuevo al palacio de Liria. Mis nietos se despiden de mí.

–Hasta mañana, abuela.

Me abrazan, me besan, me insisten en que descanse.

El viaje a Niza está programado para despegar hacia la una de la tarde. Como será domingo, los Alba han organizado una misa en la capilla del palacio para que yo pueda cumplir con el precepto dominical antes de emprender mi retorno a Montecarlo.

Al llegar, la señora Rich junto con los Alba y el doctor Nicod me salen al encuentro. Preguntan, comentan, proponen, pero sus voces resuenan en mis oídos como ecos de minucias que no logran acallar el cúmulo de recuerdos todavía en carne viva.

La visita a los Jerónimos ha sido mucho más que un simple recuperar hechos pasados. En realidad para mí ha supuesto también prologar una historia que todavía exige ser recobrada.

Pepita Rich me adelanta que, para ganar tiempo, Petra y Pilar han comenzado ya a preparar mi equipaje.

–Sería conveniente que Vuestra Majestad echara un vistazo por si desea realizar algún cambio.

Acepto su propuesta y, tras disculparme ante los que han salido a recibirme, avanzo por los pasillos con ella hacia las habitaciones que me han cedido los Alba.

La señora Rich, siempre discreta, ha buscado una excusa para evitarme cansancios. Atenta a mis estados de ánimo, seguramente percibe que lo que estoy deseando es darme un baño de soledad. A mi edad los agotamientos se multiplican, cualquier detalle se agranda; escuchar y contestar puede ser un esfuerzo grande.

Por eso, mientras nos dirigimos a mis aposentos, Pepita

no interrumpe mi silencio, ni pregunta. Probablemente intuye que en estos momentos cualquier intromisión podría convertirse en una violación de mis acostumbrados soliloquios internos.

No ignora que, tras lo que en los últimos cuatro días he vivido, todo en mí se ha trastocado. Recordar cansa, abruma y remueve las fibras más sensibles de nuestra existencia.

No me lo dice. Pero ella sabe que me noto extenuada. La vejez es eso: vivir derrumbes, fatigas y sobre todo renuncias. Sin ellas, sin esos decir «Ya no me interesa», «Ya no preciso precisar», los años acumulados se convertirían en una especie de mito «sisífico».

Al llegar a mi dormitorio, le ruego que retire el edredón y la cobertura de mi cama.

–Quisiera descansar –le digo–. Me noto rendida.

Aunque algo sorda, puedo escuchar el vaivén de las doncellas en la habitación lindante con la mía, ordenando el equipaje. También escucho los balanceos que el viento causa en las ramas de los árboles cercanos a los balcones del dormitorio. Asimismo oigo las voces difusas que se acumulan junto a la verja del palacio.

Probablemente, todavía hay gente esperando que yo dé señales de vida para demostrarme nuevamente afectos y lealtades.

Lo siento: mis fuerzas se debilitan. Todo en mi entorno me agobia. Para los viejos, el presente demasiado ajetreado y trémulo de emociones constituye una especie de punto final, un anhelar sigilos, quietudes y despegues.

Mientras me tumbo en la cama, la señora Rich insiste en que, si necesito algo, no dude en llamarla:

–Estaré en la estancia contigua con Petra y Pilar.

Tras descalzarme, me tumbo en la cama, vestida. Quisiera dormir. Pero también el sueño se alía con el enemigo cuando más lo precisamos. De improviso el hilo de la memoria se refuerza y los fantasmas mentales pugnan por infectarnos de insomnio.

Resulta curioso comprobar hasta qué punto los hechos consumados se suman a nuestro cansancio para recobrar vigencia.

La vejez casi nunca se compadece con el presente. Todo en ella se convierte en un ayer que impone recuerdos y no admite olvidos ni transformaciones.

De pronto vuelven a mí aquellos siete años totalmente ajenos a mi condición de reina.

Comenzó tras la muerte de mi suegra.

Las demostraciones de afecto hacia la regente eran constantes. Durante seis meses, el luto en España fue completo. Luego se decretaron seis meses más de luto aliviado. Pero la costumbre de recibir en palacio gentes allegadas a nuestro entorno se alargaba y crecía a medida que el tiempo pasaba.

Alfonso apenas se dejaba ver en aquellas reuniones. Su derrumbamiento psíquico se lo impedía. Generalmente era yo la que, ayudada por mis hijas, atendía a los que nos visitaban.

Entonces todavía era joven, y, consciente de que el aguante social formaba parte de mis obligaciones como reina, me reafirmé intensamente en mi papel, volcándome en agradecimientos y amabilidades. También mis hijas Beatriz y Cristina colaboraron conmigo a mantener conversaciones que siempre se decantaban a lamentar la pérdida de una mujer recta y valiosa que, durante tantos años, había sostenido las riendas del país con pulso firme y certero.

A decir verdad, aquellas reuniones no me desagradaban. Eran como propuestas para que los miembros de la nobleza y las grandezas de España pudieran, al departir conmigo, convencerse de que muchas insidias ocultas que habían perjudicado mi reputación de reina antiespañola eran infundadas.

Cuántas de aquellas damas encopetadas y en cierto modo desengañadas al comprobar que el rey ya no era el hombre que, por haberlas convertido en sus aliadas sexuales, merecía aplausos se acercaron a mí para no perder su categoría de allegadas a la corona.

De hecho todas las antiguas amigas de mi marido, siempre dispuestas a desacreditarme y a jugar a ser las «preferidas», se volvieron repentinamente adictas a la reina inglesa.

En ocasiones, cuando las veía departir entre ellas, me preguntaba a mí misma cuál podía, en caso de que la muerte me atrapara, ocupar mi puesto en tantas y tantas organizaciones benéficas que, con el apoyo de la reina muerta, había conseguido fundar y dirigir en España.

Casi ninguna podía servir para semejante menester. Por ejemplo, vestir el uniforme de la Cruz Roja era para casi todas ellas una frívola manifestación de privilegios, pero no una garantía de apoyos a los desamparados y necesitados de ayuda.

Pocas eran las que, a pesar de instruirse en la escuela de enfermeras, cumplían su misión correctamente.

Entre la mayoría, la única que había aportado abundantes muestras de merecer mi beneplácito era Rosario de Lécera.

En ella siempre había encontrado una aliada eficaz para decidir y encarrilar proyectos que, en principio, se consideraban arriesgados. Aunque mucho más joven que yo, Rosario poseía intuiciones propias de una mujer madura.

Llevaba ya dos o tres meses colaborando conmigo. Sabía que estaba casada y que tenía dos hijos. Lo demás no contaba en nuestro departir casi siempre relacionado con el afán de mejorar instituciones sociales.

No obstante, existía un «además». Lo conocí en el salón del palacio donde nos reuníamos por las tardes tras la muerte de la reina regente.

Era alto, y Rosario a su lado parecía una niña. Avanzaban lentamente hacia donde yo me hallaba departiendo con otras personas.

Al cuadrarse ante mí y besar mi mano, una media sonrisa entre amable y luctuosa trataba de profanar la severidad impuesta en el ambiente que nos rodeaba.

–Mi marido –exclamó Rosario–. Se llama Jaime.

De pronto recordé:

–Cuando llegué a España para casarme, tu padre fue uno de los que velaron mi sueño en El Pardo la noche anterior a mi boda.

Jaime Lécera acentuó su sonrisa:

–Conozco la historia –me dijo–. Entonces yo era un adolescente. –Y tras una breve pausa añadió–: Fue un honor grande para él. Jamás olvidó la impresión que Vuestra Majestad le produjo.

La voz de Jaime, aunque varonil, era apacible. Nunca desentonaba al expresarse. Tenía la suavidad propia de la gente discreta que, al hablar, perforan la palabra con sosiegos mansos y expresiones concisas.

–También yo era muy joven –le interrumpí–. Tenía esa edad en que lo único que se valora es la emoción de los momentos. Y aquellos momentos fueron muy parecidos a la Sinfonía *Patética* de Chaikovski –bromeé–. Algo bello y terrorífico. –Y enseguida añadí–: Me refiero a la boda y a la bomba.

La sonrisa de Jaime se acrecentó. Recuerdo que sus cejas profusas, al arquearse, clarearon aún más el azul de sus ojos.

–Debió de ser algo terrible –me dijo–. Una prueba dura que, según mi padre, Vuestra Majestad superó admirablemente.

–La juventud suele ser valiente. Y yo precisaba dar un ejemplo de ecuanimidad. El rey merecía una esposa digna de su rango –contesté.

Estoy viendo a Jaime asintiendo con la cabeza. Se parecía a su padre. También él tenía un porte elegante y aquella manera de apretar los labios en forma de uve, cuando sonreía.

Recuerdo que mientras departíamos Rosario nos contemplaba complacida. Sobre todo cuando su marido me explicó que también ella me admiraba:

–En la intimidad, no se cansa de alabar a Vuestra Majestad –declaró.

Por entonces Jaime ya no tenía padre. Había muerto siendo gentilhombre de Alfonso, hacía ya cuatro años.

La noche en que me veló junto con otros grandes de España, recuerdo que al dirigirse a mí mencionó a su hijo: «Espero que cuando sea mayor sepa honrar a Vuestra Alteza como yo estoy honrando a nuestra futura reina.

En ocasiones las frases perdidas brotan espontáneamente sin una razón específica.

El hijo de aquel hombre, hasta entonces en el anonimato de mi vida, veintitrés años después se había convertido en el mentor de un recuerdo trasnochado que, perdido en la vigencia, pugnaba por recobrarla.

–Sentí mucho la muerte de tu padre. Fue una gran persona –le confirmé–. La última vez que lo vi fue en la inauguración del club de golf de Zarauz, hace ya trece años.

Jaime asintió sin dejar de esbozar aquella sonrisa de labios apretados.

–Me lo dijo. También comentó cuánto le había impresionado la hermosura de Vuestra Majestad. «Los años han reafirmado el esplendor de la reina», me comentó.

Era agradable escuchar a Jaime. No importaba lo que me dijera. Lo esencial era oírle. No recuerdo lo que aquella tarde se debatió. La cuestión era hablar por hablar. Comunicar residuos de «nadas» por el simple hecho de evitar que el tiempo dijera «basta», y que aquel extraño bienestar que experimentaba fuera engullido por él.

Había momentos así: plenos de extrañas necesidades que no tenían explicación, pero que apagaban tristezas y encendían extrañas satisfacciones sin motivo alguno.

Durante un buen rato, tanto el matrimonio como yo estuvimos disertando sobre mil cosas perdidas en la desmemoria de un pasado lejano. Algunas de ellas dolían.

–Qué malo es a veces tener buena memoria, ¿verdad, Señora?

Tenía razón.

–Es como pretender reavivar un cadáver –asentí.

No podría asegurar cuáles fueron los principales motivos que aquella tarde protagonizaron nuestro departir. Pero tuvieron el vigor de un «principio». Un empezar algo que se prolongó sin fisuras durante siete años.

Cuando al anochecer me refugié en la soledad de mi cuarto, tuve la impresión de que, aunque seguía siendo una reina frustrada, era también una mujer que podía superar todas las frustraciones de este mundo gracias a una mirada nueva, menos propia de un cuerpo alto y atractivo, que de un conjunto de inteligencias armonizadas. Eso fue lo que yo aquel día pensé al conocer a Jaime.

DÍA QUINTO

Domingo, 11 de febrero de 1968

Acabo de despertarme. Es muy temprano. Probablemente la cabezada que me venció ayer por la tarde al regresar al palacio de Liria ha restado sueño a la noche. Todo está en silencio.

Como al acostarme dejé el balcón mal cerrado para que el aire ventilara el cuarto, puedo aspirar un refrescante olor a campo que seguramente el profuso jardín del palacio me envía como un homenaje postrero.

No es el campo de Biarritz, ni el de la isla de Wight, ni el de Lausana, ni el de ningún lugar con grandes parcelas de vegetación. Es un olor a campo propio de una ciudad desierta por la hora temprana que la envuelve. Una ciudad que en tiempos lejanos siempre olía de ese modo porque el aire no estaba contaminado como el de ahora.

Sin embargo, en ocasiones las amanecidas, libres de circulaciones infectadas de tránsitos constantes y de poluciones diurnas malsanas, huelen a campo.

Y a silencio. También los silencios despiden aromas. Probablemente porque el sosiego transmite, sin obstáculos, recuerdos perfumados.

Me alegra el hecho de poder quedarme en la cama un buen rato, antes de que la señora Rich venga a despertarme para ponerme en condiciones de afrontar el día.

Mi viaje a Niza está programado para la una de la tarde.

Miro el reloj: son las cinco de la madrugada. Me quedan todavía muchas horas para pensar y repasar tantos y tantos avatares perdidos que el retorno a España me ha permitido recobrar.

No es cierto que nuestros hechos mueren. Sólo fingen perderse. Incluso a veces juegan a simular que están muertos. Pero viven escondidos en lo más vital de nuestros involuntarios olvidos. Lo que antaño fue importante, es un puro señuelo que puede recobrar repentinamente vigencia. Basta un detalle, una frase o, en mi caso, un viaje hacia el pasado, para que de pronto todo se transforme en presente.

En estos momentos la «vigencia» es Jaime, el marido de Rosario. Desde aquella tarde en palacio donde por primera vez tuve un contacto directo con él, supe que algo más que una simple admiración mutua pugnaba por acercarnos el uno al otro.

Rosario nunca entorpeció nuestra afinidad. Al contrario: era ella la que en cuanto podía inventaba excusas y motivos válidos para que nuestra comunicación no se perdiera ni se deteriorara.

El encuentro de aquella tarde no fue el principio de una amistad efímera: fue a partir de aquel día cuando supe que algo nuevo iba a cambiar el rumbo de mi vida.

Hechos inesperados, a veces casuales y otros causales, dieron en reforzar la convicción de que entre Jaime y yo existía una extraña vinculación que, lejos de extorsionar nuestro afán de confraternizar y conocernos mejor, la reforzaba.

Resulta extraño que incluso ahora, cuando intento trepanar la niebla del pasado, nada de lo que entonces experimenté por él se haya borrado.

A veces escucho su voz, otras lo veo caminar, otras observo su sonrisa de labios apretados y percibo el clarear de sus ojos fijándose en los míos, suplantando palabras acogedoras y amables que hablando no se atrevía a decir.

De hecho las decían sus ojos, como si al hundirlos en los míos pretendieran inculcar ciertas ilusiones que, en lo que a mí se refiere, llevaban mucho tiempo adormecidas por traiciones y desaires cada vez más frecuentes.

Para entonces la dictadura empezaba ya a tambalearse. Las protestas cundían. Jaime se mostraba intranquilo: «España se está dividiendo», se lamentaba. «En muchas ocasiones los españoles precisamos llevar la contraria a la paz.» Y bromeando añadía: «Probablemente somos proclives al aburrimiento y nos autodivertimos con autodestrucciones».

Departir con él era una delicia. Aunque algunos años más joven que yo, a menudo tenía la impresión de que mi intelecto no estaba a su altura.

Nuestros encuentros eran frecuentes. A veces íbamos los tres montando a caballo por las afueras de Madrid. Nos gustaba aislarnos del bullicio que nuestra presencia podía causar.

Tanto Rosario como él se mostraban preocupados sobre lo que estaba ocurriendo en nuestro país. La sombra de una revolución se deslizaba siempre en nuestras conversaciones. «A veces pienso que la muerte de la reina Cristina ha sido muy oportuna», les decía. «De haber vivido no hubiera soportado ver a una España al borde de hacerse trizas.»

En efecto, las bases más sólidas de la monarquía se debilitaban. España entera se daba cuenta de que algo muy dañino crecía en las alcantarillas políticas de los que ostentaban el poder.

Entretanto el abatimiento de Alfonso iba en aumento. Inútiles resultaban mis esfuerzos por animarlo y arrancarle de aquella extraña misantropía que lo encerraba en sí mismo. Mis intentos eran siempre ineficaces. Todo cuanto le decía se convertía en motivo de enfados. Cualquier proposición o comentario planteados por mí eran para él algo parecido a una provocación. Reaccionaba como si le hubiera insultado. Se negaba a escucharme. Según él, «yo no sabía. Yo lo tamizaba todo a fuerza de sensiblerías».

La era de nuestras discusiones no tardó en subir de tono. Al margen de los problemas que los finales de la dictadura le estaban causando, seguramente le influía también la derrota sentimental protagonizada por un crítico teatral opuesto a la monarquía y empapado de ideales claramente republicanos. Se llamaba Juan Chabás y era ya un secreto a voces que Carmen Ruiz Moragas simpatizaba con él más allá de los ambientes teatrales.

Además de aquellos derrumbamientos morales, Alfonso se sentía abatido por el ambiente general contra Primo de Rivera, pero también por comprobar que la mujer a quien tanto quería lo estaba traicionando no sólo como amante, sino por decantarse hacia un ideal republicano.

Pocos eran ya los que se acordaban de lo mucho que habían ensalzado el golpe de audacia del dictador al implantar normas drásticas para desembarazar al país de tantos desafueros.

La rebelión de algunos contagiaba a otros. Los criterios adversos cundían cada vez más exigentes. A pesar de la censura, los medios de comunicación no se arredraban. Especialmente duro con Primo de Rivera fue el periódico *La Nación*. Basado en la picaresca, publicó un verso aparentemente lleno de alabanzas dedicadas a él. No obstante, si se leían las primeras letras de las estrofas, se tachaba a Primo de borracho.

Aquel acróstico fue leído por la mayor parte de los españoles. Sin embargo, lejos de causar indignación, motivó hilaridad y rotundos asentimientos generales.

Primo de Rivera comenzaba ya a saborear la amarga amenaza de su decadencia. En cierta ocasión recuerdo que me dijo: «La mayor parte de los españoles, Señora, son como niños. Precisan algo parecido a un torniquete para que España no se desangre y desnivele la balanza de su bienestar. Sin él, el país se hundirá siempre en desequilibrios».

Medio en broma le pregunté a qué torniquete aludía. Por unos instantes imaginé que se refería a la dictadura. Pero me equivoqué. Primo no tardó en contestar: «El torniquete es la monarquía». Tenía razón, fue precisamente la falta de aquel torniquete lo que, tras siete años de dictadura, desniveló la balanza.

Entretanto, la amistad que me unía a los Lécera, lejos de disminuir, aumentaba.

Muchas fueron las veces que mis horas libres se unificaron con las de aquel matrimonio.

En ocasiones y siempre de incógnito, me acercaba yo a su casa para departir con ellos. Conocí a sus hijos: un niño y una niña de corta edad que pronto se familiarizaron conmigo. Fueron precisamente aquellos pequeños los que conseguían, en nuestros frecuentes encuentros, anular ceremonias innecesarias.

Desde sus inocencias, jamás utilizaban términos protocolarios, ni me saludaban con la forma debida a una reina. Al contrario, en cuanto me veían corrían hacia mí para que los abrazara.

Nunca me llamaron Majestad, ni Señora, ni les arredraba gastarme bromas propias de alguien que, para ellos, era una simple amiga que los quería.

Al dirigirse a mí, lo hacían utilizando mi nombre: Ena. Eso era yo para ellos: un nuevo valor amistoso en el núcleo familiar, alguien que sus padres consideraban digno de ser aceptado en la intimidad casera.

También ellos (a veces unidos y a veces en solitario) solían entrar en el palacio a la hora del té. A mis espaldas aquella hora era considerada «la hora inglesa». Varias fueron las personas que solían acompañarme.

A los seis meses de la muerte de mi suegra, el luto continuaba pero ya entrado en alivios. En Miramar y en pleno verano, no faltaron momentos distendidos con reuniones alegres en distintos lugares próximos al palacio.

Desde los principios de mi llegada a España, fue Zarauz el lugar de veraneo elegido por los miembros de la nobleza.

Pronto aquel lugar, tan cercano a San Sebastián, fue proliferando y creando ambientes atractivos que solían durar tres meses. Playas, golf, casinos. Todo se prestaba para organizar tertulias, verbenas y un sinfín de diversiones privadas que no afectaban a los duelos oficiales.

Los que no tenían casa propia, se instalaban en el lujoso Gran Hotel. Y allí se alojaban los Lécera con sus hijos.

Pese a los malos tiempos que todo el mundo vaticinaba,

aquel verano llegó a ser para mí un hito distendido que me permitió desviar preocupaciones.

Fueron muchos los desplazamientos que desde San Sebastián a Biarritz realizábamos juntos con otros miembros de la aristocracia.

Habían transcurrido veintitrés años desde que por primera vez mi familia y yo nos instalamos en la villa Mouriscot. Sin embargo el Biarritz que yo conocí cuando Alfonso se desplazó allí para pedir mi mano nada tenía que ver con la pequeña ciudad francesa que aquel verano visitábamos con frecuencia.

Todo era nuevo. Todo ofrecía un cariz distinto. Recordar aquellos días era como contemplar un castillo de naipes derrumbado.

Alfonso, todavía inmerso en depresiones y acosado por un constante reguero de noticias preocupantes, casi nunca nos acompañaba.

Con frecuencia debía trasladarse a Madrid. Los beneplácitos que al principio de la dictadura enarbolaron el ego del general dictador se estaban convirtiendo en críticas que auguraban un rotundo y próximo fracaso dictatorial.

En vano Alfonso intentaba remendar lo que a todas luces carecía de remiendo. Abatido y desalentado, pretendía recuperar el prestigio perdido. Le faltaban fuerzas, le faltaba ilusión y, sobre todo, le faltaba el gran rodrigón que durante toda su vida había sido su madre.

Procuré ayudarlo a salir del bache. Mis argumentos le resbalaban, no tenían consistencia.

Además también yo para él comenzaba a ser una presencia poco grata: no soportaba aquella inesperada amistad mía con los duques de Lécera.

De improviso rompía a despotricar contra ellos: «Se rumorea que», «Se critica tu modo familiar de tratarlos», decía.

Sin embargo, nunca especificaba el origen de los rumores, ni a qué clase de críticas se refería. Siempre hablaba como de segunda mano.

Era difícil saber lo que pasaba por su mente. También era imposible conocer las fuentes de las noticias que, sin venir a cuento, me echaba en cara.

Fue en los inicios de aquel año cuando sus ataques se volvieron más directos.

La súbita dimisión de Primo de Rivera tras el posible derrumbe de su dictadura y el miedo a ser desbancado por un nuevo pronunciamiento militar lo obligó a salir precipitadamente de España rumbo a París, dejando sobre las espaldas del rey la difícil carga de rehacer lo que, con la mejor intención, había destruido hacía siete años.

Con apremio y muchos fallos, se trató de sustituir al agotado y desengañado Primo, formando un nuevo Gobierno con el general Berenguer.

Pero aquel abandono inesperado de quien durante años dirigió el destino de los españoles dejó a mi marido completamente desmontado de sí mismo. Todo se estaba convirtiendo en un caos difícil de solucionar. El remiendo Berenguer no cuajaba y la vida en palacio se estaba volviendo una extraña vigilia de algo que no podía definirse. Todo era inhóspito y desconcertante.

Para colmo de males, nuestro primogénito, tras una excursión por Europa, llegó a Madrid en un estado verdaderamente lamentable.

A su enfermedad crónica se añadió una patología general muy crítica que le produjo fiebres altas y una debilidad muy acentuada.

Todo para nosotros se iba transformando en un amasijo de dolor, dudas, preocupaciones y desalientos.

Inútil era ya tratar de abordar a mi marido. O se negaba a admitir la gravedad de la situación que España estaba atravesando o, si se daba cuenta, pretendía engañarse a sí mismo para que los desastres que tanto amenazaban al país no avivaran aún más el dolor que lo estaba atenazando.

Otro duro golpe consistió en comprobar la traición de los monárquicos liberales: todo se les iba en culparlo de la proclamación de la dictadura, sin tener en cuenta que fueron ellos los que habían aplaudido y representado aquella autarquía que Alfonso para evitar mayores desmanes aceptó sin ser consultado y después de ser proclamada.

Infructuosa resultó la bienintencionada actitud de Berenguer por defender las calumnias que llovieron repentinamente contra el rey, acaso debido a la influencia que la revolución rusa y las ideas de Karl Marx estaban taladrando en las mentes consideradas inteligentes de los avanzados.

Aquel año acumuló un amasijo de despropósitos contra el rey. Todo se intoxicaba de mentiras urdidas y esparcidas por el país, gracias al odio de su gran enemigo Indalecio Prieto.

No obstante, lo que más le dolió a Alfonso fue el brusco cambio que algunos de los ministros monárquicos (impulsados por criterios plagados de resquemores y desconfianzas) experimentaron al inventar razones falsas, tal vez causadas por resentimientos mezquinos o quizá para seguir una corriente política que consideraban ventajosa para ellos.

Al desbarajuste general se añadió la avanzada y exaltada opinión de los intelectuales que, tras haber admitido y amparado al general Berenguer como un gran remedio, súbitamente le concedieron la categoría de «un grave error».

El caso es que «el grave error» duró poco. Tras finalizar el luto por la muerte de mi suegra, comenzó el luto por España. Los desmanes eran ya demenciales.

De nada servía que Alfonso tratara de recuperar su entereza. Yo sabía que su estado interior, aquel que siempre le predisponía a caer en depresiones, era lamentable. Se notaba solo, incomprendido, despojado de lo que siempre había considerado inmutable. Tenía la sensación dc que el mundo entero se desmoronaba, que la vida se le estaba convirtiendo en una especie de muerte, que todo se volvía confuso y nada podía evitar que el río de la libertad, siempre amparada por él, comenzara a rebosar sus límites y anegar a España de un cúmulo de desastres.

La confusión era grande. En cierta ocasión, mientras yo, todavía deseosa de ayudarlo, intentaba darle ánimos, recuerdo que bajó la cabeza y como si pensara le oí decir: «En España no cabe la ecuanimidad social: o se nota acogotada, o se desboca».

Confieso que en aquellos momentos sentí un dolor profundo por él. Aunque entre nosotros se estaba abriendo una brecha de reproches cada vez más acentuada, algo muy entrañable se imponía para que la angustia de Alfonso fuera también mía. Sin darme cuenta se iba adentrando lentamente en mí como una espina envenenada de tristeza. Era como si su dolor me doliera en mi propia alma.

En ocasiones Alfonso se desfogaba conmigo, acaso para convencerse a sí mismo de lo que me estaba diciendo: «Debimos reformar la Constitución con la dictadura. Fue un error haber descuidado esa importante tarea».

A pesar de todo, nadie pensaba aún que una repentina oleada republicana pudiera instalarse en España bruscamente.

Recuerdo que pocos días antes tuve que desplazarme a Londres porque mi madre estaba gravemente enferma. Por entonces Berenguer todavía conservaba su puesto pero ya con grandes probabilidades de perderlo. España era un continuo temblor de tierra, un despiste general y una desorientación política y social que precisaba urgentemente un remedio.

Romanones, siempre dispuesto a meter baza sin calibrar posibles consecuencias equivocadas, y el marqués de Alhucemas hicieron pública una nota reclamando Cortes Constituyentes para debatir, ante todo, el problema de un régimen que hacía aguas.

Ante semejante actitud, Berenguer dimitió inmediatamente.

En cuanto me enteré de la crisis que invadía España, le dije a mi madre que mi lugar era estar al lado de mi marido. No importaba lo que pudiese ocurrir. Aunque distanciados, yo era la reina. No debía defraudarlo. Regresé a España enseguida.

Mi llegada fue apoteósica. El tumulto me hizo temer por mi vida durante unos instantes. Tanto el andén poblado de gente como la sala de espera y las afueras de la estación del Norte se iban convirtiendo en la punta de lanza de un recibimiento clamoroso y encomiástico. Me tranquilicé cuando escuché aplausos y «vivas» a la reina.

Mis hijas sonreían. No son «rehenes», pensé. Eran todavía las infantas que acudían a la estación para recibir a su madre. Difícil fue para mí mantener la emoción que aquel estallido de entusiasmos me produjo.

Al entrar en el coche, la multitud que nos rodeaba continuaba dando muestras ostensibles de afecto vehemente y devoto.

Difícilmente pude mantenerme ecuánime.

Aunque acostumbrada a disimular mis sentimientos, aquel día rompí a llorar. Era un llanto de mujer agradecida, como si tanta prueba de fidelidad y de cariño confirmase una estabilidad inalterable.

En aquellos momentos no era posible imaginar que los brotes delirantes fueran tan precarios, como todo lo que emerge del ser humano. Somos cambiantes. Nada más incierto que la certidumbre.

Cuando Alfonso me vio llegar no disimuló su decaimiento. Con semblante desencajado me dijo: «Gracias por venir». Y, tras un breve silencio, añadió: «España está envuelta en un gran caos».

Sin embargo, la gente continuaba aclamándonos.

Como al entrar en el palacio lo primero que hice fue dirigirme a la habitación de mi hijo, todavía debilitado por la enfermedad, Alfonso me propuso salir al balcón para agradecer las constantes muestras de afecto que nos prodigaban.

Fue aquella espontaneidad lo que redobló el entusiasmo del pueblo. Seguramente nadie ignoraba que en aquella habitación yacía enfermo el Príncipe de Asturias.

Lo demás se entremezcla en mi recuerdo sin concretar cuál fue el «antes» y el «después». Todo se instala en mi mente como un amasijo de desafueros, desorientaciones y despropósitos.

En medio de un desbarajuste repleto de propuestas disparatadas (como por ejemplo la proposición que me hicieron de convertirme en reina regente, si Alfonso dimitía, a lo que yo drásticamente me negué) era difícil que el breve Gobierno de Aznar, sustituyendo el de Berenguer, desequilibrado y exento de rumbos con criterios definidos, pudiera prosperar; se decidió de pronto convocar elecciones municipales y elegir concejales para todos los ayuntamientos de España.

Era primavera. Una primavera luminosa y suave, poco decantada hacia giros drásticos y dolorosos.

Las noches dormían sosegadas y los días amanecían calmos y libres de vértigos alarmantes.

La tranquilidad prevalecía. El sol alumbraba y la multitud continuaba inmersa en los ritmos cotidianos, sin imaginar que también los sosiegos pueden esconder inviernos imprevistos.

Eso fue aquel abril casi veraniego: un cambio brusco de climas internos y fríos inesperados.

El ambiente de palacio asumía una especie de recelo que no llegaba a concretarse. Se adivinaba algo que no podía definirse y que nadie se atrevía a plantear.

Todos, incluso los sirvientes, aunque actuaban rutinariamente, daban la impresión de notarse dominados por una extraña crispación.

Jaime y Rosario me llamaban constantemente por teléfono. Preguntaban. Se ofrecían para lo que hiciera falta. Temían por el rey, por el príncipe enfermo, por los desmadres que se masticaban en ciertos núcleos sociales, tanto en las alturas como en los entornos callejeros.

Había silencios, había ceños, había sonrisas entre sarcásticas y temerosas, pero, sobre todo, lo que más temían los Lécera era que mi posición de reina pudiera verse lesionada por algún inesperado exabrupto: «Majestad, cuente con nosotros para lo que sea».

Yo intentaba tranquilizarlos. No obstante, aquel interés tan desinteresado por nuestra integridad me conmovía.

Sobre todo me enternecía escuchar la voz de Jaime, emotiva y totalmente despegada de falsas ofertas convencionales. En aquellos momentos Jaime no era un grande de España que estaba brindándose a una reina en apuros para lo que fuera necesario; su propuesta de ayuda traspasaba cualquier elemento que oliese a protocolo, a obligaciones impuestas y a halagos interesados.

Las opciones de Jaime eran ofertas a una mujer angustiada que estaba en la cuerda floja y que acaso corriera un grave peligro: «Majestad, nunca se sabe lo que puede ocurrir. No hago más que pensar en los horribles sucesos de Rusia».

Era un descanso grande percibir que un hombre de talante sosegado y mente lúcida pudiera preocuparse tanto por mí.

Hasta aquel momento, todo lo que yo había recibido eran brotes de resentimientos, silencios implacables y un largo desfile de infidelidades.

Eso había sido el universo que Alfonso me había ofrecido desde que nació nuestro primogénito. Bastante había hecho casándose conmigo. ¿Qué más podía yo esperar? ¿No era mi condición de reina suficiente homenaje?

Día tras día, durante veintitrés años, el amor que mi marido me había profesado fue convirtiéndose en un constante mañana sin futuro, un elaborar sueños que nunca se cumplían, y un largo silencio cuajado de reproches que alguna vez se transformaba en pequeñas muestras de afectos rutinarios.

Ya no pedía grandes ofertas de amor. Sólo añoraba una pizca de sensibilidad que me permitiera considerarme una mujer un poco admirada, un poco querida y un poco respaldada por su marido.

Nunca lo conseguí.

Por eso, cuando en los momentos cruciales que la monarquía soportaba escuché la voz de Jaime, tuve la impresión de que desde mis sueños perdidos brotaba una esperanza nueva, un tenderme la mano más allá de lo imposible. Jaime era sólo un amigo, pero en aquellos momentos fue sobre todo una especie de salvavidas en pleno naufragio. También fue el desencadenante que convirtió mi posible naufragio en un ofrecimiento incondicional de tierra firme y segura.

* * *

El ventanal de mi habitación se ha entreabierto, y una ráfaga de aire frío interrumpe mi insomnio. Bajo de la cama y cierro las rendijas que el viento ha ensanchado. Febrero tiene noches largas y frías. Noches negras.

El cuadro de Vaccaro que pende sobre la cabecera de mi cama vuelve a llamar mi atención.

Ahí está de nuevo María Magdalena mirando ensimismada sus propios pasados, sus tristes desvíos y la insondable razón que le permitió encontrar la verdad de su vida.

El cuarto está en la penumbra y un escalofrío me induce a meterme de nuevo en el lecho. Pero la visión del cuadro continúa en mi retina.

Sin duda, cuando el pintor Vaccaro realizó ese lienzo debía de notarse inducido por el halo metafísico que adjudicaba al personaje.

Cuántas obras de arte que admiramos suelen ser reflejos descriptivos del artista que las produjo. ¿Qué son las metáforas escritas sino gritos que ocultan lo que el escritor precisa callar?

De nuevo un escalofrío. No debí dejar el ventanal entornado. La gelidez se ha adueñado de la habitación. Procuro arroparme. Nunca me ha gustado el frío. El efecto que me produce tiene connotaciones adversas para mí. Desde mi infancia procuraba arrimarme a las estufas o a las chispeantes chimeneas.

Me llamaban friolera. Decían que el frío era sano. Que lo peor del mundo era sudar. Que el frío mataba microbios y evitaba hinchazones. «Menos mal que vas a ser reina de un país cálido», añadían. «Allí todo es un puro reflejo de sol.»

Sin embargo, nunca me sentí tan esmorecida como en las grandes y lujosas naves del palacio de Oriente. Aunque lleno de riquezas y de opulencias pomposas, el verdadero rey del palacio era el frío.

Fueron muchas las veces que intenté poner remedio a la gelidez angustiosa que se adueñaba de techos y paredes. Tardé mucho en conseguir que se instalara la anhelada calefacción. Sin embargo, más tarde añoré aquel tiempo de ambiente helado. La calefacción no sabe calentar el alma. El cuerpo se notaba amparado por el frío, pero el frío se iba adentrando cada vez más insistente en los repliegues del sentimiento.

También aquel abril tan estallante de sol y de esperanzas introdujo en España la corriente helada de un cambio drástico a causa de unas elecciones municipales convocadas para elegir concejales de todos los ayuntamientos españoles. La fecha se fijó para el 12 de abril. Aunque el resultado fue claramente favorable para los monárquicos, cuyo triunfo en las urnas fue absoluto, se consideró que en las capitales de las provincias los concejales republicanos tenían mayoría.

Los desertores, los republicanos y bastantes liberales que habían fingido ser fieles a Alfonso interpretaron que los votos de los campesinos y de los pueblos carecían de valor ya que dependían de caciquismos caducos y serviles. Los votos que tenían derecho a ser considerados válidos eran únicamente los de las ciudades.

Aunque aquella interpretación humillaba e invalidaba la democracia que, al decir de algunos, Primo había desfasado, se planteó como una valoración positiva para España.

Las noticias que llegaban a palacio eran alarmantes. Aquellas elecciones no suponían un plebiscito sobre el régimen que debía adoptar el país. Sin embargo se impuso como si fueran válidas y unánimes.

De pronto Alfonso se vio desbordado ante el enfrentamiento que se estaba produciendo. Inútil fue tratar de hacerle ver que la institución legal no podía ser derrotada por convencionalismos puramente amañados entre traiciones de los monárquicos resentidos y el desánimo cobarde de los llamados liberales. El gran decaimiento de un rey que, poco a poco, se notaba presa de un cúmulo de acontecimientos adversos y un miedo casi patológico de promover una guerra civil entre monárquicos y republicanos exigió su exilio.

Pálido y decaído me propuso cenar a solas en la habitación donde antaño tomábamos el té. Fue una cena triste, silenciosa y llena de contradicciones que nunca intentamos aclarar. Me comunicó que se iba, pero no quiso decirme dónde. «Lo sabrás a su debido tiempo. Si hubiera problemas será mejor que ignores mi paradero. El pueblo ya no me quiere», me dijo. «Y los amores no pueden forzarse.»

Era el día 13. Trece era también el número que se añadía a su nombre. Si fuera supersticiosa hubiera achacado a ese número todo lo que en España ocurrió tras proclamarse aquella funesta república, mucho más dictatorial y cruel que la propia dictadura de Primo.

Pero España era así; impaciente, poco consecuente y convencida de que cada español era un rey. Un rey con derecho a contradecir, a mandar y decretar desde su conveniencia.

A pesar de todo, el gran amor de Alfonso fue siempre España. La quería como se quiere lo que desde que nacemos nos envuelve de certezas y se nos mete corazón adentro.

Nada importaba que el amor que España le tributó desde su nacimiento se hubiera convertido en un flagrante y cruel desamor.

En cambio el suyo existía, se reforzaba y hasta aumentaba a medida que los años y la tristeza iban disminuyendo su amor por la vida.

Saberse marginado por aquel amor que ni siquiera pudo recobrar cuando la guerra que quiso evitar estalló se convirtió para él en una realidad irreversible. Murió recordando a España, llorando a España y sufriendo por España.

Pero España nunca supo que aquel amor medio escondido en sus tratos campechanos, de puro firme, consiguió desmembrarlo. «No quiso luchar», decían algunos. «Le faltaban arrestos y abandonó al país.»

Otros se alegraban: «En fin de cuentas, ¿qué importa su abandono?». «La monarquía es cosa del pasado.» Consideraban que un rey parlamentario era una simple figura que se movía, que no precisaba pensar y que podía entorpecer progresos muy codiciados.

Cuántos olvidos fomentaban aquellas opiniones. Cuántos manejos diplomáticos fueron éxitos rotundos gracias al talento disfrazado de sencillez pueblerina que Alfonso, siempre atento a los baches de su país, manejaba a la perfección. Y cuántas noches en vela intercambiando opiniones en su despacho con los protagonistas de los desastres marroquíes. «Sobre todo velad por nuestros soldados. Son españoles.»

Nadie sabía hasta qué punto aquel rey, de aspecto abierto, espontáneo y jovial, pasaba sus horas palaciegas extraviado en sueños esperanzadores para su patria y rumiando mejoras que nunca pudo realizar.

Fue el propio Alcalá-Zamora quien le aconsejó que saliera de España inmediatamente: «No conviene que lo vean junto a la reina mañana. Podría convertirse en un riesgo grande para ella».

El mañana iba a amanecer republicano. Y en ocasiones las repúblicas podían ser violentas. Aunque aparentaban ser constructivas y sensatas, también solían confundir libertad con libertades ácratas y perturbadoras.

De nuevo surgía el recuerdo de Rusia, los asesinatos de mis primos y de mis tíos los zares, los crímenes de la Revolución francesa y tantos momentos históricos que se iban adentrando en nuestra charla a solas, antes de abandonar el país.

Acompañado por su primo Ali y el almirante Miranda, Alfonso salió de palacio aquella misma noche, conduciendo su propio coche hacia Cartagena. Desde allí y embarcado en el crucero *Príncipe de Asturias,* navegó rumbo a Marsella.

Según las noticias que tuve en el exilio, Ali aquella noche se atrevió a recomendarle que se armara de paciencia, que sobre todo tuviese en cuenta lo mucho que yo había soportado y procurase tratarme con cariño: «Ena ha sufrido mucho», parece ser que le dijo.

También le aconsejó que no se hospedase en un hotel, sino en una vivienda particular por modesta que fuera. «La república tal como se ha apoderado de España no puede durar. Pon todos tus esfuerzos para organizar la restauración. Ser rey es un oficio arriesgado que pende de un hilo», le recordó Ali. «No lo pierdas. Procura dedicar tu tiempo a recibir personas capaces de ser ministros de tu próxima restauración.»

En aquellos momentos la restauración monárquica frente a una república prácticamente ilegal era la única meta que nos parecía importante. Por eso mantuvimos la calma. Era preciso evitar a toda costa desavenencias entre nosotros.

Nos despedimos convencidos de que España pronto iba a reclamar nuestro regreso.

A pesar de la mutua frialdad que demostrábamos, reconozco que cuando lo vi marchar noté como si parte de mi propia vida estuviera yéndose con él.

Qué difícil resulta sondear los verdaderos motivos de nuestros sentimientos. Las razones probablemente se ocultan en esos breves instantes en que las adversidades experimentadas pueden más que los desfogues atolondrados.

Ver marchar a Alfonso fue eso, una breve amnesia de sus indiferencias hacia mi persona, un recuperar serenidades perdidas en los últimos tiempos y una complicidad espontánea que todo lo que durante años habíamos compartido nos estaba exigiendo.

Aunque incapacitada para decírselo, me sentí vacía. Era un vacío insondable. Un vacío cuyo anhelo por ser rellenado era casi material. Un vacío que sólo podía colmarse cuando yo al día siguiente volviera a reunirme con él donde fuera.

Se había previsto que mis hijos y yo podíamos viajar a Francia en tren sin el menor peligro. Eso fue lo que el repentino y provisional Gobierno republicano nos había garantizado.

Tras la despedida, me reuní con mis hijos. Únicamente Juan faltaba. Se hallaba en Cádiz, en el Colegio Naval de San Fernando.

También nos prometieron que al día siguiente Juan viajaría sin peligro hacia París. No obstante, pese a los respaldos reiteradamente asegurados, de pronto surgió el miedo.

Comenzó a brotar cuando el silencio que envolvía la verja del jardín que rodeaba el palacio se llenó de voces, griteríos y entusiasmos republicanos sobrecargados de amenazas.

Mi hija pequeña, Cristina, lloraba. Su hermano Alfonso, postrado en la cama, me miraba sin decir palabra. Su extrema debilidad se le escapaba de las retinas como interrogándome por el porqué de aquel repentino odio tan implacable.

Los minutos se sucedían lentamente. El tiempo no pasaba. Sólo fingía pasar. Cuando lo inesperado brota amenazando, las horas se convierten en eternidades.

Mis ánimos eran tan desvaídos, que ni siquiera tuve fuerzas para ayudar a las sirvientas que se esmeraban en hacer nuestro equipaje. Sólo me ocupé de recoger lo que Alfonso suplicó que llevara conmigo: eran pequeñeces que para él constituían tesoros. Objetos conservados desde su infancia. Cosas anodinas que, en el exilio, podían reconstruir edificios sentimentales, y hechos puntuales que configuraron su vida.

Resulta curioso recordar que yo, en aquellos momentos, por primera vez noté una total desgana por todo. Incluso las joyas que tanto me habían impresionado a lo largo de mi existencia me dejaban indiferente. No me importaba perderlas. Sin embargo recogí todas las que pude porque la mayoría pertenecían a la madre de Alfonso y su hijo no quería que se extraviaran.

Aquella noche nada tenía verdadera importancia, salvo la enfermedad de mi hijo y las asustadas desorientaciones de sus hermanas.

Tres médicos se esmeraban en atender al enfermo: el doctor Elósegui, el doctor Pascual y el doctor Emilio Larru.

Ellos se encargaron de comunicar a todos los sirvientes del palacio que el Príncipe de Asturias debía ser trasladado fuera de España, quizá para siempre.

Uno tras otro fueron desfilando para despedirse de él, con lágrimas y sollozos.

También el resto de mis hijos y yo nos despedimos de todos ellos sofocando llantos. Eran muchos años de fidelidades, de emociones compartidas y muestras de cariño lo que tanto ellos como nosotros íbamos a dejar atrás.

Lentamente los murmullos que rodeaban las afueras del palacio iban convirtiéndose en gritos desaforados. Los disturbios aumentaban y el terror de mis hijas también. «Mamá, ¿qué va a ocurrir?», preguntaba constantemente la pequeña.

Resultaba inútil mi empeño en calmarlas. La multitud que rodeaba el palacio iba acrecentándose.

De improviso surgió un nuevo temor: alguien nos comunicó que tres sujetos estaban trepando por la pared principal del palacio. «Estamos perdidos, mamá», repetía Cristina asustada.

En vano procuré calmarla.

En efecto, los trepadores consiguieron llegar al balcón principal, pero no para cometer graves desafueros. Su intención era puramente teatral, gestera y bastante infantil: se limitaron a quitar la bandera española para sustituirla por la republicana.

Hubo aplausos, risas y también pitidos. Los héroes, tras su hazaña, volvieron a deslizarse por la pared del balcón y, con aires de haber realizado un deber importante, se introdujeron de nuevo entre la masa que se apiñaba tras la verja mientras los aplaudían fogosamente.

De pronto sucedió algo inaudito, algo que jamás desde que llegué a España había ocurrido. En plena oscuridad nocturna, los canarios que dormían en las jaulas del palacio rompieron a cantar. Ignoro a qué se debió aquel fenómeno. Nadie lo entendía. Tal vez creyeron que, aunque el sol no alumbraba, la noche se estaba convirtiendo en día, gracias a los estallidos que lanzaba el griterío exaltado de las gentes.

Las noches en aquella época nunca habían sido ruidosas.

Cuando el tumulto callejero empezó a disminuir, los canarios callaron.

Cuántas veces he pensado que, de hecho, aquellos cánticos eran réplicas monárquicas para defender nuestros derechos y al mismo tiempo aminorar nuestros miedos.

Pero el nerviosismo de mi hija pequeña persistía. Para tranquilizarla, aquella noche mandé que instalaran un camastro en la salita contigua a su habitación, para dormir con ella.

Desde allí intenté escribir cartas de despedida a varias personas, pero no pude.

De improviso empezaron a llegar a palacio nuestros familiares, algunas damas de la corte y varias ilustres personalidades que no habían desertado de nosotros. La primera en presentarse fue Rosario. Llegó acompañada de su marido. Su presencia fue un gran alivio para mí: «Hemos organizado todo para viajar a Francia con Vuestra Majestad», me dijeron. «Nunca se sabe lo que puede ocurrir en los casos extremos.»

Venían los dos con las maletas hechas y dispuestos a quedarse en el palacio toda la noche.

Inmediatamente después llegaron la duquesa de la Victoria, la condesa del Puerto, lady Carisbrooke y algunas nobles más, acompañadas de sus maridos.

Todos se instalaron en el palacio, en espera de la hora indicada para partir hacia Francia.

Se decidió que las damas se quedaran conmigo y los hombres se reunieran en el piso donde mi hijo enfermo yacía en la cama en espera del momento indicado para emprender el viaje.

Mientras dormía yo junto a mi hija, una de las damas me despertó a las cinco de la madrugada porque, según me dijo, un amigo de Alfonso acababa de llegar a palacio para comunicarme algo muy urgente.

Rápidamente salté de la cama, me puse una bata y salí a su encuentro.

El recién llegado era Joaquín Santo Suárez. No perdió el tiempo en formalidades. Con evidente nerviosismo me comunicó: «La revolución ha empezado, Señora», y añadió que de ningún modo nos trasladáramos a la estación del Norte porque había un montón de fanáticos que esperaban en esa estación a los «héroes» republicanos que venían del exilio.

«Será preciso utilizar un tren en otra estación.»

También supe por él que Alfonso estaba en París y que nos esperaba en el hotel Meurice. Añadió que debíamos salir de palacio, por la puerta secreta, meternos en distintos coches y dirigirnos a El Escorial para introducirnos en el tren sin ser reconocidos.

Con semblante entre compungido y severo me insistió: «Señora, tal como están los ánimos, sus vidas corren peligro. Las calles de Madrid están llenas de gentes drogadas de odio».

Rápidamente se organizó todo para que las turbas que todavía rodeaban el palacio para abuchearnos ignorasen el trazado de nuestros proyectos. Para ello fue preciso advertir a los chóferes que no vistieran uniforme, que se pusieran una gorra vulgar y que retirasen de los vehículos cualquier insignia o detalle que pudiera delatar su procedencia real.

A las siete de la mañana, el capellán de palacio, padre Urriza, celebró misa ayudado por mi hijo Gonzalo que hizo de monaguillo. Asistimos todos los que aquella noche habíamos dormido en palacio.

Recuerdo ahora aquellas escenas como una realidad que no parecía real. Los hechos se distorsionaban y se convertían en extrañas percepciones que no permitían pensar, que sencillamente sucedían sin razones lícitas para que sucedieran.

El futuro se desvanecía. Tampoco el pasado era concreto. Lo único cierto y tangible era el presente. Un presente desgajado y desprendido de cualquier lógica.

Aquella misma noche supe que Bee acompañó desde España a la infanta Isabel (la tan querida Chata) a París. Aunque la república le ofreció que se quedara en Madrid, la tía de Alfonso no aceptó la propuesta y a pesar de ser ya muy anciana denegó el ofrecimiento y emprendió el viaje hacia la tierra vecina donde le esperaba un destino inmediato tierra abajo.

Tras la misa que se celebró en palacio, desayunamos todos en el comedor particular. El silencio en aquellos momentos era la verdadera elocuencia de mis comensales. El silencio y las miradas; especialmente la de Jaime. Su modo de observarme parecía tener voz. Más que mirarme, decía, transmitía y, sobre todo, tranquilizaba.

Verlo allí en aquellos momentos era como una garantía de placidez, de sosiego, de comprender que nuestra amistad podía más que todas las revoluciones del mundo, que su verdadera necesidad consistía en que yo confiara en él; pasara lo que pasara, él nunca iba a fallarme a mí.

Inmediatamente después del desayuno, volví a despedirme de todas las personas que habían estado a nuestro servicio. Con voz firme y procurando mostrarme serena, les di las gracias por tantos años de lealtad: «Que Dios os bendiga», les dije. Fue aquella bendición lo que entrecortó la firmeza de mi voz. Carraspeé para dominarme. El tiempo apremiaba. De nuevo el silencio que nos mantuvo algo serenos durante la madrugada volvió a recrudecerse.

La gente revoloteaba en torno al palacio con abejeos desaforados y vivas provocativos contra la monarquía.

Los vehículos estaban ya en el lugar indicado. Uno de los chóferes se ofreció para trasladar a mi hijo enfermo al coche. Su extrema debilidad le impedía andar. «Descuide, Majestad; tengo buenos músculos», dijo para tranquilizarme.

Ya instalados en el coche, comenzamos el éxodo hacia la carretera que conducía a El Escorial.

Fueron varios los que, tras pasar la noche en palacio, se empeñaron en acompañarnos. Me negué rotundamente. El riesgo era demasiado grande. No quería añadir remordimientos al vertiginoso malestar que nos invadía.

«Los españoles son muy vehementes y apasionados. Sería un cargo de conciencia para mí si algo grave ocurriese», les dije.

A pesar de todo, la caravana de coches que nos acompañó a la estación de El Escorial fue nutrida y en cierto modo contradictoria.

En ella destacaban seres que, poco o mucho, habían contribuido a la derrota de la monarquía. Pero en aquellos momentos se sentían parte de nuestra propia desgracia.

Evoco ahora al almirante Aznar, al conde de Romanones, al marqués de Alhucemas y a José Antonio Primo de Rivera.

José Antonio era joven y parecía dispuesto a desafiar al mundo, acaso para vindicar en cierto modo la solitaria y patética muerte de su padre. Fue una muerte sin boatos, en un hotel de segunda, cuando, al poco tiempo de abandonar España para instalarse en París, salió de este mundo solo, desengañado y perdido en constantes reproches de los que, siete años atrás, habían sido sus proclamadores de alabanzas.

Recuerdo que en un momento dado le dije: «Con tu padre vivo, nunca hubiéramos llegado a esto».

Me duele recordarlo ahora. Tampoco él sobrevivió a la catástrofe que, cinco años después, dejó a la tierra española herida de muerte por una guerra civil que Alfonso quiso evitar.

Al llegar a Galapagar nos detuvimos. Faltaba todavía más de una hora para que el tren que debía trasladarnos a la frontera despegara de la estación.

Descendí del coche y me senté en una roca. Alguien me fotografió fumando un cigarrillo. Lo necesitaba. El día despejaba su noche muy lentamente a causa de la bruma que nos envolvía y yo precisaba darme un descanso.

De hecho aquel descanso servía para decir adiós a todos los que nos habían acompañado hasta allí.

No quería que al verme entrar en el tren como si fuera una reclusa huida pudieran regodearse con mi derrota.

Me despedí de ellos con agradecimiento y alabanzas, a sabiendas de que algunos no habían vacilado en traicionarnos descaradamente.

Les dije adiós. Los llamé leales y les supliqué que regresaran a Madrid cuanto antes, para evitar problemas. «No me sigan, por Dios, no me sigan», les supliqué.

Me obedecieron. En el fondo les convenía obedecerme. España empezaba una experiencia nueva que no querían de ningún modo perderse ni malograr.

Pocos fueron los que se negaron a despedirse. Entre ellos destacaban los Lécera: ellos no me obedecieron. Se unieron a mí dispuestos a compartir el exilio con todas las consecuencias. Sabían que los necesitaba, que sus presencias eran la garantía de mi estabilidad. Dudo mucho que sin aquellos dos amigos mi ecuanimidad hubiera conseguido permanecer inalterable.

No puedo decir con exactitud cuál era mi estado de ánimo. Tal vez no fuera yo la que se estaba controlando. Acaso la presencia de ánimo de Jaime estaba contagiando de tranquilidad mi forma casi placentera de actuar.

Con los Lécera y algunos acompañantes verdaderamente leales, llegamos a la estación sin excesivos inconvenientes. Una vez allí nos introdujimos en la sala de espera. De improviso contemplé frente a mí la figura de un hombre muy alto que me miraba entre sumiso y preocupado. Me habló en inglés. Se llamaba George Graham y era el nuevo embajador de Gran Bretaña. Azorado y un poco avergonzado por haber descuidado su obligación de presentarse en palacio, me preguntó si podía ayudarme.

«Demasiado tarde», le dije. «Ya no es posible hacer nada.»

No supo replicarme. La brevedad de su puesto en la Embajada y su falta de experiencia habían inutilizado los resortes esenciales de su cargo. No hubo excusas. Sólo silencio y una gran dosis de vergüenza por su parte.

Las gentes que aguardaban en la estación pronto se enteraron de nuestra presencia. Se notaba en la forma de cuchichear entre ellos. «¿Será la reina?», se preguntaban.

Cuando llegó el tren inmediatamente fue conectado con el vagón destinado a la familia real. Una vez más fue preciso la ayuda del chófer para trasladar en brazos a mi hijo enfermo.

No se quejaba. Tampoco yo, aunque, presa del dolor que me estaba destrozando mientras contemplaba aquella escena, perdí el dominio de mí misma. Los cinco hijos que me acompañaban se instalaron junto a mí sin quejas y sin causar problemas. Incluso Alfonso, pese a su enfermedad, trató de adaptarse lo mejor posible a la incómoda situación en la que nos encontrábamos.

El duque de Zaragoza vino a informarme de que, como conductor honorario de la familia real, tenía la facultad de conducir el tren. Fue él quien, seguro de sí mismo y de sus conocimientos, inició nuestro verdadero exilio camino de Francia.

El rodaje comenzó en cuanto todos estuvimos asentados y dispuestos a iniciar el éxodo hacia un porvenir hecho de interrogantes. Había posteridades que se negaban a ser diáfanas.

Dolía mucho escuchar el rodar sobre los raíles, ver las campiñas floreciendo, los árboles plagados de ramas nutridas de hojas, el verde intenso del césped que, fiel a la primavera, se mantenía espeso y resplandeciente y comprender que tal vez ya nunca volveríamos a recuperar lo que íbamos dejando atrás.

En ocasiones aquellas llanuras me retraían a los años de mi infancia; la isla de Wight, la floresta de Balmoral, el carácter severo de la abuela Victoria, sus constantes recriminaciones por no saber comportarme con la rectitud propia de una princesa.

De pronto, los remordimientos: «¿Habré sido yo la causa de este desastre?», me preguntaba. En ocasiones era como si la abuela me estuviera culpando por el final de la monarquía española.

Recuerdo que interiormente me disculpaba ante ella: «Si la culpa es mía, no fue voluntaria, abuela. Siempre imaginé haber obrado oportunamente. Yo quería a España».

El tren continuaba avanzando. Lo peor era detenerse en algunas estaciones. El griterío de los exaltados dando vivas a la república iba en aumento. Luego estaban los cantos entonando aquel sonsonete con cadencias de pasodoble que los republicanos llamaban *Himno de Riego*. Recuerdo aún su triste y lamentable letra:

Si los curas y frailes supieran
La paliza que les vamos a dar
Subirían al coro cantando:
Libertad, libertad, libertad.

Aquellos estribillos podían oírse en todas las estaciones donde el tren debía detenerse. Nunca he podido comprender cuál fue la causa que propulsó a la incipiente república a comenzar su andadura destilando tanto odio.

¿Por qué?, me preguntaba. ¿Por qué? Pero las respuestas de aquella jornada parecían esconderse tras un absurdo racionalismo que solamente pretendía triturar estrategias razonables.

Procurando mantener la calma, me propuse dar la impresión de que lo que estaba ocurriendo carecía de importancia. Lo peor fue cuando, ya muy cerca de Ávila, nuestro tren se cruzó con los vagones que venían en dirección contraria, plagados de exiliados republicanos. Los gritos desaforados que lanzaban a punto estuvieron de herir mi supuesta flema inglesa. Fue la inesperada presencia de Jaime, frente a mi asiento, lo que logró dominarme. De repente lo vi bajo el dintel de la portezuela, mirándome con aquella cálida sonrisa que desde que lo conocí venía sosegando los arrebatos internos que pugnaban por desmontar mi ecuanimidad: «No hay que hacer caso, Señora. Los españoles somos así: precisamos hacernos notar. No nos resignamos a ser "nadies". Queremos siempre ser "algo", y el que no lo consigue por las buenas, se lanza a guerrear por las malas», dijo con aire chancero.

Añadió luego en el mismo tono que España necesitaba estar en los extremos. «Acaso por nuestra posición geográfica», continuó bromeando.

Aquella breve visita fue un incentivo grande no sólo para mí, sino también para mis hijos.

De repente hubo otro sobresalto. Al llegar a Ávila, el duque de Zaragoza entró con aire alarmado en nuestro departamento: «Señora, todos debemos bajar inmediatamente al andén. El vagón real corre peligro. Se está incendiando el motor del tren».

No podía creerlo. Parecía como si una maldición implacable se empeñara en destruir las escasas fuerzas que todavía nos mantenían en pie.

De nuevo un traslado. Las maletas, los baúles, los llantos silenciosos de Cristina, el cuerpo de mi hijo enfermo extrayendo fuerzas de flaqueza para ayudar a los que le estaban sacando del tren.

En la estación de Ávila nos reconocieron. Alguien lanzó un tímido «Viva la reina» que mis acompañantes trataron de sofocar. «Por favor, no digan nada. Es peligroso».

Nos introdujimos en un tren común. Estaba prácticamente lleno. Al entrar en el vagón que nos habían indicado, todos los asientos se veían ocupados. Iba a abandonarlo cuando un muchacho, que sin duda me reconoció, me cedió el asiento. Se lo agradecí. Él se acurrucó en el suelo, junto a la portezuela que se comunicaba con otro vagón. Era inglés. Mis hijos, incluyendo al enfermo, se instalaron en otro vagón más apropiado para ellos.

Le supliqué a Jaime que tratase de ayudar a mi hijo mayor: «Descuide, Señora, todo está resuelto. He conseguido que el jefe de la estación le permita ocupar un lugar reservado», me tranquilizó. «Rosario está con él.»

Durante unos instantes, Jaime se quedó en el pasillo de pie. Sonreía. Siempre sonreía. Era difícil entablar una conversación con él; entre su sonrisa y mi cansancio, había un cúmulo de cabezas que nos impedían comunicarnos con palabras. Una vez más fueron sus ojos los que me dieron a entender que a veces la distancia podía ser un factor muerto que no servía para desunir. Que nada enriquecía tanto la soledad como la cercanía de una mirada amable y que, por mucho que pretendiéramos disfrazar de indiferencia las actitudes rutinarias, cuando en medio de las desgracias brota un leve soplo de felicidad, es porque más allá de las trampas que nos ofrece la vida se puede alcanzar lo que consideramos inalcanzable.

* * *

Seguramente me habré quedado dormida. O tal vez no. Acaso mientras recordaba, el sueño se ha introducido en mis pensamientos, porque de pronto he recuperado con todo detalle nuestra llegada a la frontera francesa.

Otra vez un cambio de tren: los raíles españoles no coincidían con los franceses y había que bajar de nuevo al andén para acomodarnos en el vagón del país vecino. Afortunadamente las ayudas prestadas por el Gobierno francés facilitaron el traspaso con un despliegue grande de comodidades.

No puedo recordar la hora. El día se mantenía radiante aunque ya algo envejecido. Al entrar en el nuevo vagón, algo parecido a un eclipse se apoderó de mi ánimo. El aire que allí se respiraba ya no era español. Tampoco lo era el modo de hablar, ni el trato amable y respetuoso que nos deparaban, ni el traslado de un tren al otro con mi hijo por fin instalado en una camilla.

Fue en aquellos momentos cuando repentinamente un soplo del futuro me dio a entender claramente que la España que acabábamos de dejar iba a ser en adelante un proyecto destruido, un sueño desoñado, una ilusión frustrada y un amor imposible.

Aquella sensación me turbaba. Me costaba asimilar lo que estaba ocurriendo. Nada tenía sentido. La vida que nos esperaba no podía ser verdadera sin recuperar lo que durante tantos años (buenos o malos) había constituido las razones primordiales de nuestra existencia.

No me resignaba a imaginar que en adelante todo lo que había configurado las causas esenciales de nuestro proseguir iba a quedarse en simples ecos de cosas muertas.

Aquella sensación se unía a un cansancio infinito y a una total desgana de todo. La falta de sueño, la tensión constante causada por los vaivenes improvisados y las incógnitas que desde hacía dos días venían agobiándonos de indecisiones, de dudas, de todo lo que de puro inesperado se volvía versátil e inexorable, cualquier razonamiento, por muy sensato que nos pareciera, carecía de estabilidad.

Aunque el traslado al tren francés constituía una garantía para nuestras vidas, el porvenir continuaba siendo un arcano.

Recuerdo que en cuanto el tren despegó, experimenté algo parecido a un desmayo. Era una sensación casi agradable. Las voces de cualquier sonido se iban volatilizando en mis percepciones sensoriales.

Al parecer me quedé dormida. Llevaba tantas horas en vela. El cuerpo humano, por mucho que confíe en su resistencia, cuando el mundo se desploma sobre él no es más que un amasijo de voluntades débiles y distorsionadas, cuyos intentos de fortaleza se nutren siempre de precariedades.

Aquel sueño me valió para que, al llegar a París, las fuerzas recuperadas me devolvieran la capacidad de afrontar cualquier contingencia adversa que pudiera salirnos al paso.

Alfonso había programado una estancia temporal en el hotel Meurice hasta instalarnos definitivamente en un lugar cercano a la capital, para evitar comunicaciones constantes con personajes que pudieran propiciar su regreso a España.

Eso era lo que el Gobierno republicano había acordado con el Ministerio de Asuntos Exteriores francés a cambio de facilitar el destierro.

Se pensó en asentarnos en alguna villa situada en Chantilly o en Compiègne, pero al final se decidió acomodar un ala grande y privada en el hotel Savoy, situado en Fontainebleau, donde nos instalamos definitivamente dos meses después de salir de España.

Sin embargo Alfonso mantuvo una habitación en el hotel Meurice para no perder contacto con las altas jerarquías que podían facilitarle datos importantes susceptibles de facilitar su regreso. Y, por supuesto, para recibir las visitas privadas de las que, ni siquiera en el exilio, fue capaz de prescindir.

Lo primero que hicimos al llegar aquella tarde a París fue ingresar a nuestro hijo en una clínica de Neuilly.

Su estado era lamentable. Lo estoy viendo ahora inmerso en un desfallecimiento extremo, casi desconectado de síntomas vitales. Los médicos trataban de tranquilizarme: «Confíe en nosotros, Majestad. No vamos a dejarlo solo ni un instante».

Mi intención era quedarme con él. No me resignaba a verlo desfallecer sin mis cuidados. Era mi hijo. Era aquel niño que, al nacer, fue presentado a la corte con todos los honores, envuelto en encajes sobre un colchón de seda cubriendo una bandeja de plata. También era una mirada de ángel cuando correteaba alegre por los jardines de La Granja y trataba de ayudar a su hermano sordo, como si la discapacidad de Jaime fuera una lacra mayor que la suya.

El alma se me encogía cuando me vi obligada a separarme de él. «Hijo mío.» No sabía qué decirle. En aquellos momentos nada tenía importancia frente a la obligación de abandonarlo en aquel lugar sin la posibilidad de cuidarlo. «Volveré en cuanto pueda.»

Lo besé como hacía siempre: procurando que mis labios no dañaran su piel.

También él me besó. «No sufras por mí, mamá; pronto mejoraré.» Era valiente, era sencillo, nunca causó problemas. Tenía veintitrés años. Veintitrés regalos que el paso del tiempo se permitía concederle. ¿Hasta cuándo? Dios lo sabía. Cada instante que pasaba era para él un soplo de vida prestada.

Al regresar a París confiaba en que Alfonso se uniera a la desolación que yo, tras mi viaje a Neuilly, estaba soportando.

En fin de cuentas él era el padre; el hombre orgulloso de un niño rubio y hermoso que había conseguido emocionarlo cuando, tras acondicionarlo debidamente y revestido con pañales dignos de su rango, lo pusieron en sus brazos.

Pero cuando me vio llegar apenas hizo preguntas. La salud de su hijo en aquellos momentos era un contratiempo más. Un incómodo suceso que bien endilgado no representaba contrariedades insolubles. En lo que a mí se refiere, yo para él era ese horizonte que nunca cambia; alguien a quien se debía aceptar por obligación.

En vano intenté despejar la densa masa de nubes que en los últimos años de nuestro matrimonio iban distanciándonos cada vez más.

Imposible. Las constantes discusiones y disputas que habían proliferado entre nosotros tras la muerte de su madre pugnaban por mantener nuestra convivencia en una barra de hielo de difícil descongelación.

Aquella misma noche, Jaime Lécera se presentó en nuestro hotel para interesarse por mi viaje a Neuilly. Me vio desencajada. No hizo preguntas. Propuso respuestas. Desplegó una serie de planteamientos que acaso podían satisfacerme.

Para empezar me comunicó que Rosario había considerado necesario organizar el viaje de sus hijos a Francia para que se reunieran con ellos. Todo está previsto. «Viajarán con su institutriz», y enseguida añadió: «Me temo que el regreso de Vuestras Majestades a España puede convertirse en una opción lejana». Y tras un breve silencio continuó diciendo: «También nosotros hemos elegido el exilio. No queremos dejarla sola, Señora».

Añadió enseguida que pensaban instalarse en Francia con sus hijos hasta que la república feneciera. «España es un país esencialmente monárquico y, mientras tanto, Rosario y yo seguiremos estando al servicio de Vuestra Majestad, pase lo que pase.»

Su decisión me conmovió profundamente. Cuanto más trataba a aquel matrimonio, más percibía la gran distancia que mediaba entre ellos y los amigos de mi marido.

En las amistades de Alfonso siempre prevalecía el afán de «ser algo importante». Eran mitos que revoloteaban en torno al rey para beneficiarse de su compañerismo y conseguir prebendas que nada tenían que ver con lo que la verdadera amistad procura y ofrece.

No obstante, Alfonso no era capaz de percibir la realidad de aquellos «amigos». Convencido de sus propuestas y halagos, se notaba seguro entre ellos.

Varias fueron las veces que yo intenté abrirle los ojos: «Se valen de ti para explotarte». Pero mis advertencias sólo servían para sacarlo de quicio. No quería admitir mi forma de plantearle sus errores. Era susceptible y cualquier advertencia podía suponer para él algo parecido a un insulto.

En su descargo debo admitir que Alfonso aquellos días se debatía entre un manojo de cuestiones difíciles de resolver. A los enigmas de nuestro futuro, se añadieron infinidad de complicaciones que requerían urgencia.

Fueron días agotadores para él. Ni siquiera pudo ir a la estación para recibir a su tía la infanta Isabel por la necesidad de desplazarse a Londres y procurar que nuestro hijo Juan pudiera ingresar en una escuela naval inglesa.

No volvió a verla. Recuerdo que a los cinco días de su viaje a París, Bee, que con su hijo Ataúlfo la había acompañado en el viaje a Francia, me llamó para decirme que la famosa «Chata» estaba muy grave.

Murió diez días después. Alfonso sólo pudo llegar a tiempo para asistir al entierro.

Día a día, la tensión que nos atenazaba iba en aumento; el mundo parecía desplomarse. Nada contribuía a suavizar la situación. Al contrario, todo era un gran amasijo de despropósitos.

Las fricciones entre mi marido y yo eran constantes, especialmente cuando nos instalamos en el hotel Savoy de Fontainebleau.

La belleza de aquel lugar y la paz que los paisajes y edificios palaciegos nos ofrecían no bastaban para estabilizarnos y mantenernos sosegados. Tanto mis cuatro hijos como yo teníamos la impresión de que estábamos viviendo de prestado. Las noticias que nos llegaban de España eran cada vez más desalentadoras. Todo parecía mantenerse en el aire. Nada conseguía la estabilidad que precisábamos. Alfonso apenas vivía con nosotros; apoyado en excusas a veces reales pero casi siempre falsas, no dudaba en desplazarse a París donde continuaba buscando olvidos de situaciones desagradables, procurando sutilizar satisfacciones nuevas en su habitación parisina del hotel Meurice.

Creo que nunca como entonces la tensión que venía atosigándonos desde la muerte de la reina Cristina, lejos de suavizar nuestro trato, lo iba crispando cada vez más.

De no haber mediado la presencia de mis hijos, aquella estancia en Fontainebleau hubiera sido un amago de infierno. Ellos fingían ignorar mis decaimientos, pero no desperdiciaban la ocasión de mostrarse unidos a mí y dispuestos a paliar mis derrotas internas con distracciones triviales de escasa eficacia. Sobre todo Gonzalo, aquel muchacho recién salido de la adolescencia. El cariño que me profesaba fue siempre una prioridad en su corta vida.

Gonzalo era inteligente, estudioso y alegre. Era aquella alegría llena de bondad lo que garantizaba una vida para él plena de augurios felices.

Aunque enfermo como su hermano mayor, no se mostraba vencido por aquella lacra. Al contrario, incluso bromeaba cuando, por diversas causas, salía a relucir el tema maldito que empañaba mi estirpe.

De hecho Gonzalo, aunque hemofílico, no alcanzaba el grado de gravedad que constantemente amenazaba a su hermano.

En Fontainebleau fue feliz. Le gustaba el arte. Le entusiasmaba contemplar la belleza de aquellos parajes; la armonía de su inmenso Palacio Real y la arquitectura de las villas que flanqueaban la ciudad. Luego estaba el cántico sedoso del arbolado profuso que la brisa proporcionaba en los silencios nocturnos. Todo allí despertaba en él sensaciones positivas.

A veces se adentraba en mis habitaciones particulares para departir conmigo. Le complacía analizar al alimón hechos claves del momento; calibrarlos y exponer sus opiniones.

También a él le atraía la lectura. Los libros eran sus verdaderos mentores. Creo que de haber superado las terribles consecuencias de su enfermedad, Gonzalo hubiera llegado a ser algo más que el hijo de unos reyes destronados. Tenía talento y una gran tenacidad bien encauzada.

En cierta ocasión, tras haber mantenido una violenta discusión con mi marido, siempre protagonizada por ambigüedades llenas de reproches vacíos, me encontró llorando. En vano procuré disimular aquel inoportuno brote de desaliento. Siempre intentaba que mis hijos ignorasen cuánto me dolía vivir marginada de su padre.

De pronto se echó en mis brazos: «No llores, mamá», me decía. Su voz vacilaba. Comprendí que mi sufrimiento era también el suyo. Lo abracé. «No te preocupes, hijo: a veces me cuesta dominarme. Pero ya ha pasado todo. No te alarmes.»

No obstante, Gonzalo sabía que yo sufría, que mis empeños en mantenerme serena ya no surtían efecto, que la soledad verdadera consistía en soportar, sin alicientes, soportes que no servían. «Mamá, no quiero que sufras.»

Quería verme feliz. Quería que mi fortaleza nunca se derrumbara. «Tal vez algún día, cuando todo este jaleo termine, tú y yo podamos conocer un futuro estable. Yo nunca te dejaré, mamá.»

Pero me dejó. Primeramente porque se decidió que debía estudiar en la Universidad de Lovaina. Luego por un torpe y aparentemente inofensivo accidente que segó su vida al borde de cumplir veinte años.

Por aquellas fechas su hermano enfermo, ya recuperado de su desfallecimiento, trataba de estabilizar su mejoría en una clínica de Suiza.

Para entonces Alfonso y yo llevábamos ya varios años separados. La constante presencia de los Lécera lo sacaba de quicio. Como buen español era celoso. Según su criterio él podía tener «amistades» femeninas a su antojo. Pero yo era mujer. Las mujeres existían para adornar, para cumplir con su función femenina, pero sin poner en peligro la integridad y el dominio del marido. Los maridos eran sagrados y las mujeres debían soportar sin chistar sus trayectorias rectas o desviadas.

A los dos meses de instalarnos en Fontainebleau, los Lécera hicieron lo mismo. Su villa era desahogada y se hallaba situada en la zona cercana al bosque que el pequeño afluente del Sena alimentaba.

Visitarlos era un descanso grande para mis cansancios conyugales. Recuerdo que sus hijos, recién llegados de una España inmersa en un caos total, cuando me vieron se echaron a mis brazos. Desorientados por lo que estaba ocurriendo, no eran capaces de comprender la precaria gravedad de lo que sucedía.

Mi presencia pareció animarlos. «¿Hasta cuándo viviremos aquí?», preguntaban.

Seguramente echaban de menos los entornos de siempre. Los niños son adictos a las rutinas, a los vaivenes cotidianos. Tal vez por eso mi presencia ayudaba a recobrar parte de sus costumbres y de algún modo lograba aminorar la sensación de estar pisando un suelo bamboleante.

Aquellas familiaridades desquiciaban a mi marido. No concebía que entre ellos y yo pudiera existir solamente una gran amistad, un cariño limpio.

El detonante surgió cuando dos meses después de instalarnos en Francia y ya asentados en el hotel Royal de Fontainebleau, lo vi llegar de París visiblemente enfadado y con ánimos de pelea. Comprendí enseguida que alguien (ese «alguien» que los anonimatos tan bien protegen, si lo que se pretende es desprestigiar para que el «alguien» en cuestión gane prestigio) le había hinchado la cabeza a mi marido sobre mi estrecha y adúltera amistad con Jaime Lécera.

Aquella tarde fue él quien furioso por no se sabía qué, me abordó echando mano de un despotismo inusual en sus usuales composturas.

Parece que lo estoy viendo: de improviso rompió a echarme en cara, con ambigüedad, el escándalo que causaba mi comportamiento. Despechado, fue lanzando improperios que no venían a cuento. Se comprendía que se desfogaba cargado de reproches ajenos; que aquellas lamentaciones airadas no eran suyas, sino contagiadas por odios acumulados en los ambientes que él frecuentaba. «Esto se va a acabar, Ena. Tu forma de actuar no es digna de una reina».

Mientras lo escuchaba tenía la impresión de que cuanto me reprochaba lo estaba adjudicando a su propia conducta. Nada tenía sentido. Únicamente prevalecía el desprecio, la frialdad, el rencor y, sobre todo, la flecha envenenada que rozaba la calumnia: «O dejas tu asunto con Jaime Lécera o nos separamos definitivamente», exclamó drásticamente.

Aquella alusión me dejó trastornada. No podía creer lo que estaba escuchando. Traté de aclarar con vehemencia la grave acusación que Alfonso me estaba echando en cara: «¿Cómo te atreves a imaginar semejante bajeza?», le pregunté. Y ya perdida en arbitrariedades comencé a recriminarle lo que tantas y tantas veces fingí ignorar relacionado con su comportamiento como marido.

Pero Alfonso no cedía. La ponzoña de sus múltiples confidentes le afloraba bruscamente sin que hubiera modo de atajar sus ataques verbales.

Lo peor era comprobar que mis defensas eran estériles, que no podía darle a entender hasta qué punto sus fuentes de información eran simples deducciones extraídas de gentes malintencionadas.

Él nunca se equivocaba. Él era el oráculo, la verdad, la rectitud hecha rey.

Recuerdo que mientras me atosigaba y reprendía mi mente era una noria de recuerdos dolorosos, de reproches despectivos esparcidos por sonrisas falsas, miradas duras y un sinfín de bajezas que siempre procuré superar.

Eran evocaciones totalmente opuestas a las que los Lécera siempre me habían prodigado. Con ellos todo era suave, nada chirriaba. Desde que los conocí hacía ya tres años, mi vida fue un dulce deslizarse hacia parajes ajenos a los constantes estallidos que rodearon el ambiente del palacio.

Por primera vez desde que Alfonso decidió mostrarse distante, comprendí hasta qué punto mi existencia había sido un continuo morir de soledad. Una soledad emponzoñada de desaires, de olvidos, de una total ausencia de afecto y de un apoyo que sólo se me prestaba en los actos oficiales o en las grandes mascaradas palaciegas.

Podría afirmar que aquella sensación de abandono únicamente pudo desvanecerse al conocer al matrimonio Lécera. Si los perdía, ¿qué iba a ser de mí?

La palabra «separación» me dolía, pero ¿qué había sido nuestro matrimonio sino un constante despegarnos el uno del otro, mal disfrazado de compenetración y armonía cuando las circunstancias lo exigían?

No obstante, mis argumentos se desvanecían en los reproches y posturas que Alfonso esgrimía y adoptaba. «Insisto, te doy a elegir: o los Lécera o yo», me lanzó bruscamente con semblante alterado.

Hubo unos instantes de silencio. Comprendí que su propuesta era irreversible. Admito que debí ser más cauta. Pero llevaba demasiado tiempo enjaulada en soledades y estancada en tensiones dolorosas para dominar mis nervios.

No levanté la voz. Asentí con la cabeza. «Elijo a los Lécera», le dije. Y sin esperar respuesta, salí de la habitación.

* * *

La calma nocturna se apaga. El día comienza. Aunque el ventanal de mi cuarto está cerrado, el ronroneo callejero inicia su andadura entremezclando sonidos propios de una gran ciudad.

Seguramente falta ya poco para que la señora Rich venga a despertarme. En realidad llevo despierta desde la madrugada. Pero el hecho de pensar, revivir y comparar se come el tiempo: lo devora a fuerza de incitarnos a la meditación. Las horas que transcurren son inclementes. Parecen minutos, pero mienten, sobre todo cuando las reflexiones se empeñan en dominar la situación.

He dormido poco. No me importa. En ocasiones los insomnios nutren la mente de claridades que en tiempos pasados fueron oscuros nubarrones. Además el hecho de dormir constituye una muerte dulce que sólo se distingue de la muerte real porque siempre nos permite resucitar. No obstante, no por ello deja de ser una copia de la muerte.

En estos momentos me siento viva. Tengo la vitalidad propia de lo que mi desvelo me ha permitido evocar.

Ignoro si mi elección, cuando Alfonso me planteó su propuesta, fue correcta. Nunca lo he sabido. Quizá me dejé llevar por mis enormes deseos de ser un poco feliz, un poco comprendida y un poco amparada por todo lo que aquel matrimonio me ofrecía. Especialmente Jaime. Ella era una buena amiga, y en tiempos pasados también fue una gran colaboradora en las instituciones benéficas que yo proyectaba.

Jaime fue algo más. Lo comprendí cuando, tras ordenar a mi doncella que organizara un equipaje provisional para una noche, me dirigí sin dudarlo a la villa donde se habían instalado los Lécera.

Recuerdo muy bien aquellos momentos. Aunque todavía atrapada por el dolor que los reproches de mi marido me habían causado, todo se desvanecía ante la oportunidad de llegar hasta allí y descargar la tensión que me estaba ahogando.

Aquella tarde Rosario no estaba: había salido con sus hijos, llegados de España hacía pocos días.

Me salió al encuentro Jaime. Seguramente me vio demudada; mis ojos irritados por el llanto debieron de alarmarlo. No hizo preguntas. Quedamos frente a frente. La maleta entre ambos. Comprendió que algo grave estaba ocurriendo. Decidido, se acercó a mí y me llevó a una salita privada. Me estrechó entre sus brazos con delicadeza. En aquellos momentos supe que dejaba de ser reina para ser una mujer desvalida que precisaba calor humano. «No puedo soportar que sufras, Ena», me dijo. «Te quiero demasiado para verte sufrir.»

Su voz penetraba en mi oído suavemente. Resulta muy difícil reconstruir ahora todo lo que escuché; tampoco recuerdo lo que yo le respondí. Sé que las palabras carecían de valor. Lo esencial era la voz y el calor acariciante que la envolvía.

Pienso ahora que a lo mejor no mediaron palabras. Sólo sentimientos. Algo que venía creciendo en las sombras de la prudencia como si lo que pugnaba por revelarse pudiera aminorar su fuerza callando y omitiendo verdades demasiado evidentes.

Cuando ahora recuerdo aquella escena, comprendo que mi condición de reina carecía de importancia. Lo que importaba era ser mujer. Alguien con derechos y esperanzas. Vivir era eso: sentirse amparada, comprendida y apreciada. Por eso no vacilé en destronarme a mí misma: sentir y notarse «sentida» era mucho más importante que ser reina.

Ena. Así me habían llamado desde la infancia mis seres queridos. Oírlo en los labios de Jaime no era solamente una novedad, era también una forma directa de desmontar los rígidos y sólidos contrafuertes y arbotantes de un sistema oficial que, en cierto modo, nos había mantenido separados.

Fin de barreras protocolarias. Fin de Majestad y Señora. Solamente Ena. Tres letras. Tres simples signos que derribaban las barreras que durante tres años tanto él como yo habíamos considerado infranqueables.

Todavía sostenida por sus brazos, recuerdo que rompí a llorar. Sin embargo, mi llanto no era triste. Era un simple desahogo emocional. Un decir por fin voy a dejar de estar sola. Por fin voy a ser yo misma. Se acabó la constante tensión, las miradas frías, los reproches vagos y desconcertantes.

Cuando me hube sosegado, nos acomodamos en dos sillones frente a frente junto a una chimenea sin llamas. Era primavera y el fuego sólo se admite en invierno. No obstante, el frío se obstinaba en reclamar el calor que la sequedad de los leños negaba. Le expliqué entonces a Jaime lo que había ocurrido hacía poco en el hotel Royal. No me interrumpió: «Si me admitís viviré con vosotros», le propuse. «No importa lo que la gente pueda decir. Necesito un respiro. Estoy agotada.»

Al terminar de hablar, Jaime comenzó diciendo que su casa era la mía, que podía disponer de lo que yo deseara, que su respeto por mí, aunque sin protocolos, iba a ser total. «No voy a negarte que desde que te conocí tú para mí fuiste mucho más que una amiga, Ena: tu tristeza me dolía cada vez que tú, siempre atenta a tus deberes de reina, procurabas ocultarla. Yo captaba tu sufrimiento como si fuera el mío. Mejor dicho: lo era. No podía remediarlo.» Supe entonces el motivo por el cual la presencia de Jaime era siempre tan gratificante, tan llena de paz y tan exenta de crispaciones. «Si esto es amor, yo estoy enamorado de ti», acabó confesando. «Pero te juro que nunca abusaré de lo que tu presencia pueda propiciarme. Me bastará tenerte a mi lado, oírte, verte, escuchar tu risa, hablar contigo y procurar que jamás vuelvas a sentirte sola.»

No podría explicar lo que yo sentía mientras me hablaba. Aquella sincera y extraña declaración de amor no me turbaba; al contrario, me estaba abriendo una puerta que siempre consideré cerrada.

Cuántas veces me habré preguntado en qué consistía el verdadero amor. En ocasiones creemos que el apego hacia algunas personas está en la apariencia, o en la ternura que intuimos en el ser que nos impacta y hasta en el deseo sexual que se disfraza de cariño.

Nos equivocamos. La apariencia dura poco: el tiempo la va transformando y la destruye; la ternura que intuimos en el ser que nos impacta puede ser una ráfaga esporádica de desfallecimientos producidos por la combinación de mil circunstancias, de anhelos furtivos causados por el alcohol o cualquier brote emotivo presto a evaporarse; en cuanto al deseo sexual, puede incluso matar el cariño.

No. Lo que Jaime me estaba ofreciendo era mucho más sólido: «No soy ningún beato, Ena, pero soy religioso. Tú también lo eres. No vamos a poner en la picota nuestras carencias mutuas. Lo que yo siento por ti no es un capricho, ni un arrebato momentáneo. Es mucho más que eso. Hace tres años que viene durando. No creo que el tiempo lo destruya», exclamó sonriendo.

Le pregunté si Rosario conocía lo que él decía sentir por mí. Jaime movió la cabeza de un lado a otro como si quisiera tomar a broma mi pregunta. Enseguida añadió: «No debes preocuparte por lo que piensa Rosario. Lo supo desde que nos vimos por primera vez».

Su respuesta me dejó perpleja; Rosario jamás había dado muestras de sentirse celosa. Al contrario, siempre se mostró dispuesta a colaborar con su marido en todo lo que pudiera complacerme y ayudarme.

«Rosario también siente por ti lo que siento yo», me dijo sin apartar su mirada de la mía. Y tras un breve silencio añadió: «En esta vida existen complejidades difíciles de entender». Y como viera que yo continuaba sin comprender lo que estaba intentando explicarme, continuó: «Rosario es una mujer muy inteligente. Fue hija única y sus padres la educaron entre algodones. Creció sin conocer ciertos aspectos de la vida que afloraron después, cuando, ya casada conmigo, descubrió que en ocasiones la naturaleza jugaba malas pasadas. Ella no sabía ni sospechaba, ni tan siquiera podía imaginar, que lo que le estaba ocurriendo no era un hecho exclusivo. Se casó joven. Creyó que sus tendencias las imaginaba ella. Incluso se culpaba a sí misma por experimentar deseos contrarios a su feminidad. Sufrió mucho. No podía admitir que a veces los seres humanos podemos nacer con el sexo equivocado. Teníamos dos hijos. Había que protegerlos, y decidimos adaptarnos a la situación del mejor modo posible. De hecho Rosario y yo somos dos buenos compañeros. Dos personas civilizadas que sólo deseamos el bien de nuestros hijos».

Mientras lo escuchaba, una luz nueva se estaba abriendo en la opacidad de nuestras vidas. Algo que, aunque velado, se había mantenido sombrío en aquellos tres años de contactos amistosos.

De improviso todo se aclaraba, todo perdía su inexplicable ambigüedad.

En honor a la verdad, preciso reconocer que Rosario jamás se dejó llevar por los repliegues secretos de sus preferencias sexuales. Siempre fue una buena y valiosa amiga que, en todo momento, colaboró conmigo en las instituciones benéficas que yo había proyectado. Nunca fue exigente ni se mostró reticente o malhumorada. Su devoción por mí, aunque manifiesta, jamás apuntó síntomas de alteraciones hormonales: éramos sólo dos buenas compañeras que coincidían en el gusto por las cosas que la vida nos iba presentando.

Lo único que en raras ocasiones nos separaba era su afición a la bebida. No era adicta al alcohol como al parecer ocurrió años después, ya separada de su marido. Únicamente perdía ligeramente su ecuanimidad cuando bebía. De pronto su voz, siempre apagada, registraba tonalidades propias de cierta crispación, de pequeñas manifestaciones de angustia que en el estado de sobriedad jamás manifestaba.

Al comprobar Jaime el efecto que su confidencia me había causado, no vaciló en tranquilizarme. «Será mejor que lo que acabo de explicarte no lo comentes con ella», me rogó. «Nacer con la naturaleza equivocada es una lacra que duele.» Y añadió que si me había confiado la verdad era para que yo no me considerase una rival en su vida: «Te lo repito, Ena, si nos mantenemos al margen de su verdad, nuestro convivir no constituirá un problema».

En efecto, mi traslado no ocasionó para ninguno de los tres un contratiempo. De hecho, se redujo a salir de un hotel para asentarme en otro. Los inconvenientes vienen siempre precedidos de excesivas franquezas y sinceridades hirientes, por eso nunca hubo brotes desagradables entre nosotros.

Al día siguiente mandé que trasladasen todas mis pertenencias a la villa de los Lécera. Con el equipaje llegaron también mis dos doncellas particulares. También ellas se quedaron conmigo.

Mi nueva vivienda era un palacete grande. Disponía de habitaciones sobrantes, decoradas con gusto refinado. A mí me destinaron un ala algo distante de la que el matrimonio y sus hijos ocupaban. Los balcones del saloncito y de mi dormitorio daban al bosque. Cuando abrí uno de ellos respiré hondo: los aromas que despedía el inmenso arbolado se fundían con la frescura pausada del ambiente. Mil perfumes naturales llenaban mi olfato de augurios sedantes.

A pesar del paso difícil y controvertido que acababa de dar, me notaba segura. Era imposible volver atrás. Todo en aquel bosque tan lleno de historia latente, de vidas ya mudas pero existentes en la enorme profusión selvática, era una inmensa invitación al descanso.

Lo precisaba. Llevaba el lastre de la fatiga pegado en el alma desde hacía demasiado tiempo.

Aparentemente, la separación entre Alfonso y yo fue amistosa; no obstante, hubo trámites civiles que desmentían nuestra ecuanimidad. Sin embargo ni Alfonso ni yo dimos pábulo a los chismorreos pese a las inevitables discrepancias que nuestros abogados consiguieron zanjar.

Urgía precisar infinidad de facetas tanto económicas como civiles. Afortunadamente nuestros hijos eran ya mayores y para ellos nuestra separación no constituyó ningún trauma.

Alfonso conservó las habitaciones privadas del hotel Royal de Fontainebleau para que sus hijos tuvieran un lugar donde vivir, pero él casi siempre estaba ausente. Tras nuestra separación viajaba constantemente: era una forma de olvidar su desilusión por el reino perdido.

En cuanto a mis hijas y Jaime, acabaron instalándose en Roma.

Recuerdo que, poco después de la ruptura de nuestro matrimonio, yo me desplacé a Suiza para visitar a mi hijo enfermo. Me sorprendió verlo tan recuperado: ya no era aquel despojo de hombre que salió de España precipitadamente.

Su mejoría era notable. Incluso había ganado peso. Me aseguró que era muy feliz. Que el sanatorio era un lugar alegre donde los enfermos gozaban de una gran paz. También había distracciones: «Aquí nadie se aburre, mamá».

No lo decía para tranquilizarme. El modo de exponerme su notable mejoría era demasiado exultante para que escondiera aspectos adversos. «Este lugar me está salvando», me aseguraba.

Su forma de expresarse era serena. No mentía. Por primera vez en mucho tiempo, mi hijo parecía distendido, alegre y seguro de sí mismo.

Al regresar a Fontainebleau, transmití a los Lécera mi alegría: «El sanatorio ha inyectado vida a mi hijo», les dije. Todo parecía asentarse en un cálido bienestar que llevaba mucho tiempo extraviado en desconciertos.

Recuerdo que tras aquella visita me sentí totalmente despojada de un pasado demasiado doloroso. Era libre. Tenía la libertad que mi condición de reina destronada avalaba. Fue tras mi viaje a Suiza cuando al llegar a Francia decidí remachar aquella libertad realizando algo que Alfonso, a pesar de mis constantes requerimientos, nunca me permitió que hiciera. Me dirigí a una peluquería y me corté el pelo. Fue entonces cuando comprendí que verdaderamente yo era ya una mujer emancipada.

En cuanto a Fontainebleau, aunque también era un lugar pacífico, no carecía de entretenimiento. El centro de la pequeña ciudad ostentaba grandes vías callejeras repletas de tiendas lujosas, cines, teatros, restaurantes y toda clase de propuestas atractivas que, por primera vez desde que yo había llegado de España, tuvieron un sentido dinámico para mí.

Aquella noche recuerdo que los Lécera decidieron celebrar mi regreso participando del bullicio en el centro de la ciudad.

Allí la gente que nos rodeaba parecía carecer de problemas. Se escuchaban músicas escapadas de diferentes lugares. Nada era triste. Todo invitaba a olvidar brumas y tormentas.

Fue una velada llena de magia. Una magia como arrancada de aquel inmenso y profuso bosque que siempre aromaba a esperanza.

No obstante, debo reconocer que, a pesar de la euforia que me rodeaba, algo entre nostálgico y doloroso pugnaba por sofocar la placidez de mi nueva vida.

Me ocurría con frecuencia. No podía evitarlo. De pronto surgía Alfonso. Lo veía triste, decaído, inmerso en desconciertos. Recordarlo entonces era una especie de castigo por haberme separado de él.

De nuevo me atormentaba su constante decaimiento, su tristeza crónica y aquella forma desviada de exponer las vanas esperanzas de restaurar lo que a todas luces era sólo una entelequia.

Probablemente lo que más le dolía no era haber perdido el derecho de ser rey; su verdadero dolor era comprender que el pueblo ya no lo quería, y que los amores perdidos casi nunca se recuperan.

Muchas veces me he preguntado por qué extraña razón el recuerdo de Alfonso se volvía tan latente. ¿Era por culpa de un tormentoso remordimiento? No lo creo: jamás me arrepentí de haber convivido cinco años con aquella pareja y sus hijos.

El respeto que me profesaron nunca fue violado. Y aunque el trato cotidiano era familiar, jamás se transformó en un vulgar desfalco de promiscuidades.

Lo que hubo entre Jaime y yo era evidente. Sentirse querida por un hombre de su talla fue para mí un privilegio que hasta entonces jamás había conocido. A su lado yo era feliz. Bastaba escuchar su voz y contemplar su sonrisa para que los resortes más firmes de una dicha grande y apacible traspasaran mis posibles brotes de tristeza para inyectarlos de una placidez exultante de felicidad.

Si lo que yo sentía era amor, era un «amor-amistad». Un

amor agradecido, firme y profundo. Un amor que jamás rozó el desencanto y la aspereza de los celos.

Tal vez hubo momentos un tanto peligrosos. La atracción mutua confesada constituye siempre un peligro. Pero supimos sortearlo. Seguramente, el miedo a destruir nuestra gozosa compenetración fue el detonante que nos permitió vivirla sin ensuciarla.

Lo que importaba era la placidez de nuestro día a día, siempre endilgado por trazados limpios. Amar de aquel modo no me parecía grave. Lo esencial consistía en estar juntos, departir con él, escuchar sus opiniones, compartirlas con las mías y grabarlas en la memoria para recordarlas cuando las exigencias del futuro nos separaran.

A decir verdad, el futuro entonces no constituía un motivo grande de preocupación. Cuando nos embriagamos de dicha, el futuro no cuenta. No existe. Se escapa de la realidad.

Lo único que contaba para nosotros era el presente. Un presente completamente distinto de los «presentes» pasados, llenos de grandezas, faustos, pompas y boatos, pero vacantes de comunicaciones sentidas, de ideales compartidos y, sobre todo, de esos pequeños detalles que no precisan palabras para que se nos adentren en lo más profundo de nuestras sensibilidades.

Todavía ahora, desde mi vejez, los recuerdos de aquellos cinco años afloran con la misma fuerza que afloraron cuando los viví.

A lo mejor vienen a mí en forma de frases: «¿Sabes, Ena? Digan lo que digan, la verdadera duquesa de Lécera eres tú» o «Si fuera posible escapar juntos a una isla del Pacífico». Y tantas otras más que, aunque inmersas en lejanías, de pronto rozan mis oídos como si acabara de escucharlas.

Generalmente Jaime se mostraba siempre algo distante conmigo cuando Rosario nos acompañaba. Sin embargo estoy convencida de que Rosario conocía la verdad de nuestros mutuos sentimientos. Incluso a veces fingía ocupaciones, probablemente carentes de importancia, para dejarnos a solas.

Jaime gustaba de acompañarme por la ciudad cuando yo precisaba algo. Todo en Fontainebleau era interesante. Cada esquina rezumaba historia. Bastaba el Gran Palacio Real, convertido ya en museo, frente a un lago privado rodeado de inmensos árboles y plantas floreadas impregnadas de raros matices, para considerar aquel lugar como una especie de paraíso.

Todo cuanto nos rodeaba era exultante. Más de una vez Jaime y yo nos habíamos adentrado en aquel inmenso paraje tan nutrido de belleza sólo para sentirnos arropados de aquella espesa vegetación irisada de coloridos y formas diversos siempre bien armonizados.

Recuerdo que, en cierta ocasión mientras paseábamos, surgió un bloque de matorrales verdes que sostenían flores blancas. Me detuve. Algo que jamás pude olvidar se estaba manifestando en aquellas ramas. «Cuidado, Ena. No las arranques: son venenosas.»

Otra vez el pasado violando la ecuanimidad del momento. Todo se deformaba ante la presencia de aquellos matorrales espesos.

–¿Qué te ocurre, Ena?

Era difícil explicarle a Jaime que los recuerdos pueden tener forma de flor. También lo era saber que incluso las flores pueden convertirse en reinas destronadas y disminuidas.

–Se llaman adelfas –le expliqué–. Son venenosas. –Jaime

no comprendía–. Eso me dijo Alfonso en Biarritz el día que pidió mi mano.

Debí comprender entonces que aquella advertencia era un aviso y que a pesar de la enorme felicidad que tanto él como yo en aquellos momentos experimentamos, las flores que contemplábamos nos estaban indicando algo que debía ponernos en guardia.

Jaime me miraba extrañado.

–No me hagas caso –acabé diciéndole para tranquilizarlo–. Estoy divagando.

Durante unos instantes continuamos caminando hacia el inmenso edificio del Palacio Real. Íbamos en silencio. También aquel edificio era ya un lugar vacío de vida. Resultaba difícil aceptar que el vértigo de todas las grandezas y bajezas manifestadas en aquel lugar: entusiasmos, músicas, voces, miedos, alegrías, esperanzas, desilusiones, rencores y odios, se hubiera apagado a través de los siglos.

¿Por qué? ¿Cuál era la razón de tanta algarabía si en fin de cuentas todo estaba destinado a desaparecer?

Era difícil saberlo. Todo se había acabado. Sólo las piedras permanecían.

–En este mundo cualquier hecho, por importante que nos parezca, siempre es precario –recuerdo que le dije mientras contemplábamos las maravillas de aquel edificio.

Jaime asintió.

–Seguramente tienes razón. Lo esencial es convertir esa precariedad en algo inolvidable. Si lo conseguimos, la precariedad disminuye.

–En efecto –le dije–. Lo fundamental consiste en mantener latente lo que de verdad nos gratifica mientras vivimos. El resto es pura historia.

No me equivoqué. Lo que nos impresiona favorablemente, si se nos adentra en el alma, aunque haya muerto se instala en el recuerdo para quedarse en él toda la vida.

* * *

El día ha amanecido limpio de nubes. El palacio de Liria comienza su andadura cotidiana con sonidos de aspiradoras y voces susurrantes que suavemente se van colando por las rendijas de las puertas.

Pepita Rich me comunica que el doctor Nicod requiere dar un repaso a mi estado de salud.

–En cuanto salgamos de la capilla estaré a su disposición.

El equipaje de regreso ha menguado: Petra y Pilar están finalizando la tarea de ordenarlo.

Mucho de lo que me acompañaba en mi retorno a España se va a quedar aquí. Viajar a mi antigua patria sin dejar en ella el rastro de mi presencia en forma de regalos hubiera sido impensable.

Mi familia es numerosa. Además he pernoctado cinco días en la vivienda de mi ahijada Cayetana.

Las atenciones de los Alba han sido muchas y muy gratificantes. Debo agradecer de algún modo sus muestras de cariño y amistad.

Cayetana viene a buscarme para acompañarme a la capilla. En ella se encuentran ya gran parte de los empleados del palacio, el doctor Nicod y la señora Rich. Las misas que se celebran ahora, aunque sustancialmente son idénticas a las de entonces, exteriormente son diferentes.

El sacerdote ya no se mantiene de espaldas, y las respuestas litúrgicas han dejado de ser propias del monaguillo: actualmente pertenecen a los fieles.

En vano he pretendido durante mi estancia en España recuperar la integridad de los tiempos que configuraban realidades durante nuestro reinado. Se acabaron las carrozas, los coches de caballos, los inmensos sombreros emplumados y floreados, las calles macadamizadas, las farolas de gas, los tranvías y tantas cosas que entonces nos parecían que jamás podían desaparecer.

Tras la misa, mis anfitriones me han conducido al comedor privado para desayunar.

Aunque con cierta nostalgia, no dejo de abandonar esta tierra con alegría. Las evocaciones que voy a llevarme conmigo están irisadas de cosas positivas.

De nuevo el doctor Nicod se empeña en revisar mi estado de salud. Le insisto en que me encuentro perfectamente. Pero en ocasiones el doctor Nicod es algo mandón.

Instalados ya en mi dormitorio, me toma el pulso, me obliga a que saque la lengua, me ausculta y me sube la manga para tomarme la presión.

–Todo está correcto. Sólo la tensión falla un poco. Las emociones no perdonan –me dice con aire tranquilizador–. Espero que su regreso a la Costa Azul le permita recuperarse de tantas agitaciones.

Enseguida me pregunta si he dormido bien.

–No. Pero he soñado –le respondo sonriente. Y como veo que el doctor me mira perplejo–: Mejor dicho, he vivido mi pasado.

–A veces recordar según qué pasado aumenta la tensión.

–Quizá.

Al marcharse he vuelto a echarme en la cama vestida. Le

pido a Pepita Rich que entorne las contraventanas de los balcones.

–He dormido mal –le confío–. Cuando sea la hora de dirigirnos al aeropuerto, avísame, por favor.

De nuevo la semipenumbra. De nuevo el sonido amortiguado de una ciudad repleta de rastros perdidos y de nostalgias incapaces de ser recuperadas.

Vuelve Jaime.

Era él quien me informaba de lo que en la ciudad donde ahora me encuentro, y en todo el país, estaba sucediendo al instaurarse la república.

«Las noticias que me llegan son espeluznantes», solía decirme. «El desorden cívico prevalece por encima de cualquier intento de sofocarlo.»

Supe por él que se formó un gobierno provisional con Niceto Alcalá-Zamora como presidente y Macià como presidente de la Generalidad de Cataluña.

«Pero me temo que esas presidencias no van a durar. Los comunistas, socialistas y anarquistas están imponiendo sus criterios. Todo dependerá del Gobierno que se instaure después de las elecciones.»

Por lo pronto, al mes de haberse proclamado la república comenzó la quema de los conventos. ¿Por qué? Las razones eran vagas. Se decía que el pueblo quería hacer desaparecer todo lo que la monarquía había custodiado.

El pueblo. ¿Qué pueblo? Era absurdo imaginar que el pueblo español fuera tan salvaje. De pronto las turbas, en la calle, incendiaban coches pertenecientes a los monárquicos, mientras otros grupos intentaban quemar el edificio del periódico *Abc.*

Además, tras una huelga general sin causa, comenzaron

los incendios de las iglesias, no sólo en Madrid, sino en varios lugares de España.

«Lo peor es que el Gobierno se queda impasible», insistía Jaime. «En estos momentos se han devastado cuarenta y ocho edificios religiosos.»

No tardé en saber que infinidad de obras de arte, como la iglesia de Santiago en Málaga y el colegio de Santo Tomás de Villanueva, eran ya puras cenizas.

Al parecer se hablaba mucho de un magnífico escritor llamado Manuel Azaña, que había sido secretario del Ateneo y cuya cultura era muy respetable.

De secretario pasó a ser presidente de aquella institución. Su labor fue notable: pagó deudas, renovó la decoración y el mobiliario, modernizó criterios y dio al Ateneo una vida y una orientación más acorde con los tiempos. Pero, según decían, no valía para político.

Era dubitativo, poco social, algo tosco y escasamente dado a reaccionar cuando los hechos y situaciones exigían urgencia.

Durante aquel lapso y en espera de un gobierno definitivo, Azaña asumió el Ministerio de la Guerra. No obstante, pese a su fama de misántropo y su reconocida apatía y desgana, su altura literaria y sus grandes dotes de orador lo llevaron al poder político.

A los seis meses fue nombrado presidente del Gobierno.

Por aquellas fechas y ya definitivamente instalados en Fontainebleau, los Lécera y yo hicimos varios viajes. Cambiar de ambiente era gratificante. Pero nos dolían las constantes noticias que de un modo oculto nos enviaban desde España.

El propio Alcalá-Zamora, propicio a instaurar una república civilizada y respetuosa, se vio desbordado por un fanatismo desmesurado contra todo lo que oliera a religión, a nobleza y a personas adineradas.

Los desmanes fueron en aumento con Azaña. Por las calles se escuchaban estribillos soeces cantados a viva voz. Las cárceles abrieron sus puertas no sólo a los presos políticos, sino a los mayores delincuentes. Pero Azaña no reaccionaba.

Tras el acuerdo de la cámara de separar la Iglesia del Estado, lo primero que se decretó fue la expulsión de los jesuitas.

El odio a la monarquía brotaba cada vez más brioso no sólo destruyendo y atacando todo lo que se consideraba religioso, sino derrumbando estatuas, signos reales y monárquicos, rompiendo vidrieras, saltando los rótulos de los proveedores de la Real Casa y citando a todos los nobles con el «ex» propio de lo que ya ha muerto.

Jaime, ante tanto desvarío, bromeaba: «Tú ya no eres reina: eres una ex reina, como yo soy un ex duque».

También el sentido patriótico era un legendario y decrépito sentimiento que debía apartarse de los buenos tiempos que la república propiciara: «No se dan cuenta de lo que se está cociendo en España. Fin de la paz. Dios quiera que el país no acabe hecho trizas».

Cuando le oía hablar de aquel modo, no podía evitar el gran dolor que Alfonso seguramente experimentaba. Comprendí en ese momento que España estaba perdiendo la brújula que hasta entonces había marcado los puntos cardinales de nuestro proseguir. Sin ella, aquella tierra podía convertirse en un desierto social y político donde los caminos eran torpes desvíos hacia los mayores desmanes.

Ya no se trataba de un cambio normal y corriente o de gobernantes dispuestos a mejorar el país. Lo que estaba ocurriendo era un desaforado modo de endilgarlo hacia un caos total.

Seguramente se pensó que el Gobierno recién instaurado, al ser provisional, carecía de las riendas que podían evitar las disparatadas formas de destruir las columnas más valiosas de España.

Pero incluso los periódicos se notaron aupados y fortalecidos con las declaraciones de un antiguo monárquico que jugaba a ser republicano, Miguel Maura, con frases tan poco sustanciales como las que exclamó cuando lo nombraron ministro: «El espectáculo que ofrece Madrid es algo prodigioso».

Semejantes declaraciones favorecieron que todos los periódicos de España se decantaran hacia las izquierdas. «En España no cabe un centro moderado, la palabra "república" podría convertirse en el detonante más grave de una dictadura revolucionaria», comentó Jaime.

Sólo el *Debate* se atrevió a dedicar un caluroso homenaje al rey. La apología terminaba con una frase elogiosa: «Un rey que sigue manteniendo las simpatías de la parte más numerosa de la nación». Añadía luego que Alfonso se había ido porque el Gobierno no había sabido defenderlo.

No obstante, en el editorial del mismo número se afirmaba que era preciso acatar a la república, puesto que era la forma de gobierno recién establecida en nuestro país.

Sólo el periódico *Abc* permaneció firme en sus lealtades a la monarquía. Al margen de sus convicciones, nunca desviadas, había sufrido un grave intento de incendio, por ser un periódico monárquico.

«Lo grave de España», me dijo Jaime, «es que no se admite la república como una institución normal y democrática, al contrario: "ser republicano" en nuestra nación siempre supone ser socialista, anarquista o comunista, lo cual bordea la dictadura de izquierdas».

Al parecer, de nada servía que el Estatuto Jurídico del Gobierno hubiera hecho pública su decisión de respetar de manera plena la conciencia individual mediante la libertad de creencias y culturas, sin que el Estado pudiera en momento alguno pedir al ciudadano revelación de sus convicciones religiosas. La religión continuaba siendo un obstáculo grave para cualquier opción oficial.

También se decretó la concesión de amnistías por los delitos políticos, pero indistintamente se añadieron también los reclusos con delitos criminales.

El desajuste comenzó en Bilbao: los presos comunes fueron liberados por unas turbas revolucionarias que asaltaron las cárceles gritando: «Viva el comunismo» y «Vivan los sóviets».

Al parecer, aquel desafuero no sólo ocurrió en Bilbao, también sucedió en las cárceles de Madrid, Sevilla, Valencia y Barcelona.

Pero el Gobierno no reaccionaba. Jaime lo veía todo muy claro: «No se pretende implantar una república normal, Ena. Tal como están sucediendo las cosas, es evidente que el comunismo pretende instalarse en España para cercar a Europa: en el norte, Rusia, y en el sur, España, puede ser el perímetro que vaya invadiendo a todo el continente europeo poco a poco para encarcelarlo».

En cuanto a Cataluña, al parecer todo era similar a lo que ocurría en Madrid. Con el rehilete del independentismo, rechazaron al moderado Cambó para gritar por las calles: «Visca Macià», «Mori Cambó». Porque al parecer el «Avi», como le llamaban, pensaba instalar bajo mano su república particular en Cataluña.

Las noticias que me daba Jaime eran espeluznantes. No podía imaginar que todo lo que me decía pudiera ser verídico. La indignación se sumaba a sus criterios: «Las repúblicas carecen de la fuerza monárquica», decía. «Por sólidas que parezcan, carecen de la fuerza que emana de la columna vertebral. Es precisamente esa columna lo que evita que el país se doblegue y se destruya».

Y añadía que los presidentes pueden ser apoyos de esa columna, pero nunca columnas vertebradas como lo son los reyes por derechos propios y dinásticos. Es decir, por herencias. ¿Quién se empeñaría en destruir un bien propio? Por eso sus responsabilidades por ser breves también serán siempre precarias, interesadas y también egoístas. «Cuando un país se desmanda y el caos se impone, sólo un rey puede mediar y reconstruir el orden que se precisa.»

Recuerdo que mientras me hablaba me parecía escuchar la voz de Primo repitiéndome aquella frase poco antes de que emprendiera el destierro: «La mayor parte de los españoles, Señora, son como niños: precisan siempre algo parecido a un torniquete para que España no se desangre y desnivele la balanza de su bienestar».

Al escucharle creí que se refería a la dictadura: «No, me refiero a la monarquía», continuó diciendo. «Los españoles somos bastante proclives al desequilibrio.» Y como me viera dubitativa, añadió: «Nos gusta estar arriba aunque corramos el riesgo de caer en lo más bajo. Los presidentes no son estables. No han nacido pegados a la patria. Los reyes sí. Los reyes tendrán sus defectos, pero aman a su tierra. No buscan prepotencias. Sólo aspiran a que su país no se malogre».

Al principio de aquel desbarajuste Azaña todavía no era presidente. Asumió el Ministerio de la Guerra. Al dimitir Alcalá-Zamora, se hizo cargo del Gobierno, y cuando Alcalá-Zamora fue nombrado presidente de la República, Azaña continuó en su puesto hasta finales del año 1933.

Fue un año prolífero en acontecimientos en nuestra familia.

Inesperadamente nuestro hijo primogénito nos anunció que tenía intención de casarse con una mujer joven que con él compartía reposo en el sanatorio donde vivía.

Comprendí entonces su alegría cuando yo iba a visitarlo. Indudablemente la mejoría que yo había atribuido a los cuidados médicos evidenciaba también el estado de felicidad que su novia le proporcionaba. Era cubana y por descontado ajena a cualquier nobleza europea.

Hacía muchos años que Cuba había dejado de pertenecer a España.

En cierto modo creo que mi marido, cuando su hijo le comunicó el deseo de casarse con Edelmira, vio el cielo abierto. Por eso permitió su boda con la condición de que renunciara al título de Príncipe de Asturias.

Mi hijo aceptó la propuesta. Diez días después se casaban en Lausana, primero por lo civil y luego por la Iglesia en el Sagrado Corazón de Ouchy.

Como Alfonso se negó a asistir a la boda, no vacilé en estar yo a su lado junto con mis hijas. Nuestra comunicación todavía era precaria; mi elección cuando salimos de España fue explosiva: dos años habían transcurrido desde aquel fatídico día. No quería verlo. Me negaba a compartir con él algo que pudiera obligarnos a recordar nuestro mutuo descalabro. Todo en aquel pasado era ya letra muerta, desvíos irrecuperables. Mi certidumbre sólo eran Jaime y Rosario. En ellos la palabra «paz» tenía un sentido. Por eso no deseaba volver a encontrarme con quien para mí suponía una continua guerra. Ya nada podía destruir las barreras que nos separaban. Era necesario olvidar y convertir en fábula lo que pudo ser historia.

* * *

Inútil resulta recuperar el sueño. En ocasiones el hecho de estar echados seguramente aumenta el morbo del recuerdo. Las evocaciones se vuelven tan vivas probablemente por la postura que adoptamos: el riego del cerebro es más fluido y la mente aviva el transcurrir del pasado.

A medida que el tiempo se difumina, surgen los relieves de los momentos cruciales que parecían dormidos.

Recuerdo ahora hasta qué punto las noticias que nos llegaban de España eran dolorosas: las izquierdas desenfrenadas pretendían identificar sus desmanes con el deseo de los españoles. Azaña, desde el Gobierno, admitió una Constitución que, siendo laica, y por supuesto totalmente hostil a las creencias y sentimientos del pueblo, desvirtuaba la realidad.

No fue una Constitución elaborada por consenso, sino por el rodillo aplastante de la izquierda; método que Azaña alabó y rubricó.

La boda de mi hijo Alfonso no fue un acto relevante. Al contrario, se celebró como de puntillas y en la más rigurosa intimidad.

En cierto modo, la negativa de Alfonso a formar parte de aquel acontecimiento era una manera de desligarse de lo que durante tantos años se había negado a realizar. El Príncipe de Asturias de ninguna forma podía haber servido a la corona si en el futuro la monarquía llegara a restaurarse. Débil, poco preparado y ansioso de vivir desinhibido de problemas políticos y aferrado a quien lo quisiera de verdad, mi hijo buscaba consuelo en alguien que pudiera hacerle un poco feliz.

Su amor por la cubana no era una entelequia. Estaba verdaderamente enamorado de ella. «Te lo aseguro, mamá. Al lado de Edelmira yo seré feliz.»

Al salir de la iglesia, mis hijas y yo lo acompañamos a la estación. Pensé que Alfonso había asumido totalmente los gastos de nuestro hijo; sin embargo, la realidad o quizá la falta de una madurez que mi hijo jamás pudo alcanzar convirtieron su viaje de novios en un verdadero descalabro.

Afianzados en la postura de «hijos de un rey», fueron introduciéndose en el laberinto de los desconciertos hasta verse forzados a caer en pequeñas bajezas, que, cuando lo supe, me causaron una auténtica descarga de dolor.

Se lo dije a Jaime: «Acaban de asegurarme que mi hijo y Edelmira se ven obligados a pagar los hoteles exhibiéndose en el comedor para atraer a los huéspedes».

Jaime asintió: «Lo sabía, pero no me atrevía a decírtelo».

Tres años duró aquella pantomima.

El amor de Edelmira probablemente fue sólo una fascinación causada por el hecho deslumbrante de casarse con el heredero de una corona que, aunque perdida, seguramente podía recuperarse.

El hecho fue que tres años después, cuando en España estalló la Guerra Civil, Edelmira, harta ya de esperar lo que jamás conseguiría (ser «alguien» en la alta sociedad), telefoneó a la infanta Eulalia para comunicarle que dejaba a su marido y que se iba a América.

Otra guerra. Otra incertidumbre. Otro dolor quebrando la vida de mi hijo y la mía.

Alfonso continuaba enamorado de aquella mujer. Desesperado, al verse abandonado corrió en su búsqueda con la esperanza de reconquistarla. No podía admitir que tanta efusión compartida pudiera repentinamente esfumarse.

Al parecer, cuando se vieron en Nueva York era tal su necesidad de ella, que no vaciló en mentirle: le aseguró que su renuncia al trono no era válida. Pero Edelmira no quiso escucharlo. La falta de salud de su marido podía soportarse en un sanatorio, pero en la vida corriente no era posible encajarla. El amor-pasión siempre es precario. Es como el hielo: guarda y conserva, pero cuando se despedaza, se deshiela y se convierte en agua.

Desmoralizado, mi hijo no se conformaba con afrontar la vida a solas. La quería. La necesitaba. Sobre todo, precisaba sentirse apoyado, protegido y también querido.

Su padre, desde la distancia, le adjudicó un secretario que administraba sus gastos a costa de mi marido. Pero aunque con la vida resuelta, mi hijo se notaba desarraigado, triste, desesperado.

Durante su estancia en América sufrió percances que, como siempre, exigieron varias transfusiones de sangre.

Un año después obtuvo el divorcio en La Habana.

De nuevo la soledad, el vacío y la maldición de la adelfa empañando cualquier vestigio de esperanza.

Por aquel entonces España continuaba también enferma de hemofilia política. En el frente de Teruel, España se desangraba. Nada en el entorno de mi vida, salvo el aliento que me habían prestado los Lécera, era positivo. Pero en aquella época los Lécera ya no estaban conmigo.

Iba a correr a su lado cuando me dijeron que Alfonso se había casado por lo civil con otra mujer. Era hija de un dentista y ejercía de modelo. Viajaron a Miami. Recuerdo su nombre: María Rocafort. Aquel amor duró poco. Menos que el anterior.

Desmoralizado, mi hijo vivía muriendo entre hospitales y cabarets. Quería sentirse sano, normal y capacitado para llevar una existencia sin problemas crónicos. Se negaba a ser un andrajo de hombre con sensibilidad de coloso. Se obstinaba en ser una persona corriente, sin lacras ni desalientos, y deambulando por Miami topó con otra mujer.

Fue en septiembre. Un septiembre fatídico que jamás pude olvidar. Ella era prostituta. En ocasiones son esas mujeres las que mejor comprenden las miserias de los hombres desesperados. Mi hijo era uno de ellos. Tenía ya treinta y un años, era guapo, era sensible y sobre todo estaba destruido. Al acercarse a ella se identificó: «Sólo pido un poco de cariño: estoy enfermo y seguramente pronto moriré. Por favor, sé buena conmigo», le dijo. «Soy muy desgraciado.»

Se llamaba Mildred Gaydon y tenía cuatro años más que mi hijo. Al principio Mildred, algo reticente, le respondió que ella no era una ramera fácil. «No importa. Sólo pido que me escuches. No voy a exigirte más. Necesito comunicarme, estoy solo y mi vida pende de un hilo. Por favor, ayúdame.»

Lo suplicaba porque sabía que las prostitutas saben ayudar. Comprenden. Y sobre todo asumen los hundimientos ajenos como si fueran propios. También ellas en cierto modo arrastran en la precaria faceta de su condición el deseo angustioso de ser comprendidas.

Tal vez por eso aquella mujer no tuvo reparo en ser para Alfonso la madre que en aquellos momentos se hallaba en otro continente ajena al dolor de su hijo.

Nuestra comunicación no podía ser fluida. Y entonces las distancias ante situaciones que requerían urgencias eran implacables. Llegar a tiempo era un proceso difícil. Las horas fluían lentas y los días eran eternos.

Tras el accidente que lo condujo a la muerte, nos avisaron a Alfonso y a mí.

Alfonso se abstuvo de viajar a América. Probablemente creyó que se trataba de un accidente más en la desgraciada vida de su hijo.

Yo me encontraba entonces en la isla de Wight e inmediatamente me trasladé a Southampton para embarcarme en el *Queen Mary,* por ser el medio más rápido de llegar a América.

Confiaba aún en que mi hijo sanara. Muchas habían sido las urgencias que parecían irreparables y sin embargo siempre las había vencido. La travesía abarcaba cuatro días.

Cuatro días navegando. Cuatro noches de insomnio. Cuatro dolores latentes: el miedo, los autorreproches, la inmensa tristeza y también el deseo grande de que mi hijo, por fin, descansara; que su vida, tan valiosa para mí, dejara de ser una constante búsqueda de felicidades imposibles. Todas se cumplieron.

Ésa fue mi travesía: una especie de purgatorio que, lejos de prometerme un cielo, me introducía hora tras hora en el infierno de las inquietudes más dolorosas.

Cuando ya de madrugada llegamos al puerto de Nueva York, supe la verdad; mi hijo llevaba muerto dos días. De allí me trasladé a Miami, donde me dijeron que al conocer mi próxima llegada Alfonso no hacía más que repetir: «Mother, mother».

Aquel mismo día mandé decir misas por su alma. También quise conocer a la persona que había estado con él hasta su muerte. Precisaba verla, oír el relato de lo ocurrido de sus propios labios.

Me advirtieron que se trataba de una prostituta. ¿Qué importaba? «Es un ser humano. Necesito verla. Ella estuvo con mi hijo hasta que murió.»

Cuando la vi entrar en la salita del hotel donde me hospedaba, me sorprendió su belleza. Era morena, alta y sus facciones parecían armonizar con las de una persona profundamente buena.

Le pedí que se sentara.

«Conocí a su hijo en un cabaret», empezó diciendo.

Al parecer, lo había visto muy decaído y triste. Le confió que conocía todos los hospitales de España, de Francia, de Inglaterra, de Nueva York, de Cuba y que aquella misma noche acababa de salir de un hospital de Miami. Al escucharlo comprendió que precisaba ayuda. «Me contó que su madre era inglesa y que en aquellos momentos se hallaba en la isla de Wight. Yo ni siquiera sabía dónde estaba esa isla, pero le dejé hablar», continuó diciendo Mildred.

Su relato al parecer fue patético: «No he visto a mi madre desde que me hicieron una transfusión de sangre en Nueva York», empezó diciendo. A continuación le confió también que se encontraba muy solo. «No tengo a nadie. Por favor, ayúdame. Necesito hablar con alguien que me escuche.»

Y habló. «Me explicó su vida», añadió Mildred con ojos llorosos. «Comprendí que su hijo deseaba desesperadamente que lo atendieran, que lo único que pretendía era sentirse acompañado», continuó diciéndome. «Lo acepté. Lo escuché y hasta lloré con él.»

Al salir del local donde se habían encontrado, Mildred, emocionada y llena de piedad por aquel cliente tan desolado, le propuso dar una vuelta en coche y detenerse en algún *drive-in* de Cayo Largo cercano a la carretera. «No debí hacerlo», me explicó compungida. «Pero yo sólo pretendía que olvidara, que su tristeza crónica menguara un poco.»

Al parecer, mi hijo aceptó complacido, pero al entrar en el coche Mildred consiguió impedir que se pusiera al volante: «Temí que el alcohol que había ingerido pudiera afectarlo».

Casualmente, mientras entraban en el vehículo, se cruzaron con el doctor que lo había atendido en el hospital de Cuba. «Fue providencial», me confió de nuevo Mildred. «Sin embargo, tengo la impresión de que, al verlo, su hijo estaba convencido de que iba a morir: para él debió de ser algo parecido a una premonición».

Era duro escuchar su relato. Fuera cual fuere la calidad de vida de aquella mujer, lo que destacaba en ella por encima de todo era un acentuado afán de ayudar a mi hijo y el dolor que su muerte le estaba ocasionando.

«Confiada en que el alcohol podía inhibirlo de tanta desgracia, le propuse entrar en la casa de Mac. Allí bebimos mucho más. Teníamos el contento propio de los que fían en los efectos etílicos. La vida era bonita en aquellos momentos. Todo iba a cambiar para él», continuó explicando. «Pero al salir a la carretera su hijo quiso ponerse al volante. No pude disuadirlo. Se notaba seguro, prepotente. "No debes temer", me dijo. "Conduzco bien, me enseñó mi padre".»

Mildred tragó saliva porque su voz perdía nitidez. Sufría. Le agobiaba reconstruir la escena que había llevado a mi hijo a la muerte. Sosegada, continuó su relato. Me dijo que él se acomodó al volante con aire seguro. Quitó el freno, puso la primera y arrancó con fuerza como quien considera que el mundo es suyo.

Mildred intentó suplicarle que no corriera tanto, pero ya era tarde: el vehículo se empotró contra un poste de teléfono del bulevar Biscayne.

Desde entonces han pasado treinta y siete años, pero cada vez que recuerdo a mi hijo la voz de Mildred continúa sonando en mis oídos como si la tuviera a mi lado.

No he vuelto a verla. Ignoro qué ha sido de su vida. Pero sigo experimentando por aquella muchacha un cariño inmenso. Creo sinceramente que fue ella la única persona que, de un modo desinteresado, amó de verdad a mi hijo.

Ninguna de sus otras mujeres vertió tantas lágrimas por él como las vertió Mildred: «Yo quería ayudarlo, Señora. Yo pretendía que fuera un poco feliz», repetía constantemente.

Dios quiso que el doctor cubano que conocía a mi hijo sintiera la necesidad al cruzarse con él de correr a su encuentro. Algo presentía. Pero llegó tarde. Mi hijo una vez más chocó contra el parabrisas y se hizo una herida profunda en la frente que sangraba sin parar. «Intenté incorporarlo, pero no tuve fuerzas», siguió explicándome Mildred.

Fue el doctor cubano quien lo trasladó como pudo al hospital Garland de Miami, pero cuando yo llegué allí mi hijo ya no existía. Existía el remordimiento y una inmensa tristeza: no estuve a su lado mientras moría. Ya no podía llamarme, pero desde donde ahora se encuentra tengo la seguridad de que probablemente sabrá que fue su muerte lo que me facilitó el hecho de renunciar definitivamente a aquel otro amor-amistad que sólo duró siete años.

* * *

Escucho los pasos de Pepita Rich aproximándose a mi alcoba. Antes de que llegue, me levanto de la cama para abrirle la puerta.

–Señora, se acerca la hora. Su Majestad don Juan ha salido ya de la Zarzuela con los príncipes para llevarla al aeropuerto. Petra y Pilar están dispuestas, y los señores duques de Alba han organizado un pequeño almuerzo por si Vuestra Majestad desea tomar algo antes de emprender el viaje.

Agradezco la atención de los duques, pero el desayuno ha sido abundante. A decir verdad, no tengo apetito. El hecho de abandonar España convencida de que ya no podré regresar se me antoja una especie de descalabro algo parecido a lo que experimenté aquella madrugada del 15 de abril.

Cuánto ha muerto desde entonces. Sin embargo, cuánto queda aún por morir.

Los pasados siempre regresan. Las vidas actuales ¿tendrán mañana un valor positivo? Es difícil saber lo que el porvenir depara al hombre. La tierra es un constante retroceder hacia el ayer, pretendiendo avanzar hacia el mañana.

Afortunadamente, cuando se llega a mi edad resulta evidente comprobar que la vida, por muy completa que nos parezca, cuando va menguando aumenta. Jaime siempre lo decía: «Lo que llamamos vida es demasiado importante para que lo que la muerte pueda ofrecernos no lo sea mucho más».

Tenía razón. ¿En qué consiste vivir? Cuántas veces me he hecho esta pregunta. Lo sé ahora que soy vieja: vivir es únicamente un desquiciado y maravilloso ensayo general para la representación que nos espera más allá de lo que llamamos vida.

Asimismo me he preguntado qué hubiera ocurrido si, tras la Guerra Civil ganada por Franco, Alfonso hubiera vuelto a reinar. La reticencia del General por restaurar la monarquía tuvo sus aliados primeramente en la inmediata Segunda Guerra Mundial y después en la muerte de mi marido. De haber vivido al final de la Guerra Civil, Franco nunca se hubiera opuesto a que Alfonso recobrara el trono. No hubiera podido. Siempre había actuado de un modo fiel a la monarquía. Pero Alfonso murió poco después de la contienda española y Franco decidió esperar. ¿Hasta cuándo? ¿Será mi hijo Juan el próximo rey de España? Resulta difícil saberlo. Tarda demasiado tiempo en manifestarse.

A mi entender se equivoca: las gentes que soportaron la horrible guerra de España hubieran aceptado el regreso de un rey con los brazos abiertos.

En estos momentos España es una nación desconcertada, alejada del mundo y bañada en estrecheces. ¿Qué espera ese hombre para convertir esta tierra en un pedazo de Europa? ¿No comprende que cuanto más tarde en restaurar la monarquía más se irán debilitando las fuerzas básicas de la nación?

Si su existencia se prolonga demasiado, cuando se corone tanto a mi hijo Juan como a mi nieto Juanito el pedazo de médula infectada de anarquismo, socialismo y comunismo que todavía late a escondidas en los silencios impuestos por el dictador se expanderá y dominará a una gran parte de los españoles (como ocurrió tras la dictadura de Primo) desbocadamente y exigiendo lo mismo que proclamaba la Segunda República: separatismo, ataques a la religión, terrorismos indiscriminados y leyes que puedan ser delictivas.

De nada habrá valido una guerra para que los desmanes se extiendan por la Península.

«Los pasados siempre vuelven», me decía Jaime. «Y a veces con mayores ímpetus.»

Espero que Jaime no tenga razón, porque lo que ocurrió en España durante los ocho años que fue republicana se convirtieron en ocho inmensos suicidios sociales y políticos.

Lo grave era que todo se tamizaba por el cedazo de la libertad. Pero la libertad republicana se alimentaba de una infinidad de libertades que permitían matar sin castigo, dictar órdenes y leyes propicias al amor libre, atacar a los nobles y pudientes, nacionalizar los bienes de la Iglesia, atenazarla, convertirla en un reo y despojarla del respeto requerido. Por supuesto también se expropiaron los bienes particulares para cederlos al pueblo, y convertirlos en lujosos lugares de recreo. Asimismo hubo degradaciones como las que sufrió el cardenal Segura por haber defendido los derechos de Dios antes que los del pueblo; enseguida se decretó la disolución de las órdenes religiosas que, además de acatar los tres votos canónigos, no se avinieran a colaborar y obedecer a las distintas autoridades del Estado. Por consiguiente el Estado tenía todos los derechos legales para nacionalizar sus bienes y cederlos a fines benéficos y docentes según sus criterios laicistas.

De hecho, aquella república (que en un principio se pretendía establecer de un modo civilizado y sin grandes gestos revolucionarios) era ya un desafío claro hacia todo lo que oliera a serenidad, placidez, sensatez, honestidad y paz.

Las noticias que llegaban de España resultaban angustiosas. Generalmente venían a nosotros a través de Pepe Mamblas, duque de Baena, que se había exiliado voluntariamente y vivía en Biarritz.

Su calidad de diplomático fue muy valiosa para los desterrados de la zona roja. Durante la Guerra Civil, cuando ni los Lécera ni yo estábamos ya en Fontainebleau, era a través de él de quien recibía cartas de los amigos de España. Las de Jaime las guardé mucho tiempo. En ellas siempre reiteraba todo cuanto había experimentado por mí desde que nos habíamos conocido; no obstante, cuando mi hijo Alfonso murió, sentí la necesidad imperiosa de romperlas y suspender por algún tiempo nuestra comunicación. Habían transcurrido dos años desde que la guerra había empezado en España y en cierto modo yo me notaba culpable por la muerte de aquel ser tan querido.

Con todo, la comunicación con Jaime recobró fluidez a medida que la Guerra Civil avanzaba. Pepe Mamblas continuaba siendo receptor y transmisor de nuestras mutuas comunicaciones.

Al poco tiempo de estallar aquel horrible conflicto bélico, Guipúzcoa fue conquistada por los llamados nacionales y San Sebastián se convirtió en la ciudad remanso que, por rozar la frontera francesa, permitía a través de Biarritz una comunicación fluida entre Francia y la España blanca.

Para entonces Pepe Mamblas era en cierto modo el gran cartero de España. Incluso cuando tras la guerra española estalló la Segunda Guerra Mundial, Pepe nunca dejó de ayudar a los amigos que precisaban comunicarse con el extranjero.

No obstante, su exilio duró muchos años, ya que jamás quiso volver a su tierra por discrepar de las actitudes de Franco.

Sin embargo, cuando la Guerra Civil todavía era sólo una probabilidad futura debido a los desmanes que la república había producido, yo todavía vivía en Fontainebleau con los Lécera. Corría el año 1934 y mi hijo Alfonso aún trataba de rehacer su desgraciada vida, dando tumbos desesperados para que el escaso tiempo que le quedaba de vida le permitiera encontrar a alguien que le hiciera feliz. No lo conseguía. Era imposible. Tampoco quería reunirse con sus hermanos en Europa.

Roma era una ciudad abierta a la belleza y a una paz que tampoco podía durar. Pero mi marido conservaba buenos recuerdos de aquella ciudad y decidió instalarse en ella con el resto de nuestros hijos.

En varias ocasiones los había yo visitado mientras viajaba con los Lécera, pero siempre durante las ausencias de Alfonso.

Un año antes, en España se habían celebrado elecciones generales: ganaron las derechas. Esa circunstancia se debió principalmente a que la mujer tenía ya derecho al voto. Pero el resultado, lejos de favorecer las tendencias izquierdistas como se pretendía, se decantó hacia las derechas porque, al margen de los desmanes que venían arruinando la vida cotidiana española, todas las monjas salieron de sus conventos para prestar apoyo al remedio derechista. Y en aquella época todavía fluían con entusiasmo y generosidad vocaciones religiosas en todo el país.

Vencieron Gil-Robles y Lerroux; no obstante, aquel triunfo duró poco. El Estatuto catalán (aprobado ya hacía dos años) dio en convertirse para Companys en una afirmación de los derechos independentistas y en octubre de aquel mismo año, ante una muchedumbre congregada en aquel entonces en la plaza de la República, el gobierno de la Generalidad proclamó desde el balcón principal el Estado catalán dentro de la República Federal Española.

La reacción fue instantánea. El ejército bombardeó el edificio y Companys tuvo que entregarse.

También en Asturias hubo levantamientos revolucionarios.

Cuando ahora pienso en las noticias que entonces nos llegaban, todavía no acabo de comprender cuál era la causa que convertía a los españoles que yo había conocido en verdaderos depredadores de su propia tierra.

De hecho, el río de sensatez que siempre había yo conocido mientras fui reina, por carecer de cauces sólidos, se estaba desbocando sin que los remedios políticos pudieran acallar tanto desmán.

Todo en España parecía anegado en una charca de despropósitos. Era como si la guerra que asoló aquella tierra dos años después hubiera ya comenzado.

Nadie entendía aquella horrible y desaforada existencia en un país que hasta la llegada de la república había sido un remanso de sencillez civil.

De nada valía que el ejército tratase de encalmar aquel inexplicable desvarío. ¿Por qué? ¿Por qué tanto odio flotando en el ambiente? ¿Por qué tanta locura desatada?

De pronto lo inesperado: me llegó desde Austria donde Alfonso veraneaba. Beatriz y Gonzalo habían acudido a visitarlo. Todo era normal, todo parecía inofensivo. Nada despedía tufos de alarmas dolorosas, hasta que estalló la noticia: «Gonzalo ha tenido un accidente».

En aquellos momentos fue como si el desfalco que España sufría se hubiera adueñado de nuestra familia.

Corrí a su encuentro. Allí estaba también mi marido. Casi no hablamos. Lo esencial era Gonzalo, aquel hijo pequeño que en cierta ocasión me vio llorar. Todavía vivía pero ya con el desvarío de la muerte en la mirada.

Me explicaron que mientras su hermana Beatriz conducía el automóvil con él al lado tuvieron un pequeño choque que carecía de importancia. «Fue sólo un frenazo», repetía mi hija acongojada. «Frené para no chocar contra la bicicleta que montaba el barón de Neimann.»

Gonzalo no tuvo heridas graves, ni lesiones profundas. Tuvo muerte. Una muerte absurda que no paraba de sangrar cuerpo adentro.

Otra prueba. Otro dolor que reconstruía de nuevo los dolores constantes que Alfonso nunca me perdonaba. Recuerdo ahora su mirada, cuando tras ver el rostro cetrino de nuestro hijo se dirigió a mí casi despectivamente: «Tenía veinte años», dijo. Y salió de la estancia como si aquella frase resumiera el total desencanto que le producía verme convertida en un reguero de lágrimas.

Yo era la culpable. Yo había transmitido la savia envenenada a aquel ser que tanto queríamos los dos.

Fue aquella muerte lo que más contribuyó a que mi separación de Alfonso se dilatara. «No volveré a verlo», me dije. Resultaba duro comprender que aquel muchacho tan lleno de vida, inteligente, estudioso, con un porvenir brillante, había muerto desangrado por sortear el choque contra la bicicleta de alguien que ni siquiera conocía.

Todo era absurdo. Todo se aliaba para desmontar de nuevo aquellos brotes de felicidad que mi estancia en Fontainebleau me había proporcionado.

Cuando tras el funeral regresé a Francia, sólo el apoyo

de Jaime y de Rosario pudieron conseguir que mis lágrimas se paralizaran un poco tras aquel dolor imprevisto.

Cuántas veces he pensado que si no hubiera sido por ellos tal vez me hubiera resultado imposible superar aquel nuevo eclipse de mi vida.

Dicen que el tiempo nos permite convertir los recuerdos dolorosos en dulces brotes de añoranzas sin dolor. Pero no es cierto. El dolor siempre apunta sus flechas envenenadas hacia el duro blanco de la resignación. Y la resignación nunca es dulce. Sólo nos permite vivir sin desesperarnos.

Entretanto, las noticias de España parecían ser menos desastrosas. La agitación social capitaneada por el general Sanjurjo motivó el cese de Azaña. Lerroux llevaba ya un año siendo presidente de la República y aquel breve período más o menos derechista alentó a no pocos españoles.

Azaña tuvo que retirarse por un tiempo breve; no obstante, sus ansias de poder no disminuían. Desde su retirada, creó el partido Izquierda Republicana, pero fundiéndose con socialistas radicales y con la Organización Republicana Gallega Autónoma.

Era imposible entender aquel desbarajuste.

¿Por qué tanta autonomía? ¿Qué se pretendía? ¿Desmembrar el país? ¿Qué podían ser los separatismos sino lamentables suicidios territoriales?

La prioridad de las derechas fue sólo un soplo de aire en pleno ahogo político.

Durante aquel período hubo una mayor sensatez civil, las órdenes religiosas fueron menos zarandeadas y desprestigiadas y los obispos pudieron expresar sus opiniones sin que se intentara censurarlas y ridiculizarlas.

Pero fue un respiro breve. El movimiento comunista no

cesaba de trabajar soterradamente. La gente, desorientada, temía sondeos ocultos que de pronto brotaban en forma de atracos solapados pidiendo donativos para el Socorro Rojo mientras esgrimían, medio ocultas, pistolas y armas blancas. Los ambientes volvían a caldearse: «La amenaza militar siempre es mejor que las propuestas soviéticas», se decía. Pero todo se comentaba en sordina para no caer en desgracia y ser malinterpretado. Las izquierdas se habían identificado con las tendencias soviéticas y no estar de acuerdo con ellas podía consistir en algo parecido a una peligrosa y caduca forma de pensar.

Por aquel tiempo me comunicaron que nuestra hija Beatriz iba a casarse con el príncipe de Torlonia. La boda iba a celebrarse en Roma. Pero yo no asistí. No podía. Llevaba todavía incrustado el dolor de la muerte de Gonzalo y la desoladora reacción de Alfonso cuando nos encontramos frente a frente con el cuerpo inerte de nuestro hijo entre ambos.

Aquel mismo año se casó Jaime con Emanuela de Dampierre, lo cual reforzó el hecho de que el título de Príncipe de Asturias perteneciese a nuestro hijo Juan. Para evitar problemas, Alfonso no asistió a la boda. Asistí yo. Era evidente que todo había sido un montaje entre la familia Dampierre y mi marido para garantizar definitivamente su incapacitación como heredero de la corona.

Quedaba Juan. El futuro Juan III. Entretanto los disturbios y graves problemas cívicos continuaban en España. Aunque nadie podía imaginar lo que se estaba cociendo; aquel año fue desde su principio un constante cúmulo de incertidumbres.

Por las noticias que nos llegaban supe que las derechas habían comenzado su declive y que las elecciones municipales daban prioridad a las izquierdas republicanas. De nuevo el pavimento político del país parecía estallar de bríos comunistas. Era notorio que lo que se pretendía consistía en dominar a los ayuntamientos para proclamar la dictadura soviética, es decir, vinculando la voluntad del pueblo a unas elecciones parecidas a las que ilegalmente habían caracterizado la llegada de la república.

El estado de terror que se vivía en España era insoportable. Especialmente después del último Consejo de Ministros, que tuvo lugar el 2 de abril del año 1935.

Al parecer, debido a la peligrosa inestabilidad que sufría España, Alcalá-Zamora aconsejó suspender las Cortes. Pero Azaña, de nuevo jefe de Gobierno, se opuso.

Según me contaron, los dos presidentes se enfrentaron duramente.

Era mayo. Un mayo extraviado en contradicciones, temores y en la convicción de que algo muy tenebroso podría llevar a España al peor de los destinos.

Todo era transitorio y precario. Todo se sumía en probables pesadillas que astutamente iban ganando terreno en la vida cotidiana.

Se dice ahora que la guerra que un año después estalló en España fue un levantamiento contra la república legalmente constituida. Pero no es cierto. El levantamiento militar no fue contra la república, sino contra lo que aquella república ilegal y sus dirigentes permitían y apoyaban.

Entretanto mi hijo Juan a finales de aquel año contrajo matrimonio con su prima María de las Mercedes de Orleans. Tampoco asistí a la ceremonia. Lo sentí por él. Pero el ánimo aniquilador que me envolvía desvanecía cualquier intento de enfrentarme de nuevo con mi marido.

En vano Jaime trataba de borrar las nubes borrascosas que constantemente se adentraban en mis desánimos.

Todo pesaba, todo era noche. Nada, salvo las constantes atenciones de Jaime y de su mujer, podía minimizar aquel principio depresivo que convertía los días en desvaríos que atufaban a muerte y que siempre apuntaban hacia lo que más podía dolerme.

¿Por qué me sentía culpable? ¿Por qué, cuanto más pretendía estabilizar mi vida, más se iba desmoronando?

Nada era ya lo mismo en el fluir de los días y de los años.

Sin embargo, cuando en mis insomnios meditaba sobre los desfalcos de mi vida, tenía la impresión de que la culpa de todo lo que ocurría se debía a mis hipotéticos errores.

El tiempo pasaba arrastrando lentamente sueños vencidos y esperanzas que día a día se iban desvaneciendo en miedos y en autorreproches. Los años transcurrían como transcurren los tornados: dejando tras ellos lastres de cosas muertas y troceadas. Ignoraba las causas concretas. Pero nunca podía dejar de imaginar que tantos descalabros sucedían por no haber sabido ser una reina tal como los españoles querían que fuera.

Mas mis temores se disipaban cuando recordaba que el amor que Alfonso sentía por Carmen continuaba latente en su propio descalabro como rey.

«Varias veces ha intentado que Carmen y los niños se trasladen a Francia. Pero ella se niega», me dijeron.

Me dolía que, siendo un hombre siempre asediado por «mujeres pasatiempos», Carmen Ruiz Moragas, tan madre de sus hijos como lo fui yo, se negara a volver a verlo. ¿Por qué?

Jaime siempre encontraba una respuesta a mis constantes incomprensiones: «Desengáñate, Ena. El ser humano es por naturaleza extremista: cuanto más amamos, más expuestos estamos a odiar». Pero ¿sentía Carmen verdadero odio por el padre de sus hijos? ¿En qué se basaba para despreciarlo?

«Las grandes pasiones siempre son las últimas», me dijo. Y, como viera mi extrañeza, añadió: «Las primeras mueren por inanición anímica, en ellas sólo predomina el sexo. En cambio, a medida que se envejece la solidez se reafirma». Y, ante mi asombro, añadió: «La verdadera juventud no consiste en tener la piel tersa. Consiste en que los sentimientos maduren».

Comprendo ahora qué duro debió de ser para Alfonso verse menospreciado por quien por primera vez en la vida le había abierto las puertas de un amor duradero.

Recuerdo que Jaime, siempre atento a mis consideraciones, aquella vez añadió: «Desengáñate, Ena, todos somos enemigos de nosotros mismos. También el masoquismo puede disfrazarse de amor».

Cuántas veces la voz de Jaime suena en mis oídos desde que la Guerra Civil partió en dos nuestra convivencia.

También aquel año fatídico debió de ser para Alfonso muy doloroso: Carmen Ruiz Moragas murió un mes antes de que la Guerra Civil estallara en España.

Pero de hecho todo cuanto afectaba a los españoles era ya un aviso de muerte.

Corría mayo. Cuántas veces a lo largo de mi vida he llegado a creer que mayo es un mes peligroso. La naturaleza se desquicia, se vuelve belicosa, y los trastornos humanos se multiplican. Será, como dicen, el mes de las flores, pero también las flores pueden ser venenosas.

Nada en mayo es estable. Cualquier imprevisto convierte el clima en tormentas, pedruscos, lluvias o fragores de ardores inesperados.

Aunque con indudables síntomas de inestabilidad, aquel mayo auguraba algo muy grave. Algo que, si no se tomaban medidas drásticas, podía convertir al país en un barrizal fangoso.

Incluso el dirigente socialista Indalecio Prieto, siempre tan antidictatorial, el día primero de aquel mes hizo una clarísima condena del clima de violencia general que se vivía en España. Inesperadamente, se mostró partidario de formar un gobierno nacional moderado para zanjar tantas y tantas tropelías que se derramaban constantemente en la vida ciudadana.

Fue aquella proposición tan insólita lo que impulsó a José Antonio Primo de Rivera a proclamar que Prieto, al fin, se acercaba al falangismo que él lideraba.

También entonces, según me informaron, empezó a cocerse, en el anonimato, un alzamiento nacional para defender a España de tantos desastres internos.

En medio de aquel desbarajuste, el día 10 de aquel mes, fue nombrado Azaña presidente de la República. Eso sí, con la abstención de la CEDA.

Estoy viendo a Jaime llevándose las manos a la cabeza: «Ese hombre va a acabar con España», recuerdo que me dijo.

Estábamos ambos en el jardín de su villa, junto a Rosario y los niños. Ya no eran pequeños. Eran adolescentes. En ellos no cabía aún el temor que entre los mayores constituía una constante pesadilla llena de interrogantes. Ni siquiera entendían lo que significaba una guerra. Ni sabían de intervenciones militares, ni de los vacíos brumosos que su país experimentaba. Lo único que comprendían era que su amiga Ena ya no era reina. Y que, gracias a ello, yo podía tratarlos como había tratado a mis hijos cuando eran pequeños.

Por aquella época el azañista Santiago Casares Quiroga fue nombrado jefe de Gobierno sin perder su cartera de Guerra.

Todo se arremolinaba en extrañas maniobras letales. Nada parecía normal. Los días transcurrían insertos en desánimos. Lentamente, aquello que Alfonso había querido evitar iba aflorando sin que cupiera la probabilidad de frenar el alud de insensateces que España estaba padeciendo.

De pronto nos enteramos de que José Antonio Primo había ingresado en la cárcel. ¿Por qué? Nadie lo sabía. Probablemente por ser hijo de su padre.

Cuando me comunicaron aquella noticia, experimenté una especie de escalofrío. No podía olvidar el rostro amable de aquel hombre que tuvo la gentileza de acompañarnos, hacía ya cinco años, durante la noche del día 14 al 15 de abril, camino de un exilio que nunca fue un retorno oficial. El de ahora sólo ha durado cinco días. El General se ha dignado facilitar mi regreso a modo de un permiso particular, pero a condición de que fuera breve.

Y recuerdo a su padre, perdido ya en los reproches que poco después contribuyeron a derrumbar el trono de mi marido. Y me noto arrastrada por sensaciones autónomas que lentamente me iban introduciendo a la rebeldía.

Nada en aquellos momentos me parecía justo: de nuevo los disturbios, de nuevo los enfrentamientos contra la Guardia Civil y los campesinos revolucionarios. De improviso, la ley de desahucios rústicos: los ricos al infierno; los proletarios al saqueo.

Asustado por todo lo que ocurría, Largo Caballero propuso una dictadura del proletariado y, ya en los límites de los desafueros, Miguel Maura inició una campaña de prensa pidiendo desesperadamente una dictadura republicana.

Así era España: un enfermo crónico que sólo podía curarse decantándose hacia los extremos.

De nuevo las huelgas, los terrorismos, las amenazas. De nuevo el horror de salir a la calle y de nuevo la Generalidad conspirando y reorganizando el separatismo con un Companys recuperado, reforzado con bríos nuevos y llevando una corona de flores a la tumba de Macià.

Y la gente ociosa amparando aquellos estropicios.

«Las multitudes precisan carnaza para sentirse "algo"», recuerdo que Jaime me dijo. «Es muy triste pensar que en España el centro se convierte siempre en una entelequia.»

El ambiente se iba llenando de presagios que, por lo solapados, mantenían a los españoles en constantes vigilias henchidas de probabilidades adversas. Los bancos se iban despojando de cuentas corrientes, de alhajas en las cajas fuertes y de peticiones de créditos. En cambio la solicitud de pasaportes aumentaba.

Algo que no llegaba a definirse vaciaba las mentes de seguridades. Todo en cualquier momento podía constituir una hecatombe. La gente hablaba de salir del país. La densidad propia de unas hostilidades desaforadas lo estaba exigiendo.

No obstante, el desbarajuste que flotaba en el ambiente todavía no se denominaba guerra. Lo que se temía era una revolución: algo que podía resultar brumoso y molesto, pero no definitivamente agresivo; y por supuesto fácilmente atajable.

En cuanto a mi estado de ánimo, debo confesar que no sólo me abrumaba y me dolía lo que estaba ocurriendo en aquella tierra ya perdida para mí (aunque eso sí: clavada en el dolor de lo que se ha perdido), sino que se abría una brecha grande en algo que podía afectar la suave cotidianidad en Fontainebleau.

También allí comenzaba a formarse una nube que mermaba mi plácida convivencia con los Lécera.

Era difícil definir la causa. Aparentemente todo seguía igual. Era como si los sentidos se fueran paralizando sin saber exactamente cuál era el motivo de aquel tullimiento, todavía inserto en extraños presentimientos que dolían sin saber por qué. Me notaba confusa. ¿En qué consistía aquella nueva desazón?

Lo supe dos meses después, cuando julio se hallaba ya asentado en los calores veraniegos y la patria perdida decidió suicidarse partiendo en dos las causas de su inmolación.

* * *

Instalada junto a mi hijo Juan y mi nuera María, emprendemos el recorrido hacia el aeropuerto de Barajas. Los duques de Alba nos siguen en otro coche.

El día ha amanecido sin nubes. Dicen que mi vuelo a Niza será arropado por un sol que el retorno a España me negó.

A veces los soles fingen ser cicateros, pero no engañan. Pese a todo, mi llegada a España, aunque llovía, fue el día más soleado de mi existencia.

Recuerdo hasta qué punto las multitudes cercaban el aeropuerto con gritos alentadores que desde las terrazas del edificio llegaban a modo de oleadas a mis oídos, alterando las cuerdas más sensibles de las emociones que no se esperan.

«Está lloviendo en España, Señora», me dijeron antes de que el avión aterrizara. Pero cuando llegué sólo fue un lagrimeo muy emotivo que el cielo me dedicaba. Las emociones de las multitudes también pueden ser reflejos estallantes de una gran luz. Y Madrid fue, desde mi llegada, un constante rebrote de iluminaciones añejas que se empeñaban en recobrar el esplendor perdido.

Cinco días. Sólo cinco días han bastado para comprender que las noches únicamente oscurecen totalmente cuando el recuerdo adverso las empaña. Y el mío ha sido un constante clarear oscuridades que ya duelen sin herir. Los años son los grandes sedantes que aplacan y adormecen las inesperadas hecatombes de la vida.

Dentro de poco saldré de España seguramente para no volver. No obstante, comprendo claramente que, pese a todo lo que pueda ocurrir más allá de mi adiós definitivo, el país que voy a dejar será siempre mi patria.

Aquí me casé enamorada, aquí nacieron mis hijos, aquí sufrí desengaños, experimenté alegrías y me abrí a nuevas esperanzas. Aquí traté de conseguir mejoras para los más necesitados; organicé infinidad de instituciones para atender a los que sufrieron la guerra de Marruecos; aquí le pedí a Alfonso que aboliera la pena de muerte (desgraciadamente sin resultado); aquí supe de traiciones y mentiras, pero también conocí goces y placeres que me permitieron seguir adelante.

De hecho vivir es eso: convertir las noches en días soleados y los días en amaneceres. Ignoro lo que me espera después de mi adiós a esta tierra.

Tal vez me introduzca en la tarde. Dicen que «En el atardecer de nuestras vidas seremos examinados en el amor». Seguramente ese amor que el ser humano se desvive por conocer cuando en realidad sólo podremos conocerlo en su totalidad cuando lleguemos al declive, es decir, al «atardecer».

Cinco días. Sólo cinco días es un lapso suficiente para reconstruir lo esencial de la vida. ¿Cuántos se necesitarán para reconstruir la muerte?

Dios sabe lo que se escribirá sobre mí cuando los años devoren verdades que siempre pugnaron por permanecer ocultas.

Nunca la realidad total encajará en las etapas de mi tiempo. Se hablará de hechos puntuales, de frases con relieves destacados, pero la verdad que causa esas reacciones jamás podrá salir a la luz en su exacta dimensión.

Ni siquiera yo podría describir con fidelidad los desbordamientos cívicos y políticos que de pronto fueron sucediendo a modo de aludes inesperados.

Las noticias que nos llegaban eran cada vez más aterradoras. No obstante, lo que colmó el vaso de todas las probabilidades de paz fue el asesinato de Calvo Sotelo.

Ya en una sesión del Congreso había sido anunciado en forma de amenaza.

De nuevo el día 13. Un 13 de julio que destruía irremediablemente toda esperanza de paz.

No fue sólo un asesinato oficial. Fue también un aviso muy parecido a una provocación porque los que lo habían matado sin razón alguna y vergonzosamente lo hicieron al amparo de una república que pretendía ser democrática, liberal y constructiva.

De hecho fue un grupo de guardias de asalto los que de madrugada se presentaron en la vivienda del diputado para trasladarlo al cementerio y descerrajarle los tiros que lo mataron.

Se alegó que el teniente de asalto José Castillo había muerto el día anterior por elementos derechistas. Pero la verdad de aquella muerte nunca se supo. Lo que era imposible olvidar fueron las amenazas de muerte que Calvo Sotelo había soportado por una diputada del Congreso.

«Se acabó», dijo Jaime cuando tuvo noticia del horrible suceso. «Eso supone la guerra.»

No se equivocó. Aquella horrible provocación fue el detonante que la hizo estallar.

Duró tres años. Tres angustiosas eternidades que sirvieron para confundir y agrupar partidos comunistas con el Partido Socialista Unificado de Cataluña.

Las noticias que llegaban hasta nosotros eran terroríficas. El día 18 de julio fue para la fracción republicana una inmensa hoguera destructiva. Las ciudades amanecieron inmersas en fuego. Conventos, iglesias y colegios religiosos fueron las primicias de un largo recorrido incandescente que parecía no tener fin.

De improviso la muerte acechando: muertes inesperadas de gentes honradas que, por el hecho de serlo, ni siquiera merecían tener derecho a ser juzgadas.

Cinco meses después, la palabra «Paracuellos» era ya un constante sonido que confundía juicios con asesinatos. Se fingía llevar a los presos ante un juez que no existía. Sólo existía la muerte, el odio y los rencores indiscriminados.

Cuántos amigos perdidos en aquel lugar. Cuántas ansiedades desbordadas en horrores. Cuántos sacerdotes inmolados. Y religiosas. Y personas de bien tratando de ocultarse por el simple hecho de ser empresarios, nobles o creyentes; cualquier desliz podía delatar su condición de seres humanos honorables.

La guerra para los «republicanos» era eso: matar selectivamente, burlar leyes y, sobre todo, dejarse arrastrar por un poder abiertamente comunista.

Los testigos de semejantes desmanes me aseguraron que, ya en la mañana del día 14, causaba horror ver cómo desde las casas de los ciudadanos huidos se lanzaban a la calle muebles, cuadros y toda clase de objetos íntimos y privados para comprender que la guerra había comenzado. Aquel día en vano se luchaba por estabilizar la vida. El caos era total. Las calles amanecieron ahumadas y repletas de caballos muertos. Los automóviles que habían sido requisados recorrían las avenidas con milicianos armados enarbolando banderas rojas y gritando desaforados: «Viva Stalin, viva Rusia, viva la libertad». Comenzaron los saqueos de los bienes privados. Las horribles «checas». El horror del SIM.

Lo grave consistía en que los que no pudieron escapar de aquellos horrores carecían de comida y de un techo donde refugiarse. Pero sobre todo carecían de seguridad. Afortunadamente en Cataluña había algo muy apreciado para huir: el mar. Un mar que ofrecía barcos de la Cruz Roja, cruceros salvavidas y canoas rápidas. Cualquier embarcación servía para escapar de aquel infierno.

También existía un jefe de Gobernación llamado José María España que, amparado por una Generalidad todavía presta a remediar males futuros, expedía pasaportes y toda clase de visados para los que precisaban huir del país por amenazas de muerte. Me dijeron que las colas eran interminables; que la gente pagaba sumas fabulosas para adelantar puestos y llegar cuanto antes al despacho del gobernador. Entretanto la tensión que se cocía entre los españoles ya exiliados auguraba lo peor. Pronto supimos que José Antonio, ya preso en la cárcel de Alicante, había sido incomunicado, y que las columnas de los requetés avanzaban hacia Guipúzcoa, la región más idónea para conectar con Francia.

De nuevo la ciudad de Biarritz comenzó a llenarse de españoles que anhelaban regresar a su patria cuando las tropas nacionales conquistaran Irún.

En cuanto a los catalanes, aunque las noticias no eran claras, se apresuraron a abandonar el país. El mar fue su gran salvavidas.

Desde Fontainebleau se recibían noticias de nuestros amigos exiliados. Al parecer Génova era el puerto más poblado de españoles huidos. Entre ellos, muchos amigos de la realeza. Aunque angustiados, todavía confiaban en que aquellos desastres podían ser atajados. Alentados, confundían días con años: «En España esas cosas son frecuentes pero duran poco», nos decían.

Jaime, en cambio, no era optimista.

–Desengáñate, Ena: la guerra que tu marido quiso evitar ha comenzado. Y las guerras, por cortas que sean, siempre son largas.

Había un deje de tristeza en su voz. Durante unos instantes nos miramos fijamente sin decir palabra. A veces los silencios transmiten mejor que las palabras lo que nos cuesta decir.

Recuerdo que estábamos los dos sentados junto a un arroyuelo del jardín y que las hojas de los árboles amarilleaban presagiando la sequedad de un otoño cercano.

También recuerdo que un pájaro negro se arrimó a la orilla contraria para sorber agua del arroyuelo.

–Los pájaros negros no me gustan –le respondí.

Jaime trató de bromear.

–No serás supersticiosa.

Le respondí que no lo era, pero que en ocasiones ciertas circunstancias que parecían inofensivas podían avivar nuestros temores.

Me preguntó cuáles eran. No se lo dije.

–Lo sabes de sobra –añadí.

Continuó mirándome. Asentía. Era un asentir indeciso. Tanto como ver al pájaro negro remontando su vuelo hacia no se sabía dónde.

Intenté cambiar de conversación. A decir verdad temía que Jaime, atosigado por lo que su silencio auguraba, decidiera sincerarse.

No lo hizo entonces. Lo hizo al comienzo de un septiembre oscuro que en vano pretendía emular un agosto radiante. La noticia no tardó en llegar: «Han asesinado al obispo de Barcelona, monseñor Irurita».

De nuevo la incomprensión. El no admitir que la gente inofensiva pudiera ser pasto de tanto odio: «Dios es un estorbo para ellos, Ena».

Recuerdo que acabábamos de salir de la iglesia. Era domingo. Un domingo vibrante de fieles, muchos de ellos españoles refugiados.

Era difícil comprender que un país que había sido eminentemente católico pudiera desbaratar tan drásticamente las creencias religiosas. «Odian a Dios», se decía. «Pío XII así lo afirma.» Nadie entendía aquel odio.

En realidad nadie entendía nada. «Pronto estaremos como en Rusia. Nos quieren hacer creer que Dios está en crisis, que ya no sirve, que la Biblia miente y que la Iglesia es una estafa.»

¿Por qué? Recuerdo que aquel día supimos también que el oro de España había sido enviado a Rusia desde Cartagena, por orden del Gobierno. Costaba admitir que el tesoro español era el precio de una ayuda soviética.

Las noticias eran cada vez más alarmantes. Todo parecía naufragar en desvaríos. Resultaba difícil asimilar que aquel pueblo tan entrañable bruscamente hubiera ingresado en desafueros que parecían satánicos.

En el norte también se habían enfrentado bajo el peso de la república vasquistas y anarquistas. Todo era un puro caos.

Por fin, tras varios enfrentamientos, las tropas del general Mola lograron conquistar Irún, lo cual imposibilitaba que las fuerzas rojas vizcaínas pudiesen comunicar con la frontera. El frente del norte era prácticamente nacional.

Fue entonces cuando Jaime se decidió a hablarme claramente.

Septiembre comenzaba a envejecer. Ya no era un mes joven. Se notaba su decadencia en la sequedad de las hojas, en las ventiscas nocturnas y en la cortedad del día.

El calor ya no era ardiente; sencillamente caldeaba tibiamente cuerpos y almas.

Las noches eran mucho más noches. Y los días eran noches prenunciadas. Recuerdo que Rosario estaba con nosotros y que repentinamente lanzó una excusa para dejarnos a solas.

Comprendí por su forma de actuar que algo todavía no aclarado entre Jaime y yo se estaba imponiendo cada vez más.

Llevaba ya varios días notando que aquella nueva imposición iba a regir nuestras vidas y transformarlas definitivamente. De hecho, aunque de un modo difuso, venía presintiéndolo desde que la guerra había comenzado. Era como la amenaza de una sombra dura que, a medida que pasaba el tiempo, se agrandaba.

Comprendí también que Rosario conocía ya lo que Jaime iba a plantearme cuando nos dejase a solas.

Estábamos sentados en la sala de estar frente al ventanal donde el atardecer iba adquiriendo matices nocturnos.

Súbitamente, se levantó para acercarse al carrito de las bebidas.

–¿Te sirvo un whisky, Ena? –preguntó.

–No, gracias –dije. Presentía que lo que íbamos a abordar precisaba una gran entereza.

Aunque su oferta parecía normal, arrastraba presagios que sin duda alguna iban a destruir algo importante entre nosotros. Lo venía intuyendo desde que Rosario, pretextando excusas, nos había dejado solos.

Recuerdo ahora la expresión de Jaime mientras avanzaba hacia un sillón con el vaso en la mano. Respiró hondo, sorbió un trago y dejó el vaso en la mesita contigua. Luego apoyó sus codos en los muslos y medio incorporado me miró fijamente.

–Escucha, Ena. –Asentí en silencio. Sabía ya lo que iba a decirme–. La vida no es cómoda –empezó a explicarme–. Todos debemos purgar de algún modo los errores que cometemos. –Y como viera que yo continuaba expectante, añadió–: Con frecuencia lo que llamamos felicidad, si llegamos a alcanzarla, se escapa de nuestras manos. Es como si la felicidad fuera siempre un elemento resbaladizo que en vano tratamos de retener. –No le interrumpí, pero tras un breve silencio Jaime continuó hablando–: Desde que nos conocimos hace ya siete años, tú para mí fuiste mucho más que una reina bellísima: comprendí enseguida que tras aquella belleza radiante había una mujer extraordinaria que sufría, que sabía dominar sus desfalcos a golpes de resignación. –Jaime tragó saliva. Su voz perdía fuerza, pero pronto recuperó la suavidad que caracterizaba nuestras habituales charlas–: Tú sabes hasta qué punto me enamoré de mi reina –bromeó–. Tardé en confesarlo para no perderte. La idea de separarme de ti o de que pudiera ocurrirte algo grave fue lo que me impulsó a acompañarte cuando saliste de España. Por nada del mundo ni Rosario ni yo hubiéramos optado por lo que muchos otros eligieron. Dejarte en aquellos momentos hubiera sido para nosotros un verdadero expolio retrospectivo, un haber abusado de tu amistad siempre entrañable y, sobre todo, la pérdida más dolorosa de un valor humano irrepetible.

De nuevo el silencio. Evoco ahora las manos de Jaime mostrando sus palmas como si pretendiese abarcar un pasado muy apreciable que jamás volvería a ser presente.

–Sin embargo todo lo que entonces parecía inmutable ha dado un vuelco –continuó diciendo–. La república no sólo está cultivando la tierra española de ideales destructivos y fanatismos comunistas, sino que está introduciendo en ella la cultura del odio, de la falta de fe, de todo lo que puede ridiculizar y lastrar a las personas que siempre fueron religiosas. Se las degrada, se las humilla y por si fuera poco se las asesina. A los niños se les enseña a cantar por las calles: «No queremos catecismo. Queremos comunismo». –Y tras un silencio continuó explicando que en las vías principales de las ciudades se exhibían retratos gigantes de Stalin y de Largo Caballero, como los nuevos dioses que podían salvar al país–. España ha enloquecido, Ena: la *Internacional* es ya el himno nacional. La bandera republicana se coloca al lado de la bandera roja. Para colmo se han hecho fotografías de un grupo de milicianos en actitud de fusilar la imagen del Sagrado Corazón que tu marido instaló en el Cerro de los Ángeles.

Le contesté que ya lo sabía. Aquella misma mañana uno de los exiliados me lo había explicado al salir de la iglesia.

–También me han contado que han acuchillado centenares de crucifijos, que las imágenes de la Virgen han sido profanadas y que para colmo se han atrevido a desparramar por tierra las sagradas formas a fin de pisotearlas.

Jaime respiró hondo y añadió:

–Ésta no es nuestra España. Esto es una burda sucursal de Rusia.

Intentaba bromear pero no podía. La sonrisa se le iba apagando en la tristeza de los ojos. Se levantó de nuevo para servirse otro whisky. Con el vaso en la mano y mirándome fijamente, exclamó de repente:

–¿Sabes ya hasta qué punto me noto angustiado?

Asentí. Pensé: «Lo que temía ha llegado». Estaba allí entre nosotros. Camuflado de normalidad pero desgarrando todas las normalidades del mundo.

Hubo un silencio profundo que sólo violaba la respiración de Jaime. Dejó el vaso sobre la mesa y cruzó las manos. Enseguida añadió:

–Mira, Ena, lo que voy a decirte va a dolerte. También a mí me duele decírtelo. Pero lo que hurga nuestra conciencia duele todavía más si no ponemos remedio. La estancia en Fontainebleau ha sido lo más hermoso de mi vida. Ojalá pudiera prolongar nuestro convivir para siempre. Pero cada día que pasa noto que estoy pisando en falso. Soy español y España está en guerra. Una guerra que si la ganan los nacionales seguramente permitirá tu regreso al trono. –Y tras un lapso breve añadió–: Todavía soy joven y mi deber es presentarme a la Junta de Burgos para lo que pueda ser útil.

Lo sabía. Tenía la convicción de que Jaime no podía reaccionar de otro modo. Tal vez por eso su personalidad me había atraído siempre tanto.

–Estaba convencida de que no ibas a tardar en confiarme lo que me has dicho –le contesté–. Creo que de no haber reaccionado como lo has hecho, el Jaime que yo admiraba se hubiera desmoronado.

Jaime dejó de nuevo su vaso en la mesa. Se levantó del asiento, cogió mi mano y la besó con gran respeto.

–Ignoro lo que nos depara el destino –me dijo–. Pero, pase lo que pase, tú para mí seguirás siendo la mejor reina del mundo durante el resto de mi vida.

* * *

Instalados en el coche, emprendemos el camino hacia el aeropuerto, mientras se desliza sobre una autopista recién estrenada que facilita premuras y evita pérdidas de aviones.

Recuerdo que cuando nos exiliamos los aeropuertos españoles se denominaban aeródromos, y su acceso a ellos, por la escasez de tránsito vial, sólo merecía una carretera vulgar.

Qué lejos queda ya todo lo que cuando salí de España dejé atrás. Hoy Madrid es una ciudad que, aunque todavía despegada del resto de los países, no deja de ser una capital importante.

Los años han reducido su necesaria carrera hacia lo que llamamos progreso, pero es indudable que han estabilizado a un país que se estaba muriendo de retroceso, especialmente tras finalizar la guerra. Según me dijeron, la ciudad era una escalofriante metrópoli convertida mayoritariamente en un núcleo de ruinas.

Comprendo que, aunque todavía la nostalgia de vivir aislada de la que fue mi verdadera patria me atosiga y entristece, el viaje de regreso a Niza pondrá punto final a mis sueños ya archivados en la caja fuerte de lo imposible.

En vano mi hijo Juan se empeña en darme conversación

con alientos que se quedan en simples recursos. No debo engañarme. Los años que llevo a cuestas pesan mucho y la esperanza de regresar a esta tierra se ha ido diluyendo en unos entusiasmos que, aunque de alto voltaje popular, y pretendiendo ser ráfagas de una bienvenida, estaban confirmando mi adiós definitivo.

Reconozco que, de haber sido joven, me hubiera disgustado mucho salir de España sin haberme encontrado con el único hombre que supo fundir un poco los constantes glaciares que tuve que afrontar a lo largo de mi vida.

Pero llevábamos demasiados años nutriendo nuestra comunicación con el sonido que presta el teléfono a la voz. Por eso no me pesa abandonar esta ciudad sin haber visto a Jaime. Los encuentros tardíos pueden ser funestos.

En cuanto a Rosario (que tras acabar la guerra se instaló en Granada), dejó de existir hace ya cinco años.

Su muerte continúa doliéndome. También me duele su recuerdo siempre alegre y benévolo, luchando contra aquel estigma que tanto debió de hacerle sufrir. Pero sobre todo me duele el desgarro que durante los diez últimos años supuso para ella vivir.

En lo que a mí se refiere, la recordaré siempre como una amiga irrepetible. Jamás traspasó la raya que desde el principio de nuestro encuentro se trazó entre nosotras para convertir nuestra comunicación en una sólida amistad.

En cuanto a Jaime, tal como quedamos cuando me llamó por teléfono a Montecarlo pocos días antes del bautizo de mi bisnieto, no se presentó en Zarzuela, ni intentó visitarme mientras yo permanecía en el palacio de Liria. Tampoco insistió para que volviéramos a vernos: ha respetado mi decisión y yo me alegro de que así fuera.

Si cuando nos despedimos al empezar la guerra yo, como mujer, ofrecía un aspecto aceptable, actualmente soy tan sólo una vieja bien conservada. Él, en cambio, todavía puede presumir de ser un hombre atractivo: las deficiencias físicas que los años nos imponen se portan mejor con los hombres que con las mujeres.

Me pregunto ahora qué hubiera ocurrido si la Guerra Civil no nos hubiera separado. Quizá aquella afinidad entre amistosa y sentimental que nos unía hubiera continuado su curso sin interrupciones graves. No obstante, tal vez nuestra diferencia de edad y la implacable rutina que siempre se instala entre las parejas hubiera acabado por vencer y destruir el grato recuerdo que todavía hoy conservo de él. A veces conviene adelantarse al posible futuro, antes de que el futuro nos devore las ilusiones.

Ante nosotros nunca hubo desencanto: hubo un constante deseo de recuperarnos el uno al otro, un deseo imposible no sólo porque yo no podía regresar a España, sino porque Jaime, una vez metido en los destinos de Burgos, tampoco podía entrar en Francia.

Lo peor para mí fue la despedida. Duró tres días. Tres días de preparaciones, de infinidad de proyectos que nunca pudieron cumplirse.

«España está en guerra. Comprendo que vayáis los dos a prestar vuestros servicios a la Junta de Burgos, pero dejadme al menos los niños. Estoy dispuesta a cuidarlos como si fueran mis hijos», les propuse.

Se negaron. Decían que ciertos familiares podrían ocuparse de ellos en San Sebastián. Allí la guerra era menos peligrosa.

En cuanto a Rosario, estaba dispuesta a prestar sus servicios como enfermera, tanto en la retaguardia como en el frente.

Pero ¿qué iba a ser de mí? Continuar en Fontainebleau era imposible. «Regresaré a Inglaterra», les dije.

No obstante, allí la vida se me convirtió en una verdadera pesadilla. De nuevo surgieron las insidias y las flechas envenenadas de reproches por haber abjurado de la religión inglesa, mi separación de Alfonso y mi apego a los Lécera. En aquellos momentos todo era adverso para mí.

Cansada de tanto asedio despreciativo, salí de mi propia tierra natal para pasar una temporada en Lausana con mi hijo Juan y su familia.

Únicamente regresé a Inglaterra tres años después de la muerte de Alfonso y en plena guerra mundial.

Mi madre, que se había instalado en Sussex, contrajo una enfermedad grave que la llevó a la tumba.

En aquellos momentos la guerra estaba en lo más alto de sus horrores y cruzar el canal de la Mancha era peligroso, pero yo no me resignaba a que mi madre muriese sin tenerme al lado.

Apelé al Gobierno británico y enseguida me proporcionaron un bombardero camuflado a mi disposición que me trasladó a Londres. Pero desgraciadamente llegué junto a mi madre cuando agonizaba.

De nuevo los recuerdos, los autorreproches, los lastres vencidos que se empeñaban en cobrar vigencia: mi petición de mano en Biarritz, la alegría truncada al enterarse de que su primer nieto era un enfermo, enseguida las sonrisas convertidas en ceños cuando mi marido departía con ella. Nunca se llevaron bien. Si Alfonso no le perdonaba el hecho de haber contaminado a su hija de una enfermedad terrible, ella no le perdonaba las constantes infidelidades que estaban destruyendo como mujer mi confianza en él.

Todo parecía repetirse en cada estertor y en cada síntoma mortal que afilaba sus pasiones y amarilleaba su rostro.

De pronto comprendí que con ella moría también mi último soporte, nada tras aquella muerte podía ya servirme de apoyo. Se acabaron sus consejos y consuelos; todo quedaba en una triste anécdota y en un punto final. Se acabó la isla de Wight. Se acabó la última columna donde podía apoyarme. Comprendí que a partir de su muerte el soporte de toda la familia debía ser yo. Pero qué duro era sentirse soporte. Qué duro era comprender que en adelante yo debía ser ya la roca firme de una dinastía sin contar con alguien capaz de sostenerme.

Cuando Jaime se enteró de aquella nueva desgracia, me mandó a través del duque de Baena (nuestro ya conocido cartero Pepe Mamblas) un cariñoso mensaje ofreciendo de nuevo su ayuda para lo que fuera preciso.

Se lo agradecí. Hacía aproximadamente ocho años que, salvo por correo más o menos seguro, y a través de una inesperada comunicación telefónica, nuestra relación amistosa iba entrando poco a poco en esa dimensión ambigua que se nutre de lejanías.

Por eso aquel nuevo intento de aproximación fue para mí una ayuda, pero también algo parecido a un barrido de despojos.

Imposible era ya realizar cualquier acto, o programar cualquier futuro con su presencia y su voz. Se acabaron los proyectos de viajes compartiendo con él pareceres y costumbres; se acabó aquel continuo departir desinteresado y siempre respetuoso; se acabó el constante aleteo alegre de los niños que continuaban profesándome tanto cariño. Nada en adelante iba a ser igual a lo que durante cinco años había ido alimentando la parte más debilitada de mi existencia.

Sin embargo, la raíz de aquel sueño persistía. Era como si aquellos cinco años que compartí con Rosario y con él se negaran a morir.

Cierto que el transcurso del tiempo suele ser implacable. Pero yo me resistía a que aquel recuerdo pudiera esfumarse. O tal vez no: quizá era el recuerdo lo que se empeñaba en mantenerse intacto, más allá del tiempo perdido. Muchos son los sentimientos que en el transcurso de los años se refuerzan. Especialmente si, cuando fueron realidades, nunca cayeron en deslices equivocados o en comportamientos prestos a defraudar. Jamás entre nosotros hubo tiranteces, ni desidias, ni el menor rastro de cansancios vivenciales.

Por eso los recuerdos se empeñan, de vez en cuando, en horadar mi mente e instalarse en ella para despertar y revivir momentos cruciales.

En ocasiones me despierto angustiada; seguramente habré soñado que aquella mañana en Fontainebleau todos los relojes se habían parado y que, al llegar a la estación, el tren había emprendido su ruta hacia París.

Ese sueño se repite muchas veces a lo largo de mi vida. Tal vez porque cuando los Lécera y yo salimos de Fontainebleau para separarnos definitivamente yo ansiaba con todas mis fuerzas perder el tren.

No lo perdimos. Era otoño: España continuaba en el horror de la guerra y yo en la guerra particular de mi propia sangre. Aunque sin gravedad extrema (como ocurrió dos años después), mi hijo Alfonso me rogó desde Nueva York que fuera a verlo. Al parecer había caído enfermo y precisaba tenerme al lado.

El tren arrancó a las ocho y media para llegar cuarenta minutos después a la estación de Lyon. Fue en aquella estación donde nos despedimos. Ellos debían trasladarse al tren que conducía a Biarritz y yo debía dirigirme a El Havre, para embarcar en el *Queen Mary* rumbo a Nueva York.

Recuerdo que la Gare Lyon olía a humo, a humedad y a multitudes.

La servidumbre de los Lécera se encargó de su voluminoso equipaje y mis doncellas del mío.

Los trenes de entonces circulaban con carbón y los avisos de llegada y partida pitaban desde el vagón del maquinista, echando soplos grises con sonidos agudos.

Al descender del tren, nadie reparó en nosotros. Había grupos de recién llegados que se unían nerviosos a los que se apeaban del tren. Había franceses, había españoles y había infinidad de maleteros que llevaban sobre sus espaldas maletas y bultos. Había también cargadores que transportaban baúles a precios ruinosos en carretas conducidas por ellos. Y había sonrisas, exclamaciones, entusiasmos y algún llanto; todo ello envuelto en una atmósfera plagada de instantáneas tristes y alegres.

De pronto vi que los niños correteaban entre la gente que invadía el andén y que Rosario corría tras ellos para evitar algún desaguisado. La institutriz se hallaba ocupada en agrupar y cuidar de que no faltase ningún bulto. Durante unos instantes Jaime y yo quedamos frente a frente, rodeados de una inmensa multitud.

–No sé qué decirte, Ena –murmuró–. De ahora en adelante todo va a ser un arcano. No sé ni siquiera si podré comunicarme contigo. A lo mejor me destinan al frente. A lo mejor... –Le tapé la boca con mi mano. La llevaba enguantada y él, lentamente, la fue despojando para besarme la palma–. ¿Puedo quedarme este recuerdo? –me preguntó enseñando el guante–. Huele a ti. Huele a la mujer más valiente y honesta que he conocido en toda mi vida.

No me abrazó. En aquel tiempo el abrazo público entre un hombre y una mujer sin lazos familiares podía suponer un acto de mal gusto. Además cabía la probabilidad de que entre el remolino de gentes que nos rodeaba pudiese haber alguien capaz de reconocerme.

–De cualquier forma lo que he sentido por ti y continúo sintiendo va a durarme toda la vida –prosiguió diciendo Jaime.

Aunque sus frases, pronunciadas con voz muy baja, trascendían por encima de aquel ambiente cada vez más ruidoso, de pronto se dejaban vencer por el bullicio que nos rodeaba. Era difícil saber lo que me decía; pero bastaba oírlo para que lo que decía venciese cualquier rumor bullicioso.

Mis pensamientos se estancaban en aquella voz. Aunque sufría por la despedida, un goce extraño estaba presidiendo la tristeza de nuestra despedida.

Oír su voz era mucho más que ver su mirada abrillantada y la sonrisa de siempre truncada en desaliento.

–También yo te recordaré –le dije con voz entrecortada. Me llevé la mano desenguantada a la boca y le mandé un beso disimulado con algunos centímetros de distancia. Era consciente de que en adelante, con todo lo que la vida pudiese depararme, el recuerdo de Jaime jamás iba a disolverse.

–Intentaré volver a verte cuando termine la guerra. Mientras tanto haré lo posible para conectar contigo –continuó diciendo él.

Pero mientras me hablaba yo sabía que las guerras no admiten propósitos ni ofrecen promesas, y, sobre todo, que cualquier proyecto pende siempre de un hilo colgado de una imposición impensable.

–Adiós, Jaime. No quiero ver cómo subes al tren para marcharte, prefiero irme yo –le respondí, y enseguida añadí–: Cuídate, por favor. Sigue viviendo. –Y me volví de espaldas para iniciar mi camino hacia el adiós definitivo.

Mientras me alejaba vi a Rosario que llegaba seguida de los niños. Nos despedimos con un abrazo; besé a sus hijos y salí de la estación donde un coche me esperaba para trasladarme al puerto de El Havre.

Caminaba despacio. Era un andar difícil, como si algo ralentizara mis pies.

Luego.

A partir de entonces, todos los «luegos» de mi vida empezaron a convertirse en pasado.

* * *

En el salón de honor del aeropuerto me esperan mi familia entera con infinidad de personalidades madrileñas y autoridades enviadas por Franco para despedirse de mí.

El jefe de Estado no comparece ni comparecerá.

Empeñado en no permitir que mi viaje a España sea un evento oficial, sino un hecho puramente familiar, ha convertido mi estancia en España y mi regreso a Francia en una simple visita oficiosa al enviar al ministro del Aire para representarlo.

Pero a veces los empeños más trabajados y meditados no sólo fracasan, sino que se transforman en sus propios enemigos.

Lo percibo a medida que la autopista va quedando atrás

y el área del aeropuerto se convierte en la boca de un hormiguero gigante de gentes que aguardan mi llegada.

De nuevo banderitas españolas agitándose a mi paso, y los estallantes «Viva la reina» y los aplausos de desagravios que yo, cuando salí de Niza, ni siquiera pude imaginar.

Pero ahí están ahora todas las vilezas de antaño vencidas; todos los miedos de aquella madrugada de abril, esfumados, y todas las repulsiones contra la realeza transformadas en augurios y esperanzas que, por lo irreversibles, duelen más.

No debo engañarme: de nada valdrá que el pueblo me aclame. El General está convirtiendo estos clamores en un amor imposible. Su rechazo a restaurar la monarquía parece evidente.

Al bajar del coche los gritos de entusiasmo aumentan. Me vuelvo hacia la multitud y agito el brazo para saludar a la masa de gentes que continúa vitoreándome.

Mis nietos Juanito y Sofía, junto con mi hijo Juan, me desembarazan de los ramos de flores que me ofrecen.

Tras la salida del salón de honor para dirigirme al avión, de nuevo escucho el inmenso trueno de elogios que el pueblo me brinda.

Allá en lo alto de las terrazas, miles de personas apostadas siguen aclamándome.

En el avión se encuentran ya el doctor Nicod, Petra, Pilar y la señora Rich.

Antes de subir por la escalerilla le doy un abrazo a mi hijo Juan.

Los aplausos persisten. Me aclaman. Me piden que regrese para quedarme.

Ya en lo alto y desde la pequeña plataforma junto a la

puerta, me vuelvo hacia la multitud y agito de nuevo el brazo entre sonrisas y lágrimas.

Trato de gritar: «Adiós, España», pero la voz se me trunca, las cuerdas vocales me fallan y el lagrimeo se desliza descaradamente por mis mejillas.

Adiós, España; adiós, juventud desgranada en tu tierra; adiós, garantías malogradas en falsas promesas de felicidad, pero también en muchos sueños realizados, en proyectos constructivos cumplidos y sobre todo en el amor precintado que yo he experimentado por ti, jamás desprecintado por tus devaneos políticos.

Aturdida, avanzo por el pasillo del avión y me instalo en la butaca. Mis compañeros de viaje me preguntan cosas que de puro emocionada no entiendo, me animan, me dicen que a lo mejor los matices actuales pueden cambiar. Pero algo muy sensato me confirma que España sólo podrá ser para mí un gran recuerdo sin futuro, un clamor lejano y una especie de enfermedad incurable.

Tan incurable como la enfermedad que constantemente apuntó sus armas contra la sangre de mis dos hijos Alfonso y Gonzalo.

Me estoy viendo ahora embarcando aquel otoño maldito en el *Queen Mary* rumbo a Nueva York. Alfonso se hallaba en un hospital de aquella ciudad porque precisaba una transfusión de sangre.

Me quedé con él una temporada. La guerra de España hacía escasamente tres meses que había empezado y yo acababa de despedirme de los Lécera en la estación de Lyon, en París, porque se dirigían a Biarritz para cruzar la frontera española.

Estar al lado de mi hijo en aquellas circunstancias fue

para mí una especie de terapia. Si él me necesitaba, yo en aquellos momentos lo necesitaba a él.

En cierto modo, Alfonso se unificaba como ninguno de mis hijos a mis propios desfallecimientos. Él por sufrir las constantes amenazas que su enfermedad le causaba y yo por unificar mis propios desencantos a su constante sufrimiento.

Cuando nos encontramos en el hospital, me miró fijamente tras un gran abrazo y me dijo: «Mamá, te veo distinta. Estás muy delgada».

Procuré disuadirlo.

Si el dolor de un hijo debe ser consolado por una madre, los dolores de las madres deben callarse y convertirse en cualquier pretexto para no aumentar el dolor del hijo.

¿Cómo cansar a mi pobre enfermo, tan cargado de agobios, sólo para desahogarme?

Traté de desviar mis decaimientos hacia los horrores de nuestra guerra: las muertes indiscriminadas, los sacrilegios, los expolios ilegales, las matanzas sin más pretexto que el odio.

Aquella vez Alfonso, aunque de nuevo enfermo, no estaba grave. La transfusión de sangre y su aislamiento de la cubana conseguían que mi presencia fuera un incentivo grato para él.

Comentamos el asedio del Alcázar de Toledo y la valentía del general Moscardó cuando le propusieron canjear a su hijo a cambio de entregar el Alcázar, plagado de mujeres, niños, hombres, viejos y gentes totalmente indefensas.

«Según tengo entendido, el general Valera los ha liberado pero la muerte del hijo de Moscardó ha sido inevitable. Al parecer era un reo de los rojos y Moscardó se negó a entregar el Alcázar, aun a costa de perderlo.»

Alfonso se complacía con mis relatos. Le gustaba verme tan enterada de lo que ocurría en España. Decía que en Estados Unidos todo se trastocaba. «Azaña para los americanos es un presidente legal y los militares sublevados están *on the wrong side.*»

En efecto, nadie allí sabía que la república que lideraba Azaña era un sangriento amasijo comunista. «Tal vez algún día lleguen a saberlo», le dije. De momento tanto los escritores como los políticos continúan considerando que los que admitían aquella república eran los leales.

Recuerdo que mientras yo estaba en Nueva York, la Junta de Burgos eligió a Franco «Generalísimo de los Ejércitos y Jefe del Gobierno del Estado Nacional».

Aquella noticia fue un soplo de esperanza para la monarquía. Nadie ignoraba que aquel joven general era monárquico. Y que, sin duda, la finalidad de su rebelión consistía en devolver el trono a mi marido.

En aquellos momentos todo parecía diáfano. Nadie sospechaba las intenciones de Franco.

Pero si Azaña cometió el error de instalarse en el Palacio Real pavoneándose de su triunfo contra la monarquía, Franco empezó a desprestigiarse cuando comenzó a circular bajo palio por las calles de la España conquistada mientras nos obligaba a creer que el Estado español era una monarquía sin rey.

No obstante, han pasado ya treinta y dos años desde el inicio de la guerra, Alfonso ha muerto y mi hijo Juan ya no sabe qué ocurrirá en España cuando Franco muera.

¿Qué tendrá el poder que tanto limita la mentalidad humana? Nadie más obcecado que los que obstruyen parcelas alentadoras para desalentar. Pero el poder es fruto de una altura vertiginosa que no admite criterios sensatos. Lo esencial es mantenerse en él a costa de lo que sea. Y si ese «a costa» consiste en permanecer firme en su puesto de mando, aunque caigan rayos de fuego y lluvias de plomo, la cuestión es no moverse del puesto aunque el mundo se derrumbe en su entorno.

«Algo así como la intervención de Goliat», le dije bromeando a Alfonso. «No le importó morir derrumbado si los filisteos se derrumbaban con él. Con Franco ocurre lo mismo. Morirá pero ¿será España un país estable, sensato y dueño de una libertad serena, o volverá a las andadas y caerá en los extremos para acabar muriendo entre las libertades vergonzosas que Franco atajó?»

Era difícil saberlo. El tiempo pasa deprisa y, con él, se lleva recuerdos prestos a frenar derrumbes que, por haber sido ignorados, causan repeticiones y desfalcos parecidos a los que van quedando rezagados en el olvido.

Permanecí en Nueva York con mi hijo ya recuperado bastantes días. Si él me necesitaba, también yo lo necesitaba a él. Mi vida entonces era un continuo interrogante. Sabía que en adelante mi existencia iba a dar un cambio radical. Se acabó mi supuesta estabilización, se acabó aquel dejarme balancear sobre una hamaca de comprensiones y ayudas. La soledad se me iba introduciendo minuciosamente en un futuro demasiado cercano.

La guerra en España en aquellos momentos era casi un dolor secundario para mí. Lo que entonces primaba era aquel extraño vacío que me auguraba una nueva soledad.

En ocasiones la soledad no precisa compañía: precisa comprensión, sabernos apoyados, derramar sobre el hombro de alguien cualificado nuestros momentos oscuros envenenados de tristezas.

Estar junto a mi hijo me ayudaba a mostrarme fuerte, pero en realidad era su extrema debilidad lo que me obligaba a serlo.

Por eso, mientras estuve con él me mostré siempre equilibrada, serena y casi olvidada de que en España había guerra.

Fue al despedirme de Alfonso, ya muy repuesto, cuando comencé a flaquear. No era culpa de un mal presentimiento. Llevo ya mucho tiempo sin creer en ellos.

Casi siempre «presentir» es una forma de prepararse a soportar lo que seguramente no va a ocurrir.

A decir verdad, en aquellos momentos no «presentía». Únicamente me notaba disgregada en un futuro que no sabía cómo podría encauzarlo.

Recuerdo que al llegar al puerto de Nueva York para regresar a Southampton, Alfonso me daba ánimos: «Todo acabará bien, mamá». «Todo se arreglará», me dijo. «Si la guerra la ganan los nacionales, volveremos a España», añadió sonriendo.

Parece que lo estoy viendo: se había recuperado y nadie hubiese podido imaginar que aquella vida suya, tan necesaria para mí, pendía de un hilo.

Lo abracé como siempre, procurando no dañar la fragilidad de su cuerpo.

Murió dos años después, sin más compañía que la de una persona desconocida, que siendo una prostituta era también una mujer buena: lloró por él desconsoladamente. Se llamaba Mildred y yo la quise como se quiere el halo que nos dejan los seres queridos al marcharse.

En cambio yo ni siquiera pude verlo muerto. Llegué a su lado demasiado tarde.

* * *

Escucho el sonido de la portezuela del avión cuando se cierra.

Dentro de poco emprenderemos el regreso a Niza. El capitán nos anuncia, por el altavoz, minucias propias del viaje que vamos a emprender.

De nuevo las atenciones de los que me rodean aumentan mi necesidad de quedarme sola, de hablar conmigo misma y tratar de comprender los múltiples enigmas que fuerzan al ser humano a comportarse en una constante contradicción vivencial.

Todo en nosotros es puro humo, pura veleidad, nada es totalmente sólido y rotundo. Ni siquiera esa gran despedida de gentes anónimas lo es.

Seguramente la multitud que acaba de despedirme, al disgregarse, no será más que pequeñas parcelas de un voceo enorme sin la menor solidez.

Más de una vez he pensado que la excitación que se produce en las aglomeraciones que acabo de presenciar es porque las gentes sencillas precisan aunar su sencillez con grandes masas anónimas para decirse a sí mismas: «Yo estaba allí», «Yo era alguien». Pero ¿qué significa ser alguien? Ni siquiera los que como yo fueron considerados importantes somos seres «distintos» de los demás. El doctor Nicod conoce a fondo mis pobrezas físicas, mis tristes miserias internas y mis debilidades humanas.

La vida en la tierra, por larga que sea, siempre es corta, siempre se queda a medio realizar.

Lo único que nos llena consiste en recordar: sacar a flote pasados perdidos que fueron engullidos por futuros que también acabarán siendo pasados.

No obstante, no cabe duda de que, mientras les recordamos con detalle, les estamos dando vida. Los recuperamos.

Es una forma de arrancarlos del sepulcro donde la fatalidad humana los encerró para, en cierta medida, resucitarlos.

Pensar es unificar presente con pasado. Y también tratar de extraer consecuencias para programar el futuro, aunque a veces el futuro nos entierre antes de lo que suponemos.

El motor de los aviones ruge ya mientras se desliza por la pista a punto de arrancar el vuelo. Me pregunto cómo hubiera reaccionado la abuela Victoria si en su época las grandes distancias se hubieran acortado hasta el punto de trasladarse de un continente a otro durante un escaso puñado de horas. Lo hubiera considerado diabólico.

Recuerdo que aquel año, tras despedirme de mi hijo en el puerto marítimo de Nueva York para regresar a Europa, ni por asomo pude imaginar que ya no volvería a verlo.

Las noticias de España continuaban siendo desastrosas, pero no por ello evité con desánimo mi empeño en continuar siendo útil a España.

Aunque Alfonso todavía me esquivaba y me demostraba abiertamente su desgana de toparse conmigo, yo no me olvidaba de los españoles que, ante los horrores que invadían al país, se veían obligados a refugiarse en embajadas o consulados de otros países para salvar la vida.

Muchas fueron las gestiones que durante mi estancia en Roma realicé para tratar de canjear a través de la Cruz Roja infinidad de compatriotas españoles que se habían refugiado en diversas embajadas.

Por mi condición de inglesa, estaba en continuo contacto con el ministro plenipotenciario John Hurleston Leche, a la sazón un alto representante de la Embajada inglesa en Valencia.

Fueron muchos los españoles que se salvaron gracias a las acogidas de consulados y embajadas de mi país natal.

Pero Alfonso continuaba encerrado en su distanciamiento hacia mí. Bastaba que coincidiéramos en alguna reunión social para que él inmediatamente buscara una excusa y decidiera marcharse. En aquella época yo continuaba siendo un ente poco grato, que no merecía su atención.

Aunque comprendía su modo de proceder, me dolía que su rechazo se estuviera convirtiendo en algo crónico. Especialmente me noté desalentada cuando coincidimos, dos años después, en el bautizo de nuestro nieto Juanito, del que yo fui madrina.

Era el año 1938. El mismo año en que mi hijo Alfonso perdió la vida.

Cuántas veces he pensado que aquel niño rubio de ojos azules fue, en cierto modo, una compensación por el vacío que mi hijo mayor me produjo cuando, siete meses después de nacer mi nieto, él dejó de existir.

En efecto, se parecían. También Alfonso al nacer era rubio y sus ojos eran claros como los de mi nieto.

Habían transcurrido casi dos años de guerra en España.

En aquella época, yo vivía en Roma, prácticamente con mi familia. Desde allí era fácil obtener noticias de la contienda. Italia no era hostil al alzamiento militar y el ambiente que nos rodeaba nos parecía grato, especialmente desde que en el mes de noviembre del año 1936, tras la anulación de la Junta de Burgos, Italia y Alemania reconocieron oficialmente a Franco como jefe de Estado en España.

La triste noticia de aquel año fue el fusilamiento de José Antonio Primo de Rivera en la cárcel de Alicante.

De nuevo el recuerdo de aquel muchacho acompañándonos todavía esperanzado y en cierto modo optimista aquella noche funesta que determinó nuestro exilio.

Y me veo a mí misma agotada, descentrada y desengañada, pero serena: «Será una revolución breve», decían. Entonces era imposible imaginar que aquel desbarajuste sangriento iba a durar tanto tiempo.

Corría el mes de enero del año 1937 cuando nos enteramos de que la España republicana había abierto las puertas al aborto. El caos en la zona roja aumentaba. Azaña, asustado y atado de pies y manos por las fuerzas anarquistas y comunistas, trasladó su puesto de mando a Valencia para evitar los bombardeos constantes en Madrid.

La guerra pintaba mal para los republicanos y Azaña se notaba totalmente desprotegido por su gente. Todo era un puro caos. Francia, consciente del peligro que corría España de caer vencida por el comunismo, comenzó a poner obstáculos a los voluntarios interbrigadistas para cruzar la frontera española.

Pero la guerra continuaba. De nada valía que Pío XII, en su encíclica *Divinis Redemptoris*, condenara taxativamente la república de España. Azaña se hacía el sordo y, convencido del triunfo que le esperaba, seguía aferrado a su presidencia cada vez más débil y disparatada.

Por aquellos días se inició la batalla de Brunete para descongestionar la ofensiva nacional del norte.

Casi un año después de estallar la guerra, las tropas nacionales conquistaron Bilbao. El norte de España era ya prácticamente franquista. Pocos meses después Gijón y Avilés confirmaron la total conquista norteña.

Pero la guerra continuaba aunque los auspicios favorables para los rojos fueran cada vez más débiles.

Por otro lado, la remodelación del gobierno de Companys duró prácticamente hasta el final de la guerra.

De improviso nos enteramos de que el marqués de Quintanar había propuesto a Franco como regente hasta que mi marido pudiera regresar a España.

En ocasiones la imaginación más prestigiosa puede ser pasto de extrañas proposiciones. Era evidente que los republicanos perdían, pero ¿ganaba la España triunfante? Todo dependía de la actitud de Franco cuando la guerra finalizara.

Aunque los auspicios parecían favorables, las dudas no faltaban: nada era susceptible de una total seguridad futura.

De nuevo, hacia finales de octubre del año 1937 Azaña (acaso por estar más cercano a la frontera francesa) decidió trasladarse a Barcelona.

La gran batalla de aquel final de año se produjo en las frías y desoladoras montañas de Teruel. Las condiciones para los dos bandos fueron aterradoras: faltaba comida, faltaban mantas, faltaban medicinas.

Y sobraba agotamiento, fríos implacables y nidos de piojos en los uniformes de los jefes y de los soldados. Las tropas disminuían, no tanto por los impactos o los bombardeos, como por enfermedades, por deshidratación y por falta de alimentos.

Fue en aquella época cuando nació Juanito.

Dolía ver aquel recién nacido sonriendo y llorando con gemidos pequeños que exigían vida tan rodeado de muertes desoladoras en su lejano país.

Nacer en Roma no excluía su condición de español. Condición de la que tan fiero se sentía su abuelo.

Todavía recuerdo, no sin cierta prevención, el discurso que mi marido pronunció aproximadamente un año después delante del papa. En él, proclamaba que Mussolini (todavía desligado de los métodos e ideologías nazis) era digno de una gran admiración.

En cuanto a él, no dudó en definirse como un rey católico, reiterando su empeño de defender la Iglesia en España y estar dispuesto a realizar una nueva cruzada en el caso de que fuera necesario.

Aquel discurso no me pareció oportuno. Todo el mundo conocía las veleidades adúlteras de mi marido y sus proclamaciones (sin duda muy sentidas) resultaban incoherentes.

Fue a partir de entonces cuando los liberales comenzaron a divulgar falsedades contra él. Todo contribuía a desacreditarlo: el vulgo no vaciló en echar leña a la hoguera de los descréditos. Surgieron calumnias, corrupciones personales y participaciones en ciertos negocios sucios de los que jamás tuvo él noticia, ni tan siquiera conoció. Comprendo que las desavenencias familiares y el entorno de calamidades internas contribuyeron a echar por tierra su buen nombre. Pero incluso entonces, cuando todavía entre nosotros vencía la distancia, aquellos golpes bajos me dolían.

Ignoro si Alfonso fue un buen rey: tal vez le faltó un antecesor directo que supiera encarrilar y atajar sus brotes de ímpetus repentinos que hubieran precisado correcciones y consejos acertados. Pero incluso desde mis ya lejanos sufrimientos causados por aquella extraña forma que tuvo Alfonso de endilgar nuestro matrimonio, debo reconocer que a pesar de todo fue un «rey bueno». Y la bondad podrá ser causa de desacertados desvíos, pero también garantiza honestidades inamovibles y rectas.

Soy consciente de que muchos actos míos tampoco fueron favorables para mí. Por ejemplo, mi ausencia en las bodas de mis hijos Beatriz, Jaime y Juan, pero no me parecía oportuno, dada la situación que se había creado entre Alfonso y yo cuando nos separamos y yo me fui a vivir con los Lécera, enfrentarme con mi marido, a la sazón todavía reticente. Hubiera resultado incoherente y casi ofensivo para él.

No obstante, en cuanto Jaime Lécera se fue a la guerra, no vacilé en reanudar mis contactos con Alfonso. No era cómodo, pero sí lícito y obligado.

Sin embargo mi estancia en Roma era itinerante. Tanto Alfonso como yo vivíamos allí aunque en distintos lugares. Era evidente que su empeño en mantenerse distanciado de mí no cedía. Pero mis viajes a Italia para visitar a mis hijas eran frecuentes.

Lo grave ocurrió cuando, al estallar la guerra mundial mientras yo continuaba en Roma, Italia recién convertida en aliada de Hitler consideró que yo, como inglesa, estaba siendo una espía de los aliados.

El resultado fue desastroso: aunque oficialmente yo continuaba siendo una reina española, el Gobierno italiano consideró que podía ser una especie de Mata Hari y decidió expulsarme.

Para entonces mi marido y yo habíamos recuperado con cierta asiduidad nuestras relaciones más o menos amistosas. Sabía que Alfonso estaba muy enfermo y aquello facilitaba la comunicación entre nosotros sin que mediaran quiebros gélidos y ensombrecidos.

La guerra de España había finalizado y aunque el país por entonces era un convaleciente extremadamente debilitado, cabía la esperanza de que Franco diera un golpe de timón y, tras aligerar las lóbregas ruinas y deficiencias causadas por las bombas, el hambre y sobre todo por las constantes pesadumbres y desfalcos que el pueblo había sufrido, decidiese restaurar la monarquía y Alfonso pudiese recobrar su trono.

Mi expulsión de Italia indignó drásticamente a mi hijo Juan, quien inmediatamente transmitió una queja oficial al Gobierno italiano, por entonces ya decididamente favorable al nazismo alemán.

En aquella época lo que predominaba era una gran confusión. Cabía el peligro de que España, arrastrada por las ayudas que Italia y Alemania habían prestado a Franco durante la contienda, se viera obligada (ya finalizada la Guerra Civil), a introducirse de lleno en la conflagración mundial.

De hecho aquella guerra era la continuación de unos conflictos que la Primera Guerra Mundial había dejado sin resolver.

Todavía hoy me pregunto cómo fue posible que España no hubiese formado parte de aquel amasijo de muertes y desolaciones. Lo cierto es que fuera por Franco o fuera por la ensombrecida y lastimosa sangría que el pueblo español había padecido, se evitó que el derrumbamiento español que entonces sufrimos participara de aquel otro desmadre mortal.

Tras mi expulsión de Italia, me refugié en Lausana. Recuerdo que poco antes Anthony Eden me visitó en mi casa en Londres, Porchester Terrace (que después del trastorno internacional acabó convertida en un manojo ruinoso por los bombardeos alemanes), para advertirme que en caso de que la guerra mundial estallara el Gobierno inglés no podía garantizar mi seguridad.

Por eso, tras la muerte de mi madre, me trasladé a Lausana, para vivir en la villa Ouchy, muy próxima al lago Leman, con mi amiga Mary, marquesa de Creymayel.

Así fue mi vida desde que los Lécera y yo nos separamos. Un continuo deambular de un lado a otro, sin más estabilidad que la que propicia el aire.

Llevaba casi tres años alejada de la persona que, durante los albores del exilio, fue mi interlocutor más idóneo en los años anteriores a nuestra guerra. Lo echaba de menos. Me dolía no poder comentar con él tantos y tantos barruntos que surgieron más allá de nuestra despedida.

Las noticias, cuando me llegaban a mí, se estancaban. ¿Con quién comentarlas? Alfonso por aquel tiempo todavía me ninguneaba, y aunque no hubiera adoptado la actitud que adoptó hasta finalizar la guerra de España, su forma de analizar lo que yo le exponía era muy distinta de la que Jaime utilizaba.

Mil veces intenté intercambiar ideas y hechos que a mi entender eran cruciales. No se negaba a escucharme; los recogía, pero no los desmenuzaba; los aislaba; los desasistía de una probabilidad analítica. A su modo, sentenciaba y los dejaba desfallecer en vaguedades que se resistía a afrontar.

Aunque desde que se notara enfermo ya no utilizaba aquellos «prontos desapacibles» que durante los últimos años habían configurado su carácter, una extraña gelidez desviaba mis propuestas hacia el silencio.

Lo único que todavía le interesaba era lo que estaba ocurriendo en la España perdida en desconciertos incomprensibles.

Día a día iba colocando banderitas en un mapa coloreado que pendía de la habitación del hotel Royal donde residía.

Le complacía saber que los lugares que ocupaban las tropas de Franco eran ya verdaderamente españoles y no rusos. También estaba al corriente de los actos que la zona blanca realizaba a medida que la tierra conquistada se desembarazaba del poder comunista. Por ejemplo, la disolución del divorcio o la reinstalación de los jesuitas en los lugares insertos en los territorios conquistados por los nacionales.

Tenía la convicción de que una vez la Guerra Civil terminara, Franco no iba a tardar en llamarlo. Para él, aquella esperanza era el punto neurálgico de sus ilusiones. Nada podía dolerle más que haber perdido el amor de su pueblo. Todavía confiaba en recuperarlo. Se agarraba a aquella posibilidad como un náufrago al salvavidas: ansiosamente, desesperadamente, desoyendo los clamores de sus achaques cardíacos que, a medida que el tiempo fluía, lejos de mejorar, empeoraban.

En ocasiones, cuando yo iba a verlo, incluso se mostraba locuaz y amistoso conmigo. «¿Te has enterado, Ena? Lisboa acaba de reconocer oficialmente el Gobierno de Burgos.»

Para él, aquella noticia era casi como si la guerra hubiera finalizado. Pero el tiempo pasaba inmisericorde y la guerra no finalizaba.

Recuerdo que hacia mediados del mes de julio de 1938, Franco volvió a restaurar la pena de muerte que la república había descartado.

Fue en aquella época cuando Azaña, viendo que su montaje republicano estaba en trance de desmoronarse, en sus discursos hablaba ya de paz, piedad y perdón.

Pero Franco no cedía. Su meta era llegar a una total victoria militar.

Ya entrados en el mes de agosto, Holanda también reconoció a Franco. Aquello suponía un refuerzo moral para las fuerzas franquistas. Al menos cuatro fracciones de Europa eran ya suyas.

Dos meses después Alfonso dejó de poner banderitas en su mapa. Por aquellos días yo regresaba de Nueva York donde me había trasladado por la gravedad de nuestro hijo mayor. Cuando nos encontramos en Roma, descubrí en mi marido un hombre destrozado. No preguntó. Por primera vez me miró como si mi dolor se estuviera uniendo al suyo. En cierto modo parecía que una extraña compenetración metafísica nos estuviera uniendo. Creo que nunca estuvimos tan cerca el uno del otro como en aquellos instantes.

–Estarás cansada –me dijo.

–Ahora ya no sufre –le respondí.

Asintió con la cabeza.

–Su vida era lastimosa. Estaba muy solo. –Quería convencerse de que su hijo hubiera preferido morir antes de continuar soportando aquel horrible estigma que, por mi causa, adquirió–. La vida es muy dura –le oí decir bajito–. Hagamos lo que hagamos, siempre corremos el riesgo de equivocarnos.

Ignoro a qué se estaba refiriendo. Tal vez a nuestra boda. O quizá a la vida aislada de nuestro hijo.

–Quería llevar una existencia normal. No se conformaba con ser un enfermo crónico –le dije.

Alfonso se volvió de espaldas y se acercó al ventanal de la salita contigua a su dormitorio. Tal vez mirase el inmenso jardín del hotel o quizá estuviera enjugando con el pañuelo sus ojos.

En aquella época un hombre llorando era un hombre débil. Sin embargo fue aquella probable debilidad lo que estaba aniquilando en mí todos los reproches que al separarnos nos dedicamos el uno al otro.

Hubiera querido abrazarlo, pero no me atreví. Los instantes fluían deprisa y nuestra comunicación era cada vez más difícil.

Salí de la estancia en silencio. Comprendí que mi presencia le estaba dañando y que tenerme a su lado restringía todos los «lados» más dolorosos de su vida.

Ni siquiera me atreví a decirle que, según las últimas noticias, en España se había decretado que el año en curso debía ser calificado de «Tercer Año Triunfal». La guerra iba decayendo lentamente hacia un otoño precoz con perspectivas optimistas para los nacionales.

Por aquel tiempo comenzó la ofensiva masiva contra Cataluña. También por entonces recuerdo que, según las noticias que nos llegaban, las relaciones del PCE con las restantes fuerzas republicanas empezaban a deteriorarse. ¿Llevaba ya Azaña considerando todo lo que le impulsó, dos años después, a abominar de lo que bajo su mandato como presidente de la República había tolerado?

¿Qué clase de tormentas internas lo obligaban a mantenerse en su puesto de presidente, mientras España iba siendo cada vez más un pobre y desesperado instrumento marxista, propio de una sucursal de la terrible dictadura soviética?

Agobiado por sus propios errores y su temor a ser pillado por las tropas franquistas, se refugió en Francia.

Al verse vencido, no dudó en abandonar su presidencia en cuanto las tropas franquistas entraron en Cataluña, después de presentar su dimisión.

Pero ¿dimisión de qué? La presidencia venía siendo una circunstancia ya dimitida desde su extraña reacción cuando, tras su locuaz discurso, había finalizado pidiendo «paz, piedad y perdón».

El desconcierto de aquella frase fue disminuyendo cada vez

más su autoprestigio. ¿Comenzaba ya a darse cuenta de todas las barbaridades que había tolerado durante su mandato?

No deja de ser curioso que actualmente los que continúan alabando al que fue presidente de los mayores horrores ocurridos en un país azotado por fuerzas hostiles a la paz sigan obstinándose en ocultar el gran arrepentimiento de un hombre que desde su talento literario se había evadido de sus verdaderas raíces, para sentirse encumbrado más allá de sus auténticas creencias.

Incluso su calidad de masón era para él un contrapunto doloroso que tal vez retrasó de algún modo el deseo de recobrar la verdadera personalidad de un cerebro pensante y borrar de su vida los esplendores políticos a los que durante tanto tiempo se había aferrado. Seguramente aquella frase que sin duda aprendió de niño y que figura en su obra *El jardín de los frailes* sin dedicarle demasiada atención, al verse cercado por tanto derrumbamiento, debió de sacudir su conciencia: «¿De qué le sirve al hombre ganar el mundo, si pierde su alma?».

El hecho fue que su trato en Francia con el obispo de Montauban, monseñor Theas, certifica su gran arrepentimiento y su vergüenza por haber tolerado tantas y tantas monstruosidades que asolaron al país.

Pero su conversación desmonta demasiado a los que se aferran a las ideas republicanas y el silencio se impone.

También Miguel Maura, impresionado por aquella noticia que los masones intentaban ocultar, repartió copias a los correligionarios de lo que el propio monseñor Theas le había contado. «Ha recibido, muy arrepentido, los Sacramentos sin que nadie le forzara», decía Maura en sus escritos antes de que el ex presidente cayera enfermo.

Asimismo, cuando se encontraba ya muy disminuido, pero todavía capacitado para visitar a monseñor Theas, el obispo le dio a besar el crucifijo, lo que hizo varias veces repitiendo angustiado: «Jesús, piedad, misericordia».

Al parecer, ya en el trance de morir pidió insistentemente que le administrasen el viático. Pero las personas que lo acompañaban (masones como lo había sido él), apoyándose en que el viático podía impresionar y por consiguiente empeorar al enfermo, prohibieron al obispo (que había sido reiteradamente reclamado por Azaña) que entrase en la habitación donde el pobre hombre moría.

Los que se obstinan en desmentir los indudables y probados arrepentimientos de Azaña se basan en que su entierro no fue religioso. Pero la verdad fue que como el consulado mexicano pagaba sus gastos en el hotel Montauban, el país mexicano, a la sazón todavía influido por Calles, se negó a costear un entierro propio de un cuerpo católico.

A los republicanos no les convenía que se divulgara la conversión de su «ídolo», por primera vez honesto, por primera vez clarividente y por primera vez asustado por lo que su falta de responsabilidad le había exigido a costa de traicionarse a sí mismo.

Seguramente también los republicanos de ahora consideran que analizar y plantear la verdad de aquel hombre podría contribuir a desprestigiar la república hecha a fuerza de ambiciones, desconocimientos y panoramas verdaderamente apocalípticos. Nada de lo prometido pudo cumplirse. Todo se reducía a atontar al pueblo con proclamas, imposibles promesas de bienestar y oratorias antirreligiosas, como si la Iglesia, pese a cubrir y sustentar las mayores organizaciones humanitarias, fuera el peor enemigo del hombre.

Tal vez al verse en trance de muerte, Azaña pudo recordar la violencia de su primer mitin al pedir desaforadamente trescientos hombres decididos a acabar con los culpables de supuestas tiranías, tales como los clérigos, las monjas, los monárquicos y los ricos. Especialmente cuando, ya al borde de su final definitivo, le negaron la entrada al hombre que podía borrar su propia tiranía.

* * *

El avión, ya en postura horizontal, se mete de lleno en alguna nube despistada que finge volar en solitario por el inmenso vacío.

De nuevo las voces de los que me rodean impregnan el recinto de extraños comentarios que, aunque pretenden ser halagadores, no dejan de resultar un poco molestos. En realidad, lo que en estos momentos preciso es recopilar serenamente todo lo que en los cinco días que he vivido en la España de hoy me ha hecho reflexionar. El tiempo fluye arrastrando fragmentos casi siempre adversos de tiempos pasados.

Por eso, cuanto más se dilata la decisión del General respecto de mi hijo Juan, más puede acrecentarse el peligro de recuperar los desmadres de un ayer cada vez más inmerso en olvidos cruciales.

La nube se disuelve cuando el avión la traspasa y el cielo vuelve a convertirse en esa masa etérea despojada de cualquier obstáculo nuboso que casi nunca envuelve el espacio español.

Mi estado de ánimo es acaso la única nube que empaña la alegría de haber recuperado durante cinco días una generosa fracción de lo que aquel doloroso 15 de abril nos hurtó.

Regresar al lugar donde comenzamos a vivir supone siempre un amargo retroceder hacia los recuerdos.

Y los recuerdos, por mucho que nos gratifiquen, cuando se llega a la edad de la impotencia, como la que ahora me domina, tienden a evocar lo que más puede doler.

A pesar de todo, mi retorno a España supera todos los desvíos dolorosos que tuvimos que afrontar. En ocasiones lo que nos duele también alivia los aniquilamientos que se experimentan en la lejanía.

Soy consciente de que mi nueva aproximación hacia Alfonso, aunque todavía muy agraz, supuso una magnífica noticia para los monárquicos.

Fue una aproximación lenta, iniciada en cuanto estalló la Guerra Civil y Jaime, junto con su familia, abandonaron Fontainebleau para integrarse en el Gobierno de Burgos. Pero a medida que la guerra avanzaba, la comunicación entre Alfonso y yo, aunque algo anacrónica, era ya más fluida.

Por entonces empezaban los primeros rumores de una guerra mundial debido a las extrañas e incomprensibles agresividades del Tercer Reich.

En aquella época, yo frecuentaba la ciudad de Roma para visitar a mis hijas y a Jaime. Allí Alfonso y yo solíamos encontrarnos con frecuencia. Ya no me esquivaba, incluso me confesó que, en el caso de que él falleciese, había redactado un testamento para que mi situación económica fuera desahogada.

Su forma de tratarme distaba ya mucho de la que había adoptado cuando nos separamos. Además, convencido de que, una vez terminada la guerra de España, Franco iba a restaurar la monarquía, no descartaba que tuviéramos la probabilidad de recuperar definitivamente nuestros derechos como reyes.

Era su sueño. Nadie concebía entonces que, una vez finalizada la terrible ráfaga de odios que había auspiciado tantas y tantas desgracias, Franco prolongase la lógica restauración monárquica.

Al principio, cuando Madrid fue conquistada, Alfonso todavía confiaba en que su regreso pudiera cimentarse en bases sólidas que la destrucción de la guerra había imposibilitado: «Habrá que regular las relaciones del proletariado con la patronal, asentar bien firme la educación de los colegios, fomentar y potenciar la sanidad pública».

Soñaba. Se aferraba a los proyectos de su regreso, como un niño se aferra a su juguete preferido.

Le parecía que imaginar futuros inmediatos era una forma de adelantarse a la reconstrucción de unas ruinas que antaño fueron gloriosos edificios de paz.

No acababa de admitir que precisamente aquel desmoronamiento se debía en parte a la desidia de unos gobernantes que, antes de pensar en España, habían ido adentrándose en las fortalezas del egoísmo, de los partidismos y, sobre todo, del afán de imponer sus criterios personales para trepar ambición arriba, a fin de alcanzar el poder. «Lo esencial», me decía, «consiste en restaurar una monarquía parlamentaria para devolver al pueblo la soberanía que le corresponde y que tenga el valor suficiente de establecer una justicia profunda, sólida y lejana de partidismos egoístas y discriminatorios».

Y añadía que lo principal consistía en reconstruir una España donde tuviera cabida todo lo que careciera de una probable corrupción: «Lo fundamental es que los españoles cumplan sin desviaciones las reglas constitucionales y no las desvirtúen».

Insisto: Alfonso soñaba. Cuando el amor se impone, no lo vivimos, lo soñamos. Y Alfonso todavía imaginaba que, después de los desastres que habían asolado a su querido país, la gente reaccionaría. Pero supongo que tal como Franco está enfocando el futuro, los aniquilamientos pasados volverán a estar vigentes en cuanto el General muera.

De nuevo surgirán las mudanzas y debilidades en los ideales más firmes, las inteligencias volverán a ser víctimas de venenos cainitas, las verdades se verán arrastradas por las libertades salidas de cauce, y las mentes, como se indica en el Apocalipsis, darán un quiebro rotundo y disparatado hacia lo que el Estado decida y sancione para no sentirse relegados.

Cuando ahora expongo mis puntos de vista a las personas que se esfuerzan por soportar esa tregua absurda que Franco implanta en España, me llaman agorera.

Inútil me resulta darles a entender que España es una tierra extremista en todos los sentidos. Que no sabe convivir; sólo tiende a malvivir entre prioridades que, si son mayoritarias, apabullan y marginan a las minoritarias; que la impuesta libertad podría llegar a ser un desafuero de libertades disparatadas, y que sólo una mano firme, aunque siempre tendida a quien quiera estrecharla, puede mantener al país en paz. Es decir: la mano de un rey.

Esa mano tendida es la de mi hijo Juan, pero Franco desconfía de él. Es precisamente esa desconfianza lo que puede convertirse en un lastre peligroso para el país cuando Franco se despoje del poder.

Cuanto más tiempo pase, más se acrecentará el riesgo de instalarnos en los graves pantanos que España soportaba el año en que la Guerra Civil estalló. Seguramente los afanes comunistas volverán a disfrazarse de república, como antaño la república se disfrazó de comunismo.

Nada peor que unas dictaduras largas como la que el General está imponiendo. Aunque aparentemente el país parezca vivir en paz, los cimientos de esa paz se van descomponiendo desde las profundidades del odio, y el día que se instale la democracia se recuperarán las funestas ataduras que, fingiendo liberar, impondrán libertades con grilletes, esposas y cepos.

Afortunadamente, Alfonso no tuvo tiempo de comprender lo que yo, desde mi vejez, estoy barruntando. Pese a sus ansias de regresar a su país, confiaba en que una vez la Guerra Civil finalizase Franco restauraría la monarquía parlamentaria con directrices sanas y sin ataduras contraproducentes.

Se equivocó. Seguramente, yo nunca podré formar parte de su error: los años pesan y fluyen deprisa. Pero después de mi muerte ¿qué ocurrirá?

A veces me enfado con el tiempo; lo increpo, le ruego que alcance el ritmo que utilizaba en mi infancia y en mi juventud, pero no me escucha. El tiempo es sordo y un poco cruel. Y, a medida que avanza, se reviste de prisas.

En efecto: el tiempo es cruel. Tiene la crueldad de hacer que lo que se anhela tarde en llegar, mientras precipita lo que siempre tememos que llegue.

Recuerdo que Polonia había sido ya invadida por el pacto entre las fuerzas de Hitler y de Molotov cuando nuestra hija Cristina decidió casarse.

De nuevo era junio: un junio lleno de tristes auspicios bélicos que la luz del sol se empeñaba en desmentir. Y la alegría de nuestra hija pequeña se dejaba traslucir en aquel sol.

Mi futuro yerno era viudo y tenía tres hijos. Aunque pertenecía a una de las familias más ricas de Italia, no era noble. Circunstancia que el rey de Italia se apresuró a remediar en atención a la sangre real de Cristina ennobleciéndolo con el título de conde.

Aunque los ánimos de aquellos tiempos eran bastante descorazonadores, debido a los inevitables temores de una guerra mundial, aquella boda fue un acontecimiento acertado.

También el matrimonio de mi hija ha sido un acierto. No se equivocó cuando dio el sí.

En efecto, Cristina era feliz. Y hasta el momento actual, continúa siéndolo.

Parece que la estoy viendo entrando en la iglesia del brazo de su padre, radiante y bella, avanzando sonriente hacia el altar al son de la *Marcha nupcial* que engrandecía el templo. Fue una boda alegre que armonizó con la luz estallante de aquel mes de junio.

Aquella boda propició que los lazos todavía algo deslavazados entre mi marido y yo comenzaran a reforzarse.

Por entonces yo me había instalado en una villa situada en las afueras de Roma. Y Alfonso llevaba bastante tiempo alojado en el Gran Hotel.

En aquel encuentro me contó que, dado su estado de salud, había decidido traspasar sus derechos reales a nuestro hijo Juan.

«Juan es un hombre fuerte, inteligente y muy bien preparado para reinar», me dijo.

Parecía contento. Incluso trató de bromear conmigo: «Así que ya lo sabes, Ena. En cuanto se haga pública mi decisión, tú deberás considerarte "reina madre"».

Y para que yo estuviera totalmente informada de aquella oportuna decisión, extrajo de su bolsillo una copia del documento que iba a oficializar. Decía así: «No por mi voluntad, sino por ley inexorable de las circunstancias históricas, podría tal vez ser mi persona un obstáculo. Por ello transmito mis derechos a mi hijo Juan, que será el día de mañana, cuando España lo juzgue oportuno, el rey de todos los españoles».

Aquella forma de bromear conmigo y hacerme partícipe de su proyecto privadamente fue para mí como un punto y aparte que nos permitía reanudar, ya sin lastres ni torpezas aplastantes, una nueva y grata comunicación.

Yo ignoraba que Alfonso estuviese tan grave. ¿Fue su gravedad lo que le obligó a decantarse nuevamente hacia mí?

No lo sé. Tampoco preciso saberlo. El hecho es que desde entonces nuestro trato fue ya constante.

El lejano pasado volvía. Era como si aquellas horas sagradas de nuestros principios, cuando nos reuníamos los dos para intercambiar opiniones en el saloncito del Palacio Real, volvieran a unificar nuestras vidas.

Ni él ni yo cometimos la torpeza de mencionar los errores y discrepancias perdidas en el pasado.

Únicamente el presente prevalecía. Un presente nuevo, despojado de lastres agresivos y limpio de sueños torpes o desengaños peligrosos. Todo en torno a nosotros era pacífico, grato y alejado de vanos idealismos que pudieran desbaratar esa paz que a veces las rutas humanas nos regalan.

Adiós resentimientos. Adiós hechos consumados. Adiós alborotos de enfados por tantos y tantos desprecios y engaños.

Lo esencial entonces era unirnos en los bocetos de lo venidero, inventar posteridades juntos y callar problemas propios para atender las vicisitudes de nuestro destino común.

Cuántas veces he pensado que buscar amor sin apoyos generosos conduce a engaños, y que la forma de encontrar el verdadero amor consiste en el hecho de entregar sin exigir.

Por eso creo que en la última etapa de su vida Alfonso y yo fuimos felices.

Teníamos la felicidad que desconoce las exigencias, la misma felicidad que se niega a aceptar lo imprevisible: siempre hay algo perverso en lo que de improviso irrumpe en nuestras vidas. Se acabaron las susceptibilidades, los reproches, los precarios valores humanos de los que, en el fondo, viven hundidos en los lastrados sentimientos de los «sin valor». Teníamos la felicidad de la placidez, esa placidez que descarta rencores y olvida miserias metafísicas.

Me pregunto ahora si el ser humano es siempre igual. No. Nadie es igual siempre. Nacemos insatisfechos. Queremos lo imposible. Luchamos para conseguirlo y nos defraudamos si lo conseguimos.

Sólo cabe una igualdad cuando las pasiones se aplacan y las luchas se debilitan.

Recuerdo que durante nuestros coloquios a veces Alfonso se quedaba absorto mirándome, como si estuviera descubriendo algo muy importante para él: «¿Sabes, Ena? Continúas tan bella como entonces».

Seguramente mentía. Pero qué bella puede ser la mentira cuando remienda verdades agujereadas de dolor.

Eran precisamente aquellos pequeños brotes de mentiras, siempre gratas, lo que borraba prácticamente añejos despropósitos y destemplanzas dañinas.

Fin de los marqueses de Viana. Fin de doñas Soles y duquesas de Durcal. Ninguna estaba ya capacitada para separarme de él: ni siquiera la malograda Bee, ni la última adquisición llamada Carmen Ruiz, con ideas republicanas, desgraciadamente perdida en los arcanos de la muerte.

Quedábamos él y yo. De nuevo unidos por algo mucho más fuerte que lo que denominamos pasión.

Aunque renovada, yo volvía a ser para él la muchacha rubia que intercambiaba con el rey postales inocentes. Y él de nuevo era aquel hombre que supo despertar en mí un cariño que, de puro profundo, no pudo salir a flote.

¿Por qué será que en ocasiones la cercanía de la muerte nos inyecta tantas bonanzas de vida?

* * *

El jefe de Relaciones Públicas de la compañía Iberia me indica que estamos volando sobre Cataluña.

–Dentro de poco sobrevolaremos el mar.

A través de la ventanilla contemplo, todavía algo lejana, la inmensa masa azul apenas encrestada de motitas blancas.

El cielo continúa despejado, y el avión avanza sobre una pista hecha de aire limpio y tranquilo.

La tierra que percibo aún muy lejana ya no es española. Es un fragmento todavía vago de tierra francesa. Algo que no consigo evitar me está hurgando por dentro. Quisiera llorar pero me contengo. El llanto de los ancianos suele ser siempre ridículo. No convence y en cierto modo produce vergüenza ajena. Se presupone que los viejos tienen la sensibilidad embotada y que sus lagrimeos son únicamente lastres de motivos algo ridículos.

No, no voy a llorar. Pero nadie de los que me rodean en mi viaje de regreso a Niza puede imaginar lo que para mí ha supuesto verme impulsada aire arriba, para alejarme de una tierra que durante tantos años fue parte esencial en todas mis prioridades. Cuántas razones desvirtuadas y cuántos extravíos pugnan ahora por convertir mi retorno a España en un vulgar hecho establecido, algo vago y circunstancial, que nunca tendrá una resonancia oficial y constructiva. Sin embargo, para mí el viaje a una España nueva inmersa en unas directrices entre oprimidas y huérfanas de libertad ha sido como ahondar en un país algo entristecido, que ha tenido la oportunidad de extender sus brazos hacia el único pasado que todavía podría estar a tiempo de proporcionarle paz.

La línea que separa el avión de la tierra se va acortando. Pero ¿sabrá encontrar España el camino adecuado para alcanzar su verdadera meta? ¿Continuará navegando hasta que de nuevo naufrague?

El capitán nos anuncia que estamos llegando a Niza. A pesar de las ristras blancas que el mar ofrece, desde lo alto son únicamente pequeños oleajes balanceando alguna embarcación que desde la lejanía parece un juguete.

También de juguete se me antojan ahora los entramados que yo realizaba para aproximarme más a mi marido, desde que Cristina decidió comunicarnos su próximo matrimonio.

Sabía que hacía pocos días Alfonso había sufrido un colapso en cierta tienda de la via Veneto.

Estuve a punto de llamarlo por teléfono para comentar con él lo ocurrido. Pero no me atreví. Aunque nuestra comunicación era ya fluida, todavía quedaban pequeños rescoldos que nos impedían compartir totalmente franquezas y preocupaciones.

No obstante, pudo más mi deseo de conectar con él y saber la verdad de lo ocurrido que aquellos residuos de amor propio que todavía a veces se obstinaban en empañar mis recuerdos.

La excusa que le di para que mi llamada no resultara anodina fue que recordase el cumpleaños de nuestra nieta Sandra, hija de Beatriz: «Si quieres puedo ocuparme yo de comprar algo y llevártelo al hotel».

Alfonso aceptó mi propuesta pero me rogó que no acudiese más tarde de las once y media, ya que tenía un almuerzo pendiente.

Aquella llamada mía fue providencial. Cuando llegué a su hotel y subí a sus aposentos privados, lo vi recostado en un sillón, el rostro demudado y como crispado por un dolor insoportable: «Perdona que no me levante, Ena, pero estoy sufriendo terriblemente».

Asustada, me acerqué a él. A su lado los médicos le proporcionaban píldoras.

Petrificada, intenté ayudarlos como pude.

«El corazón me falla», murmuró sin mirarme.

Todo en aquellos momentos era un puro fallo: mi estabilidad, el rostro demudado de los médicos, los sueños de una aproximación pendiente y, sobre todo, el dolor insoportable que Alfonso trataba de soportar.

No estaba asustado. A veces, cuando el dolor se impone a cualquier eventualidad, hasta el miedo es vencido por él.

Alfonso no temía. Sólo sufría. En vano intentaba yo ayudarlo. El sudor recorría su demacrado rostro, se le estancaba en el bigote y en las patillas. Pero el dolor no menguaba.

Traté de paliar aquel desastre mojando su frente con un paño empapado en agua fría. Al reponerse un poco, me pidió con voz entrecortada que conectara con el padre Ulpiano López. «Quiero confesarme.»

No tardó en llegar.

Los médicos y yo salimos de la habitación para que se confesara.

Cuando hubo terminado su departir con el sacerdote, volvimos a entrar.

Rehusó comulgar porque temía que las náuseas recién vencidas volvieran a empezar. «No creo que me muera esta noche», musitó. Pero aunque no quería reconocerlo, su estado general era muy grave.

Aquel mismo día mis hijos y yo nos trasladamos al Gran Hotel donde Alfonso se había instalado.

Aunque yo insistí en quedarme junto a él toda la noche, mis hijos no lo permitieron: «Tendrá unas monjitas constantemente pendientes de papá, durante el día y la noche».

Qué bien las recuerdo. La monja nocturna se llamaba sor Teresa y la de día sor Inés.

Según me contó la hermana Teresa la mañana siguiente, Alfonso había pasado la noche en vela hablándole de España.

«En vano intenté que se calmara», me dijo. «España es su gran pesadilla y su gran obsesión.»

Pocos fueron los días que, gracias a los cuidados de los doctores, Alfonso sobrevivió. Se moría. Se moría pensando en España, en aquel amor perdido que nunca se resignó a perder.

También yo intentaba aliviar sus dolores; incluso, al acentuarse su gravedad, instalé mis objetos personales en su cuarto para dormir con él.

La monjita lo velaba, pero yo no podía atrapar el sueño. Me resultaba imposible aceptar que un hombre de cincuenta y cinco años, tan lleno de empeños, afanes y esperanzas, pudiera agostarse sin remedio.

Sobre todo no podía asumir que nuestra nueva comunicación, que empezaba tibiamente, tuviese aquel cariz tan desabrido de algo transitorio, cuando su vida se estaba apagando.

Yo esperaba algo más. No sabía qué. Tal vez una palabra amable, una semisonrisa reparadora o una simple mirada un poco cariñosa.

Nada de todo eso me fue concedido.

En ocasiones pienso que tal vez aquella lejanía suya era propia de lo mucho que sufría. Su dolor físico solía intensificarse a menudo. Yo procuraba aliviarlo como podía. Le cogía la mano, acariciaba su frente y refrescaba su rostro con agua fría.

Al experimentar alivio, me daba las gracias. Aquella palabra en sus labios era para mí casi una declaración de amor.

Durante aquel tiempo su confesor, monseñor Ulpiano López, lo visitaba todos los días. Alfonso se lo agradecía. Decía que la idea de la muerte se le «reblandecía» cuando hablaba con él.

«En cierta ocasión, hace ya mucho tiempo, me propusieron ser masón, ¿sabes, Ena? Insistieron mucho. Pero yo, aún consciente del riesgo que corría de perder el trono, me negué en redondo a serlo.» Y, esbozando su característica sonrisa medio ladeada, añadió: «De haber aceptado, tú y yo continuaríamos siendo los reyes de España».

Y tras un breve silencio continuó: «Pero ¿qué vale un trono si descartamos a Dios?».

Poco antes de morir, mientras yo sostenía su mano, le oí decir: «Me estoy acercando al límite». Y al hablar dirigía su mirada hacia el manto de la Virgen del Pilar, de la que siempre fue muy devoto. Junto a ella había un montón de saquitos que encerraban fragmentos de tierra de todas las provincias españolas.

Quizá fueran aquellos detalles los que de verdad anularon en mí los posibles restos de rencores que de vez en cuando asomaban aún en mis momentos de desaliento.

Además, entonces yo no era ya la mujer despechada que al llegar el exilio se empeñó en separarse de él. Antes al contrario, el dolor que tanto martirizaba a Alfonso se me estaba metiendo alma adentro. Hubiera dado parte de mi vida para que él no sufriera. Era imposible dejar de sufrir con él. ¿Por qué? ¿Por qué me estaba doliendo tanto su propio dolor? ¿Por qué en cada sonrisa forzada del enfermo me estaba yo notando culpable por no morir con él? Nada entre nosotros era ya ruina: lo que, en ciertos momentos, fue un desmoronamiento volvía a reconstruirse.

Lo quería. No podía remediarlo, lo quería como se quiere lo que se recupera sin la posibilidad de afianzar y alargar su recuperación.

Tal vez nunca lo quise tanto como entonces. Se estaba acabando pero en cierto modo para mí fue como empezar algo que se revitalizaba. No alcanzaba a explicarme a mí misma lo que me estaba devorando por dentro. Quería decírselo: necesitaba explicarle hasta qué punto su muerte era también la mía. Pero el llanto me impedía hablar. Dominar el dolor del alma llorando es muy difícil.

De improviso un mundo de cosas perdidas y olvidadas reclamaban ser protagonistas. Ahí estaban de nuevo las postales apasionadas que nos escribíamos, y nuestro encuentro en Biarritz para formalizar la boda, y su voz algo susurrante evitando que yo arrancase una flor blanca de un inmenso matorral: «Cuidado, Ena, no la toques, es una flor venenosa». Y como viera mi estupor añadió: «Se llama adelfa». Y enseguida me explicó que en la India la denominaban la flor de la muerte.

En vano quería pedirle perdón por no haber descubierto a tiempo que yo también era una adelfa.

Recuerdo que mis hijos y parte del resto de la familia intentaban consolarme. Pero los consuelos no cauterizan el dolor. Antes al contrario, lo reafirman.

Me costó mucho recuperarme de aquella enorme flaqueza humana.

Pronto lo olearon con la cabeza muy clara y recibió la comunión con verdadero fervor. «Esto se acaba, Ena», me dijo mientras yo sostenía su mano.

Lejos quedaba ya mi temor de que Alfonso (que se cansaba de todo) se cansara de mí. En aquellos momentos yo era su verdadera necesidad, su realidad física y también la única mujer ansiosa de ayudarlo en un trance tan angustioso para ambos. En aquellos momentos eso era yo para él: una princesa que coleccionaba postales para más tarde coleccionar desengaños.

Y él para mí era otra vez el hombre que en cierta ocasión describí como «un ser alegre por su condición de latino, celoso como los Habsburgo, deportivo y poético como buen español».

También como hombre fue egoísta. Pero lo esencial en aquellos momentos era tener la certeza de que sin él ni sus breves brotes de egoísmo mi vida no hubiera sido completa.

Cierto que en ocasiones hubiera deseado echarlo todo a rodar. Renunciar a ser reina y tener derechos de mujer libre; convertirme en una profesional de mí misma y dejar de lado profesionalidades impuestas, tal como inaugurar exposiciones de crisantemos, o repartir ropa en los roperos de Santa Victoria y comida en los asilos, o visitar gentes consideradas importantes o admirar encajes antiguos, fingir aquiescencias en actos aburridos o contemplar bendiciones de banderas, soportar reuniones casmódicas o tolerar amabilidades artificiales sobrecargadas de mimetismos insoportables.

Pero cuando Alfonso moría sin soltar mi mano y dijo: «Ena, esto se acaba», tuve la impresión de que lo que se acababa era mi propia vida y que sin él, sin ese hombre que tanto trastocó mi albedrío, yo hubiera sido únicamente presa de un vivir sin destino. Algo así como un pez fuera del agua.

Todavía ahora, al evocar aquella muerte, el extraño dolor que experimenté entonces se empeña en actualizarse.

Se acabaron los reproches, las discusiones hirientes de última hora, cuando la república empezaba a ser ya una inevitable amenaza. Se acabó nuestro departir violento al borde del exilio.

La muerte es el gran borrador en la pizarra de nuestra vida. Por eso duele tanto comprender que los errores cometidos ya nunca podrán convertirse en aciertos.

El adiós a este mundo lo engulle todo.

* * *

El capitán nos anuncia que dentro de unos instantes vamos a aterrizar en el aeropuerto de Niza.

La atmósfera continúa clara y la temperatura no excede los dieciocho grados.

En la Costa Azul los febreros suelen ser benévolos y el frío invernal sólo se detecta en sus playas vacías.

Por eso yo elijo siempre pasar gran parte del invierno en

Montecarlo. Allí no sólo me resarzo de las nevadas de Suiza, donde seis años después de la muerte de Alfonso me instalé, sino que puedo gozar del trato de los Grimaldi con la misma soltura que si de mi familia se tratara.

Tanto Raniero como Grace son para mí puntales amistosos en esta nueva faceta de mi vida tan llena de lastres dolorosos y de molestos achaques físicos que la ancianidad nos regala.

Con ellos me siento acogida, cómoda y sobre todo libre. Además el clima de la Costa Azul es reacio a fomentar memorias adversas. Es evidente que el frío se presta más que el calor a memorizar hechos ingratos. Por eso en mi casa de Lausana he procurado instalar aquella calefacción que en el gran palacio de Oriente tanto eché de menos en mis primeros años de casada.

Se acabaron los fríos, se acabaron las tiritonas propicias a contraer resfriados, reúmas y otitis. Mi casa, según dicen, es un horno algo desquiciado.

A pesar de todo Lausana me gusta. En esa ciudad todo se rige por el orden, la tranquilidad y la paz. Aunque las temperaturas bajas suelen ser las grandes protagonistas del país, todas las viviendas son pequeños braseros bien equilibrados.

Compré mi casa en plena guerra mundial y la adquirí a buen precio. La titularon Vieille Fontaine. En esa villa me siento a gusto. Allí los recuerdos y reflexiones se difuminan. Se vuelven leyendas.

Rodeada de árboles frondosos y pinazos olorosos, puedo soñar que ya no preciso soñar ni recordar ni esperar.

La espera es ya una «llegada» firme; un tope final en mi vida.

Luego está la inmensa masa de agua tranquila que generalmente no admite grandes oleajes ni suele desbordar sus cauces.

Y mis largos paseos junto al malecón que bordea el Leman escasamente cortado por alguna canoa dispersa. Y mis visitas frecuentes a la iglesia del Sagrado Corazón de Ouchy, donde asisto a misa todos los domingos.

En estos momentos las ruedas del avión rozan ya el aeropuerto Côte d'Azur de Niza.

Fin de mi viaje al pasado. Fin de mis soledades perdidas en la nostalgia. Fin de aquel papel de reina aislada en sus quimeras de penumbras y claridades.

Seguramente, ya nunca volveré a la patria que me abrió a la vida. De momento mi verdadera patria está más allá de todo lo que limita la tierra.

A mi edad ya no caben más proyectos que los que se forjan para el otro mundo. Pero me alegro de haber podido reincorporarme durante cinco días a lo que durante veintitrés años fue mi verdadera cuna.

Nacer donde vimos la luz por primera vez es menos importante que nacer donde la luz viene a ser tan esencial como las sombras que esa luz proporciona.

Vivir es eso: sortear las sombras, soportarlas con donaire y esperar que algún día la luz futura prescinda eternamente de ellas.

La señora Rich, siempre atenta, me pregunta si preciso algo. Seguramente le ha extrañado mi forma de aislarme durante el vuelo.

–Estoy perfectamente, Pepita. Gracias.

Cuando el avión se aproxima al aeropuerto, inmediatamente distingo la esbelta silueta de Grace.

Desde la barrera, espera a que el avión se detenga para acercarse a la escalinata que acaban de instalar.

Me sonríe. Agita el brazo y aguarda a que yo descienda a la pista para abrazarme.

–Bienvenida, Ena.

Alguien nos fotografía juntas. Seguramente saldremos en las próximas revistas de chismes sociales. A veces las frivolidades también pueden ocultar grandes momentos estelares de nuestras vidas.

Ya en el coche me explica que me ha visto por televisión.

–Me ha impresionado la cantidad de personas que acudieron a recibirte.

–Tienes razón; ha sido impresionante –le digo–. Nunca imaginé que España me recordara después de tantos años de ausencia.

–¿Cómo van a olvidarte, Ena? Las mujeres como tú dejan siempre huellas imborrables.

–Tal vez no se borren, pero se olvidan.

–En tu caso no ha habido olvido.

–Tampoco recuerdos. Más bien nostalgias. La gente se está hartando del General.

–¿Le has planteado el asunto pendiente de la posible sucesión?

–En cierto modo sí. Pero ya sabes lo que ocurre con los gallegos: cuando están en una escalera, nunca se sabe si están bajando o si están subiendo.

Grace asiente sonriendo. Enseguida pregunta:

–¿Cómo has visto a España?

–Mejor será que me preguntes cómo España me habrá visto a mí –le respondo riendo–. Salí de allí siendo joven y he vuelto hecha un vejestorio. En cuanto a tu pregunta, te diré que España ha cambiado. Aunque todavía sigue en la cola de Europa, se va adentrando en ciertos progresismos. No obstante, es indudable que también los progresismos ocultan graves retrocesos. Cuántas veces he recordado la famosa frase de Pedro Guartango: «En España el vicio gana, si se disfraza de virtud». Bien, pues el progresismo retrocede si se empeña en absorber progresismos caducos. Y eso es lo que España (aunque de un modo solapado) está comenzando a experimentar: un peligroso retroceso disfrazado de progreso.

* * *

Hoy, 14 de abril de 1969, un año y dos meses después de mi viaje a España, echada en mi cama de Lausana y rodeada de toda la familia, se me está olvidando respirar. A veces el Señor gasta bromas un tanto irónicas con sus amigos. ¿Por qué me está llamando precisamente el mismo día que se proclamó la república hace ya treinta y ocho años?

Me estoy aislando de este mundo rodeada de toda mi familia.

Algunos lloran. Otros disertan sobre los probables empeños del General en descartar a mi hijo Juan como el verdadero rey. Discuten. Se acaloran. Exigen. Luis Alba toma las riendas y se empeña en organizar la ceremonia completa de mi entierro y funeral.

Al parecer van a sepultarme en la iglesia del Sagrado Corazón de Ouchy. Y mi hijo Jaime, a instancias de su segunda mujer, se empeña en imponer lo que no merece imponerse. Todo se vuelve barullo y algunos desconciertos.

No comprenden que, más allá de las grandezas terrenas, las exigencias humanas son simples juegos de niños.

Todo, desde donde yo me hallo ahora, se desliza por comprensiones totalmente ajenas a las que rigen entre los que todavía respiran. Lo demás son sombras de algo que cruza una escena teatral inconsistente.

Nada es verdaderamente real en las realidades humanas. Todo tiende a ser ficción. Todo se reviste de una importancia que no tiene y que, en cuanto se descuida, se convierte en aire.

Adiós mundo, adiós tierra, adiós intenciones gratas o ingratas, dolorosas o amables, *goodbye,* España. Por fin voy a entrar plenamente en ese estado lleno de una luz radiante propia de la Verdad que nunca se acaba ni se transforma en mentira.

Noviembre de 2007
Octubre de 2008

BIBLIOGRAFÍA

LIBROS

ARONSON, Theo, *Venganza real. La Corona de España, 1829-1965,* Grijalbo, Barcelona, 1968.

BAVIERA, S. A. R. princesa Pilar de, y comandante Desmond CHAPMAN-HUSTON, *Alfonso XIII,* Juventud, Barcelona, 1945.

BORRÁS BERTRIU, Rafael, *El rey de los cruzados: Juan Carlos I y la monarquía prodigiosa,* Flor del Viento, Barcelona, 2007.

BURNS MARAÑÓN, Tom, *et. al.*, *Crónica de la guerra civil española,* Plaza & Janés/Círculo de Lectores, Barcelona, 1996.

CALVO POYATO, José, *Los Orleáns en España,* Plaza & Janés, Barcelona, 1998.

CIERVA, Ricardo de la, *Victoria Eugenia: el veneno en la sangre,* Planeta-De Agostini, Barcelona, 1997.

GÓMEZ-SANTOS, Marino, *La reina Victoria Eugenia de cerca,* Emesa, Madrid, 1969.

MATEOS SÁINZ DE MEDRANO, Ricardo, *La reina María Cristina,* La Esfera de los Libros, Madrid, 2007.

NOEL, Gerard, *Ena, Spain's English Queen,* Constable, Londres, 1984.

RUBIO MARTÍNEZ, Araceli, José FÉLIX y Lucía CUESTA, *Hemofilia: historia y realeza,* Asociación de Hemofilia Aragón-La Rioja, Zaragoza, 1999.

SAGRERA, Ana de, *Ena y Bee: en defensa de una amistad,* Velecío, Madrid, 2006.

SIMÓN, Ada, y Emilio CALLE, *La rival de la reina,* Espasa Calpe, Madrid, 2007.

SUÁREZ, Federico, *Manuel Azaña y la guerra de 1936,* Rialp, Madrid, 2000.

REVISTAS

Actualidad, números 1, 2, 3, 4, 5, 6 y 7

Blanco y Negro

La Ilustración Española y Americana

¡Hola!, años 1968-1969

Los propios recuerdos vividos por la autora de este libro durante la República y la guerra del año 1936.